「武漢日記」が消された日

中国から始まったある言論弾圧

マイケル・ベリー
Michael Berry
竹田純子＝訳

河出書房新社

方《ファン》方《ファン》に

「武漢日記」が消された日

目次

「武漢日記」が消された日

中国から始まったある言論弾圧

ある国の文明度を測る唯一の基準は、
弱者に対して国がどういう態度を取るかだ。

——方方

プロローグ　発端

私の名前が中国の新聞に初めて載ったのは、一九九四年五月二一日のことだった。南京に住んでいる外国人留学生のもとに時々思いがけない訪問者があることは、そう珍しくはない。近くの大学に通う中国人学生は、外国人と話をして英語に磨きをかけようと、私たちが住む寮のロビーにたむろしていたものだし、一度など、哲学の教授が前触れもなくやって来て、自分が最近書いた『中国のニーチェ』という本を翻訳してもらえないかと持ちかけてきたこともある（私が書籍の翻訳を打診されたのはこのときが初めてだ。当時まだ、中国語を勉強し始めて数か月しかたっていなかったというのに）。友人が地元紙の記者を連れてきたのもそんな出来事の一つだった。その記者は長居はしなかったし、口数も多くなかった。私のことを記事にしたいという話が出なかったことはたしかである。ところが驚いたことに、数日後、服務晩報（南京の地方紙）の紙面に私の名前が載ったのだ。それは、南京で外国人のルームメイトと暮らしている中国人学生についてのかなり長い記事で、「外国人が私に残していったもの」という見出しが付いていた。記事には、南京で勉強しているアメリカ人の大学生（つまり私）が登場する。この学生は西苑《シーユアン》に住んでいる（私の寮はたしかにそういう名前だった）。しかし、事実に即しているのはそこまでだ。記事によれば、私がアメリカに帰国する直前のある晩、中国人のルームメイトと私は寮の屋上で月を眺めて詩を吟じ、涙を流しながら抱き合ったというのだ。

この部分の描写には同性愛を暗示するような雰囲気があった。だがこの記事の本当に奇怪なところは、私はまだ中国を出国していなかったということだ。中国人のルームメイトもいないし（第一、当時の中国ではそのようなことは認められていなかった）、屋上で中国古典の愛の詩を友人と一緒に暗唱する習慣もなかった。この出来事は私が「フェイクニュース」という言葉を聞く二〇年以上も前のことだが、今思えば、あのとき初めて私はフェイクニュースの当事者になったのだ。そのときは、腹を立てるよりむしろ面白がっていたが、あの経験が、メディアに対する警戒心を植えつけたことは間違いない。この害のない小さな記事がまったくの作り話だとしたら、自分が新聞で読んでいる他の記事はどうなのだろう。偽情報やフェイクニュースに歯止めがきかなくなったら何が起こるかを、私はその二五年後に体験することになる。

いつの日か、新型コロナウイルス感染症が最初に発生したときのことを振り返るとき、私たちはみな、自分はどこにいたか、どういう影響を受けたか、どのように行動したかを思い起こすだろう。二〇二〇年一月、アメリカでは多くの人がコロナウイルスの蔓延をまだ遠い世界の出来事と感じていたが、中国に関わりを持つ研究者の一人として、私は無関心ではいられなかった。そこで一月には武漢発の中国語のニュースを追い始めた。私が教えている中国人学生の多くが、最新の情報を入手していることもあって、キャンパスでマスクを着用するようになった。ある同僚は、自分の講座では「無理に出席しなくてもよい」ことにした（当時、学内新聞はこれを外国人排斥に繋がると批判した）。ＵＣＬＡ（カリフォルニア大学ロサンゼルス校）の大学院生から、マスクや手袋などの防護用品を中国に寄付しようという運動を率先して行う者が出てきた。私も自分にできることをする必要があると感じたため、コロナウイルスに関するティーチイン（討論会）形式のイベントを企画しようと、同僚たちに連絡を取り始めた。

二〇二〇年一月二五日、ディズニーでＩＴ関係の仕事をしている大学時代の友人サイモンが、私と子供たちをディズニーランドに招待してくれた。私は迷った。まだ流行の初期段階ではあったが、すでに、無症状の保菌者がいることや、潜伏期間が二週間以上に及ぶ可能性があることがわかっていたからだ。ウイルスに先回りされているような気がして、行こうか行くまいか、慎重に考えた。「安全だろうか？」と。だがロサンゼルス周辺ではまだ感染者が確認されていなかったので、大丈夫だろうと判断した。そこで二五日の朝、サイモンに返事を出して行くと伝えたのだ。だがまもなく、その判断を後悔することになる。この日は中国の旧正月にあたり、ディズニーランドでは春節を祝うイベントが開かれていた。パーク内は観光客でごった返していて、みんなが長蛇の列に並んで餃子や饅頭《マントウ》、ヌードルといった中国版ファストフードを食べたり、色あざやかな中国服で着飾ったミッキーマウスと仲間たちがディズニー風にアレンジした旧正月のダンスを披露するのを見たりしていた。オレンジ郡（ディズニーランドの所在地）で最初のコロナウイルス感染者が出たと発表されたのは、まさにその翌日、二〇二〇年一月二六日のことだった。

ディズニーランドに行ってから二、三日たつと、私は心配でたまらなくなった。武漢の状況を伝える記事を読めば読むほど、マスクと手袋を買っておいた方がよいという結論に達した。一月も終わろうとする日曜日の夜、いくつかの品物を少し買い置きしておこうと考えた私は、ちょっとＣＶＳ〔薬局チェーン店〕まで行ってくるよ、すぐ戻るから、と妻に声をかけて家を出た。

ところが案に相違して、近所のＣＶＳにはまったく品物がない。そこで別のＣＶＳを何軒か回り、次にはスーパーマーケットやウォルグリーン〔別の薬局チェーン店〕にまで立ち寄ったが、どこにもマスクがない。やっと手に入れたのは、外科用ゴム手袋五〇枚入りの箱が一つだけである。他の防護用品はすべて売り切れていた。いくつもの店を回りながら、私は絶望感が頭をもたげてくるのを感じていた。軽いパニックを起こしていたといっても大げさではない。それはマスクが買えないからというよりも、むしろ、これから起こることに対して自分たちがいかに無防備かという感覚に初めて襲われたからだ。今はまだ、ロサンゼルスではほんの一握りの感染者しか確認されていないのに、もう深刻なマスク不足が起こっている。患者数が五千人、五万人と増えていったらどうなるのだろう。

　二月一〇日に、私が企画したイベントが開かれた。「新型コロナウイルス――今わかっていることと今後の予測」と題したイベントは、新型コロナウイルスに関して、ごく早い時期にティーチイン形式で開かれたフォーラムの一つである。ＵＣＬＡフィールディング公衆衛生大学院の協力を得て実現したこのフォーラムでは、法律、疫学、感染症など、さまざまな分野の専門家が集まって、このウイルスに関する最新の知識を分析した。マスクの話題も当然取り上げられた。感染症の専門家がマスクは必要ないと保証したとはいえ、三百人の参加者が集まり、まったく空席がない状態で、ほんのわずかの人しかマスクをしていないのを見ると、不安に駆られるのをどうしようもなかった。イベント後にレセプションが開かれたが、そこでも参加者がテーブルのまわりに密集してブドウやクッキーをつまんでいるのを見て、私は思った。「これで大丈夫なのか？」と。世界保健機関（ＷＨＯ）がこの新型コロナウイルスをＣＯＶＩＤ－

19と命名したのはその翌日、二月一一日のことだった。

私は常に、自分の授業や研究を学問以外の世界と関連づける方法を見出そうとしてきた。それは地域社会への奉仕活動やメディアとの交流の形をとることもあるし、単に教室で実践的な応用を強調するだけの場合もある。新型コロナウイルスの大流行に対して、ティーチインフォーラムは必要な対応だと考えてはいたが、内心では、無力感にさいなまれてもいた。自分は感染症の専門家でも、最前線で働いている医療従事者でもない。心肺蘇生法のクラスを受講したことすらないのだ。だれもが感染する可能性があるこの危機を前にして、自分にいったい何ができるというのだろう。

そのときは知る由もなかったが、私がディズニーランドでミッキーやミニーの耳をつけた観光客に交じって六歳の娘と人込みの中を歩いていたころ、遠く離れた中国の武漢では、方方《ファンファン》が日記の最初の記事を書いていた。そのことを私が知ったのは、しばらくしてからだ。だが方方のことは知っていて、実はほんの数か月前に、彼女の小説の翻訳に取りかかったところだった。方方は中国で最も著名な作家の一人だ。方方はペンネームで、本名は汪芳《ワンファン》という。一九五五年生まれで、湖北省作家協会の主席を務めたこともある。一九七〇年代半ばから作品を発表し始め、これまでに長編・短編・中編小説やエッセイなど、百冊を超える著作が刊行されている。湖北省の省都であり、揚子江と漢江に沿って広がっている武漢に二歳のころからずっと住んでいる。方方の作品の多くは武漢が舞台になっており、武漢についてのノンフィクション作品も多い。その中には『武漢の人々』〔未邦訳〕、『漢口の租界』〔未邦訳〕といったエッセイ集もある。さらに、一九八七年に賞を獲得した傑作『風景』〔未邦訳〕は、ネオリアリズム運動の代表的作品と目され、さまざまな言語に翻訳されている。つまり、武漢といえばまず方方の名前が思い浮かぶ、そういう作家なのだ。だから、一月末に武漢の封鎖が始まったとき、その出来事を記録するのに彼女はまさに適任と思われた。

　方方の小説『柩のない埋葬』〔渡辺新一訳、河出書房新社〕の翻訳のことで、私たちは定期的に連絡を取り合っていた。武漢の状況がますますひどくなる様子が報道されるたび、私は方方にメッセージを送って彼女と家族の無事を確かめた。だが方方は、自分がコロナウイルス感染に関するブログ（当時は「封鎖日記」と呼ばれていた）を始めたとはひとことも言わなかった。武漢の状況について、方方が微博《ウェイボー》〔中国の代表的なＳＮＳ〕に時々投稿していることには気がついていたが、きちんと読んでいなかった。私が博士課程に在籍していたときの指導教官で、現在は同僚でもある王徳威《ワン・デァウェイ》からの電話で方方の日記をじっくり読むことを勧められ、やっと腰を据えていくつかの記事を熟読したのだ。

　それは二月初めのことで、武漢が封鎖されてから一週間以上が過ぎ、方方はすでにいくつかの記事をアップロードしていた。一月二五日から始まる日記は封鎖都市武漢での体験を記録したもので、夜遅く（多くの場合午後一一時から午前三時の間）に投稿されていた。『武漢日記』は武漢における新型コロナウイルス発生の最も重要な記録の一つとなり、急速に数千万の読者を獲得した（ところがその後、ネット上で中傷キャンペーンが繰り広げられ、結局インターネットから抹消されることになる）。私は一つ二つの記事を読み、すぐに、方方が出すメッセージの力強さと、当事者にしか語れない臨場感に圧倒された。私は武漢から公式発表されるニュースをフォローしていたが、それまでに読んだものからは、方方の日記が伝えてくれる危機感が感じられなかった。さらに、方方の日記と違って、コロナウイルスの破壊的な影響も伝わらなかった。これまで私は、中国の現代小説を中心とする何冊かの書籍を翻訳してきたが、どの作品も最初から最後までじっくり読んでから、自分が時間をかけてまで翻訳したい作品かどうかを判断してきた。わずか数章を読んだだけで翻訳を決意したことも、ましてやまだ執筆中の作品を翻訳しようと思ったこともない。正確にいえば、その時点で『武漢日記』は本ですらなかった。中国のネットで評判になっていたブログ記事にすぎないのだ。だが私は、方方が書く文章の力強さと臨場感に感情を揺さぶられた。武漢封鎖の初期に、ほとんど一晩で、方方が何百万という中国ネットユーザーの大きな支持を得たのも不思議ではない。私はすぐに決心した。二月一六日に方方にメッセージを送り、『柩のない埋葬』の翻訳を一時棚上げにして、代わりに日記を翻訳させてほしいと打診したのだ。

しかし方方はすぐには承諾しなかった。私が日記に関心を持ってくれたのはありがたいが、と述べて、次のように説明した。「コロナウイルスの感染はまだ進行中で、私の日記もまだ続いています。今のところ、これを出版する計画もありません。できれば、この流行が落ち着くまで待ってもらえませんか」。方方が書いている記録は非常に重要だと確信していたが、私はもちろん彼女の意向を尊重した。一週間後の二月二四日、海外の出版社やメディアで方方に接触しようとするところがほかにも出てくるようになって、方方から私に、協力したいという連絡があった。私はただちにその他の翻訳作業を中断し、翌日から日記（最終的には『武漢日記』というタイトルになる）の翻訳に取りかかった。一日中この仕事にかかりっきりになり、これまでに訳したどの本よりも熱心に取り組んだ。ウイルスは蔓延しており、時間は容赦なく過ぎていく。世界中に方方の声を届ける必要があった。

翻訳を始めたとき、私は方方よりちょうど一か月遅れていた。できる限りのスピード――毎日約五千ワードの翻訳を、一か月以上休みなく――で作業を続けたが、それでも遅すぎる気がした。毎日のように、世界中のあちこちで新たな新型コロナウイルスの大流行を知らせるニュースが飛び込んでくるからだ。翻訳を開始してからわずか二週間後にロサンゼルスは封鎖され、『武漢日記』の英語版が出版された五月半ばには、アメリカはすでに新型コロナウイルスの魔手にがっちりと捕らえられていた。方方が日記に書いていた出来事――二月や三月には見知らぬディストピア的未来からのメッセージのように思われていた出来事――のすべてが、アメリカでも現実の日常生活の一部になっていた。残念ながら、中国の読者が方方の日記からいちはやく学んだ教訓の多くをアメリカ国民が学ぶには、はるかに長い時間が必要だった。ウイルスがヨーロッパやアメリカで猛威を振るい始めてもなお、欧米ではマスクの着用や互いに距離をとること、都市封鎖の導入に抵抗する人が多かったのだ。方方の目を通して武漢の封鎖を我がことのように体験していた私は、最も厳しい隔離措置を実施したとしても、新型コロナウイルスが大きな災厄を引き起こす可能性があることを認識していた。人々が警告に注意を払わなければ、この国はどうなってしまうのか、本当に不安だった。マスクは着用しない、連邦政府が検査や追跡といった施策を実施しない、さらに、政府の対応が「政治問題」にすり替えられてしまうなど、およそ考えられないことだった。まるで武漢では何も起こらなかったかのようだ。方方が共有してくれた情報はすべて無駄だったように思われて、私は挫折感を味わった。

そうこうするうちに、さまざまな力が複雑に絡み合い、『武漢日記』は単なる本ではなく、一種の文化現象へと形を変えていった。日記が前例のない方法で中国国民の注目を集めたことを、丁帆《ディン・ファン》〔南京大学教授〕は次のように述べている。

> 広い視野に立った見解がこれほど多くの人々を、これほど深く（しかもだれに強制されたわけでもなく）感動させた例は、過去百年を顧みても一度もない。五千万もの人々が毎日深夜まで起きていたのは、ただ方方の日記の続きを読みたいがためだった。このような読書風景はなかなか想像しにくいことで、それだけでも、従来いわれている文学の限界を打ち破るものだった。[*1]

ところが日記が大きく取り上げられ、方方が、中国語圏からやがては世界中でその名が知られる本物の有名人になると、暗黒の力もまた、彼女の周囲に姿を現し始めた。日記は政治漫画のネタになり、中国で公知と呼ばれる知識人の間に白熱した議論を引き起こし、日記をディスる〔「けなす」とか「否定する」という意味のネット用語〕ラップソングまで作られた。そしてネットメディアへの大量の書き込みにより、日記に対するネガティブキャンペーンが延々と繰り広げられたのだ。最後には、攻撃の矛先が私にも向けられた。「バカヤロー！」「クソッタレの恥知らず！」「人血饅頭はどんな味がする？　白ブタめ！」――これらは、四月八日に私の微博アカウントに送りつけられたメッセージのほんの一部である。この掲示板は、ほぼ一晩で、攻撃的な罵詈雑言をまき散らす大量のメッセージや脅し文句であふれ返った。攻撃が増えるにつれ、自分の仕事がいろいろな政治勢力にどのように利用されるかが気になり始めた。中国の国粋主義者たちに悪役に仕立て上げられるのも不愉快だが、国外のメディア（たとえば法輪功《ファールン・ゴン》が運営するテレビ局〔ニューヨークに本部を置く新唐人電視台。中国語を主要な言語とする〕）が、私が受けているバッシングを反中国の視点から記事にすることにも、同じくらい強い違和感を覚えた〔法輪功は中国政府の弾圧を受けている〕。バッシングが始まって数週間すると、私のもとには、あまりに激しい攻撃に愕然とした中国の読者から、同意や連帯の気持ちを表すメッセージが続々と届き始める。気づかないうちに、政治やイデオロギーの複雑怪奇な主導権争いに巻き込まれていたのだ。同時に、方方が中国で経験していることに比べれば、私の体験など物の数ではないこともわかった。だが、事はすでに、『武漢日記』だけの問題ではなくなっている。翻訳、新型コロナウイルス、米中貿易戦争、サイバーポリティクス、偽情報キャンペーン、記録の役割（各種の証言や市民生活、コミュニティー活動を記録することは重要だ）など、この問題にはいろいろな要素が含まれている。

『武漢日記』（および新型コロナウイルスをめぐる言説を政治的にコントロールしようとする動きの拡大）に関して中国で起こっている出来事はこの国特有の事例であり、どこにでも当てはまると主張するつもりは毛頭ないが、それでも重要な類似点はある。私自身は、いわゆる〈方方事件〉から中国における政治と文化の現状についてさまざまな教訓を得たが、この同じ教訓が、パンデミックの拡大に伴って世界各地のニュースに歪んだ形で反映されるのも、目の当たりにしていた。アメリカでも同時に同じような動きが見られたことを考えると、これらの教訓の多くが将来を見通していたといえるだろう。ドナルド・トランプは最初のうちこそ習近平の対応をほめそやしていたが、新型コロナウイルスがアメリカに入ってくると、たちまち態度を変えた。トランプ政権の閣僚たちも、「チャイナ・ウイルス」「武漢ウイルス」「カンフルー」〔中国の武術「カンフー」と「インフルエンザ」を組み合わせた造語〕などの言葉でこのウイルスに中国色を植えつけようとしただけでなく、パンデミックの責任は中国共産党が負うべきだと繰り返し非難し、この借りは返してもらうなどと脅す始末だった。しかし双方がいわゆる〈他者化プロセス〉（互いに相手を敵対者とみなす考え方）に入ってきた時期に、実際に私たちが目にしたのはミラーリング効果だ。互いに挑発を繰り返すうち、それぞれが相手に対してますます攻撃的で懲罰的な行動をとるようになり、それがどんどんエスカレートしていく。つまり、『武漢日記』に起こった出来事は、太平洋をはさんだイデオロギーの綱引きに巻き込まれた結果だといってよい。この綱引きは、微博や微信《ウェイシン》（ウィーチャット）、環球時報〔人民日報が発行する日刊のタブロイド紙〕といった中国メディアだけでなく、Facebook（フェイスブック）、Twitter（ツイッター）、Fox News（フォックスニュース）でも繰り広げられた。

　本書では、本質的に異なるが関連のあるいくつかの疑問を、一冊の本という視点から解き明かすつもりだ。それはある意味では、二つのウイルスの物語になるだろう。新型コロナウイルスに関するごく初期の出版物に、スラヴォイ・ジジェク〔スロヴェニアの哲学者〕の『パンデミック――世界をゆるがした新型コロナウイルス』〔斎藤幸平監修、中林敦子訳、Pヴァイン〕がある。この中ですでに、この二つのウイルス感染の交わりが指摘されている。

　今回のコロナウイルスの感染拡大をきっかけに、社会の片隅に眠っていたイデオロギーのウイルスが大流行を起こしている。フェイクニュース、妄想的な陰謀論、そして人種差別の爆発。十分な医学的根拠のある隔離政策に対してですら、明確な境界を引け、自分たちのアイデンティティを脅かす敵を隔離しろ、というイデオロギーの圧力がかかった。[*2]

だが、他に類のないケーススタディである『武漢日記』を通して、私たちは、新型コロナウイルスに関する記録の分析と展開だけでなく、中国の市民社会について、またその市民社会と並んで発達してきた偽情報キャンペーンの役割について垣間見るという、めったにない機会を与えられている。ここでは、二〇二〇年三月に始まり、新型コロナウイルスの世界的拡散に伴って広がり、その後何か月もの間、ネット上でねじ曲げられ、大きな反響を呼びながら変化していった特定のキャンペーンを取り上げる。キャンペーンの展開に伴って、武漢封鎖の記録は数々の論争に巻き込まれ、「ウイルス感染は、リアルとヴァーチャルの両方の次元で、関連しながら作用するのである」[*3]というジジェクの主張を裏づける事象が繰り返し見られるようになる。『武漢日記』を英訳した私がこのような本を書くのは異例といってよい。これまでの著作は、ほとんどが物議をかもすような内容ではなかった。今回の場合は、私の執筆中に起こっていた出来事であるばかりか、自分がその渦中にあった出来事でもある。そのため、この論争がどのように大きくなっていったかを知る立場にあったし、他の人がほとんど知ることのない詳細を当事者として語ることもできる。その意味で、本書は、きわめて個人的な記録と、実際に起こっていた出来事の記述と分析という、二つの要素を行き来することになる。

最初はこのような本を書くつもりはなかった。寝ても覚めても『武漢日記』のことを考え続けた数か月がやっと終わったので、遅れに遅れている他のプロジェクトに戻りたかった。だがこれこそ、私が書かなければならない本なのだ。攻撃がますます激しくなり、『武漢日記』に関する記事がインターネットからどんどん消えていくことに気づくと、自分が目撃し、体験したことの証拠として、実際に起きたことを記録しておきたいという気持ちが強くなった。私を誹謗中傷した人々の多くが、このささやかな本は中国を非難する目的で書かれたと考えるだろうが、それは違う。本書が目指すのは、私が当事者となった翻訳プロジェクトをめぐる、政治と文化が複雑に絡み合った状況をいくらかでも理解してもらうことだ。『武漢日記』論争は、あっという間に思いがけない方向に進展していったので、急ピッチで翻訳を進めていた私は、足元の地面が揺れ動く感覚を味わった。

ある意味、本書は数か月にわたって続けられたネット上の攻撃や嫌がらせに対する反論でもある。攻撃が始まった当初は、その都度徹底的に反論したいという衝動に駆られたが、嘘やデマの集中砲火、殺してやるという脅し文句など、あの手この手で仕掛けられる攻撃を考えると、別のアプローチを考える必要があることはすぐにわかった。微博に反論を投稿するのは、泥まみれになって挑発者と格闘するようなものだ。その代わり、私はもっとまともな方法で反撃することにした。『武漢日記』の訳者あとがきでこの本の背景について解説したほか、日記を翻訳したらネット上で脅迫や攻撃を受けた顛末《てんまつ》をワシントン・ポストのコラムに書いたり、信頼できるメディアのインタビューに応じたりした。本書もその一環だ。その一方で、執筆中に普通でない要因に気づいたことが、本書の書き方に影響を与えた一面がある。本書に時折防御的なトーンが感じられるとしたら、おそらくそのせいだろう。それは偶然ではない。『武漢日記』とその著者、および私自身がどれほどの中傷やデマ、容赦ない攻撃にさらされたかを考えると、私としては、この機会に実際に起こったことを正確に記録して世に問いたい。本書は、ある程度この目的に合わせて構成されている。たとえば、英語版の書名がどのように決まったかについてまるまる一章を費やすことになろうとは、まったく思っていなかった。そんなことを考えること自体、いかにも自己陶酔の所産で、一般読者には受け入れられそうにない。だが、『武漢日記』がそうだったように、書名そのものが根拠のない憶測や嘘に基づく攻撃にさらされるようなときには、その背景を詳細に説明する必要がある。

本書を発表するもう一つの目的は保存である。『武漢日記』を翻訳しながら、私は絶えず消滅の影に怯えていた。方方の日記の記事は、その多くが中国のインターネットから削除されただけでなく、日記に関する記事や投稿も数百単位であとかたもなく消されている。最初のうちは、削除されるのは方方に好意的な投稿だけだったが、二〇二〇年八月には、方方を批判する投稿の一部も完全に削除されていることが明らかになった。その中には、『武漢日記』の内容を否定する目的でAmazon.com〔米アマゾンのウェブサイト〕にアップロードされた電子書籍*Great Wuhan But Bad Diary*（偉大な都市武漢と酷い日記）も含まれる。『武漢日記』が組織的に取り除かれ、消された後に残るわずかばかりのデジタルフットプリントを見たとき、この一部始終を記録に残しておきたいという思い（責任とまでは言わないが）に突き動かされたのだ。そこで私は、『武漢日記』といわゆる〈方方事件〉の真相に迫る記事や手紙、ツイート、テキスト、メッセージ、投稿などをすべて保存し始めた。

一人の人間が裏で起こっている複雑怪奇なたくらみを完全に理解することなどできるはずがないし、中国ネットユーザーのさまざまなグループがこの問題に対してどのような意見を持っているかを微妙なところまで把握できるわけでもない。法律家から言語学者まで、論理分析の専門家から人権擁護論者まで——何千というネット荒らし〔インターネット上で他人を誹謗中傷する、デマを拡散するなどの迷惑行為を行う者〕はいうまでもなく——いろいろな意見が乱れ飛んでいたのだ。二〇二〇年の最初の数か月（中国に『武漢日記』旋風が吹き荒れた時期）に起こった出来事の決定的な記録というものが存在するとは思えないが、自分のために、そして一冊の日記が過去数十年の間で最も白熱した議論を引き起こすに至った経緯を知りたいと思う読者のためにも、それを解明しようと試みたのが本書である。この論争の激しさは、一九二七年刊行のキャサリン・メイヨ著 *Mother India*（母なるインド）や、一九八八年に発表されたサルマン・ラシュディ著『悪魔の詩』〔五十嵐《いがらし》一《ひとし》訳、新泉社〕に対する攻撃を思い起こさせるほどだった。メイヨがインドの独立運動を批判して論争を巻き起こした前者の場合、「世界各地でこの本に対する抗議集会が開かれた。世界広しといえども、一冊の書物が怒りと熱烈な支持の両方を引き起こした事例はほとんど見当たらない」[*4]。ラシュディの『悪魔の詩』にも、さまざまな攻撃や非難が浴びせられ、発禁処分が求められ、著者に殺害予告が送られただけでなく、実際に日本語版の訳者が殺される事件まで起こっている。[*5]『悪魔の詩』では、イスラム原理主義的な宗教観が攻撃を引き起こしたが、『武漢日記』の場合、火元は過激な愛国主義勢力だった。ただし、『武漢日記』に対する攻撃が本当の意味で特異だったのは、ネット上の論調が幅広い支持から集団的弾劾へと、一夜にして逆転したことだ。

　この怒濤のような論争を理解することは、単に現代中国を理解することにとどまらない。私にとっては、アメリカを理解することにも繋がる。本書は、大規模なデマの出所やその意図、役割を吟味する窓の役割を果たすほか、同種のキャンペーンがアメリカでどのように展開するかを映す鏡にもなっている。『武漢日記』をめぐるこの騒動にますます深く引きずり込まれながら、私は、この本に関して起こっていること——ボットや荒らしによるオンライン攻撃、陰謀論、政府の説明責任の欠如、フェイクニュースの蔓延、出版禁止、ソーシャルメディアの統制、市民同士の議論の衰退、市民社会に広がる深い亀裂——はすべて、トランプ政権下のアメリカでも毎日のようにトップニュースで取り上げられているという事実に気づかずにはいられなかった。『武漢日記』とその出版をめぐる論争は、現在の時代精神を切り取ったものであり、この本は、我々が現在生きている時代を表す小宇宙、さらにはメタファーであるかのように感じられたこともある。だが『武漢日記』はメタファーではない。現実に危機が迫っている。本書は、パンデミックを記録した一女性の日記が数千万の読者の心をつかみながら、その後、中国社会で市民が議論することの限界に挑戦するほどの全国的な論争を引き起こして国を分断するに至った経緯の記録である。

評判になった日記

方方《ファンファン》が二〇二〇年一月二五日に最初の日記をアップロードしたときには、まだとりあえずやってみるという程度の気持ちだった。中国語でわずか四三三文字の短い記事で（実際、六〇日に及ぶ全記録の中で最も短い）、有力文芸誌『収穫』の編集長である程永新《チョン・ヨンシン》から、この感染急増について連載記事を書いてはどうかという提案があったことを説明している。これを読んで私は、ほぼ百年前の一九二二年に書かれた魯迅《ルーシュン》の「吶喊《とつかん》自序」を思い出した。この「自序」は中国に近代文学が誕生したいきさつを物語る象徴的な文章だが、その中で魯迅は、文芸誌『新青年』の編集長、陳独秀《チェン・ドゥーシウ》に寄稿を依頼されたときのことを振り返っている。魯迅は最初、気が進まなかった。人々を覚醒する道具として文学がどれほど効果的かに疑問を抱いており、そのことを「鉄の部屋」というメタファーで説明している。

《かりにだね、鉄の部屋があるとするよ。窓はひとつもないし、こわすことも絶対にできんのだ。なかには熟睡している人間がおおぜいいる。まもなく窒息死してしまうだろう。だが昏睡状態で死へ移行するのだから、死の悲哀は感じないんだ。いま、大声を出して、まだ多少意識のある数人を起こしたとすると、この不幸な少数のものに、どうせ助かりっこない臨終の苦しみを与えることになるが、それでも気の毒と思わんかね》

《しかし、数人が起きたとすれば、その鉄の部屋をこわす希望が、絶対にないとは言えんじゃないか》

そうだ。私には私なりの確信はあるが、しかし希望ということになれば、これは抹殺はできない。なぜなら、希望は将来にあるものゆえ、絶対にないという私の証拠で、ありうるというかれの説を論破することは不可能なのだ。

――魯迅『吶喊』所収「自序」竹内好訳、岩波文庫

魯迅は結局、疑念を抱きながらも『新青年』に寄稿する。こうして一九一八年に発表された短編「狂人日記」は、中国で最初の近代小説とみなされるようになる。ロシアの作家ゴーゴリに同名の作品があり、「狂人日記」は部分的にその影響を受けているとされる。魯迅はここで、目に見えようが見えまいが、社会の構造には暴力とカニバリズム〔人食いの風習〕が組み込まれていることを、文学と比喩の力を借りて暴き出そうとした。日記そのものは完全なフィクションだが、虚構の作品というレンズを通して、この物語では、当時の中国社会の奥底にある真実があらわになっていく。「狂人日記」がきっかけとなって、中国では歴史や倫理、言語、中国の国民性や市民社会の本質に関する論争が巻き起こる。中国はこの時期、伝統的な社会から近代社会へと変貌を遂げようとしていた。「狂人日記」は、内面に葛藤を抱える人々（そして作者）の苦悶の中から生まれたといってよい。

それから百年、方方もまた、程永新の勧めに最初はためらった。ただ、方方の場合、文学の力が社会に与える影響に対する疑念があって気が進まなかったわけではないようだ。往年の魯

迅が小説家としての一歩を踏み出したばかりだったのとは違って、方方にはすでに、中国の職業作家として四〇年以上の実績がある。方方が心配したのは、「この投稿が公開できるかどうか」（『武漢日記』一六ページ）という、いささか世俗的な問題だった。方方は、もう長年、中国文壇では重鎮とみなされている。ところがそんな彼女でも、最近はソーシャルメディアを何の制約もなく楽しむことができないもどかしさを感じるようになってきた。よく使っている新浪微博《シンランウェイボー》（ソーシャルメディアのプラットフォーム）で、以前に投稿した記事がいくつか削除された経験があり、自分の投稿がそもそも公開できるのか、確信が持てなかったのだ。この最初の記事が読めたらコメントを残してほしいと、読者に頼んでいるほどだ。そのときは些細なことのように思われたが、ネット検閲に触れたこと、記事を投稿する際のテクノロジーの役割とその信頼性が確実ではないこと、さらに「ハイテクが悪さをすると、伝染病よりも恐ろしい」（『武漢日記』一六〜一七ページ）と悟ったこと——これらは、『武漢日記』がその後、サイバーポリティクスの複雑な網の目に捕らえられることを予感していたようにも思われる。魯迅の「狂人日記」は中国の社会的・文化的実態を題材にしたフィクションだが、『武漢日記』は事実に基づく記事であるため、「作り話」を拡散していると非難されることになる。また、魯迅の日記が中国社会の内奥にカニバリズムを容認する文化的背景があることを衝撃的な形で描いたのに対して、方方の日記に対する反応は、ウイルスによる破壊的な影響がネット上の言論や社会全般にさらに大きな亀裂を生じさせる恐れがあることを明らかにした。そして魯迅の作品が文学に革命を起こしたように、方方の日記は、現代中国の文化と政治について、これまでにないほど白熱した論争を引き起こすことになる。

もちろん表面上は、二〇二〇年初めに武漢で発生した新型コロナウイルスについての方方の日記は、一九一八年に魯迅が創作した日記とはまったく違う。『武漢日記』には、ありふれた日常生活のあれこれ（ドッグフードを切らしたのにペットショップがすべて閉まっているときの対処方法など）、ウイルスの伝染力や重大性に関する医学的な情報を伝える文章（熱めのシャワーを浴びる、ビタミンCをたっぷり取る、白湯《さゆ》をたくさん飲むなどの、自分でできる予防策を含む）、武漢市全体の感染状況について医療の専門家から聞いた情報の更新、著者が見たニュース記事や動画からわかった情報、封鎖命令への協力に関するアドバイス、そして自分や家族、友人、同僚がこの危機をどう乗り切っているかという近況報告（随時更新される）が、交互に記されている。さらに、ところどころにはさまれる詩的な文章が、何百万という読者に深い感銘を与えた。「わずかな時代の塵でも、それが個人の頭に積もれば山となる」――これは日記の一節だが（『武漢日記』四二ページ）、元の文脈を離れて、数えきれないほどの読者に引用され、転送され、共有された。ウイルスにいつ、どこで襲われるかわからないという不安を的確にとらえたこの文章は、コロナウイルスと共存しなければならない厳しい時代を象徴する、初めての文学的表現だ。方方は、自らの発信力を利用して、中国の一般社会ではめったに話題にならないことについても伝えようとした。たとえば、封鎖による心理的抑圧を取り上げ、すぐにでもカウンセリングやサポートが必要だと訴える文章は随所に見られる。中国では心の健康についておおっぴらに議論することがいかに難しいかを考えると、この日記そのものが救いになった人もいたに違いない。[*1]

日記には、意外なほど激しい表現も見受けられる。感染初期の対応のまずさに対する失望や怒りをあらわにした箇所で、一貫性のない対応や、李文亮《リー・ウェンリアン》医師など、早い段階で警鐘を鳴らした人の声を抑え込もうとしたこと、住民の健康より政治を優先させたと思われる事例などが槍玉に挙がっている。同時に方方は、当局の措置によって人命が失われた場合、担当者が「責任」を取る（公式に謝罪して辞任する）ことも求めている。湖北省外に住む人々にとって、『武漢日記』は同省で何が起きているかを知る入口となり、武漢に住む人々にとっては慰めとなった。数百万の住民が、家から出られなくてもひとりではないと実感できたからだ。多くの人々の目に、方方は記憶の番人と映ったことだろう。数々の受賞歴がある作家、閻連科《イエン・リエンコー》は、早くからこの日記に期待を寄せていた。

> 現代の武漢に方方という作家がいなかったとしたらどうでしょう。方方が自分の身に起こった出来事やその時々に感じたことを書き留めてくれなかったとしたら？　方方のような人が何万人もいるわけではなく、多くの人は携帯電話を通じて助けを求める叫びを上げることもできずにいます。方方の日記がなかったら、私たちが見聞きする出来事は、ずっと限られたものになっていたでしょう。[*2]

閻連科は疑問文というレトリックを用いて、方方の証言が多くの読者にとってどれほど重要であったかを指摘する。コロナウイルスの感染拡大の期間中、方方は、友人や家族、隣人の話を共有することで、現場で何が起こっているかを記録し続けただけでなく、中国のインターネットカルチャーがこの危機に際してどのように反応したかについても興味深い状況を垣間見せてくれた。コロナウイルスが蔓延するにつれ、人々は情報だけでなく人と人との繫がりをも渇望するようになる。そんな状況の中で方方の日記は評判を呼び、中国のネット上で五千万人以上もの人に共有された。他のだれでもない、方方こそが武漢を代表する声だった。中国の読者にとって、彼女の日記は、慰めや安らぎ、感情のはけ口を求めて訪れる場所、感染について最新の情報を得る場所、そして時には、著者の動向を確認するためだけに立ち寄る場所になった。

日記が進むにつれて、方方の語調や重点の置き場所に明らかな変化が見られる。最初から三分の二あたりまでは、生活に必要な情報に重点が置かれているため、複雑で日々変化する状況を記録することが中心になっている。新規感染者数、主な病院で利用できるベッド数については常に情報が更新され、コロナウイルスの感染者が適切な治療を受けられるように、またそれ以外の病気に苦しむ患者が見過ごされないようにしてほしいという、せっぱつまった嘆願の言葉も見える。だが、必要な防護服などが病院に行き渡り、医療従事者が他地域から武漢に入ってきてサポート態勢が整い、患者数が減少し始めると、『武漢日記』のトーンが変わってくる。前述の「説明責任」について検証する時間が増えていくのだ。それに伴って、ネット上での日記への攻撃が激しさを増していく。最後には、この種のサイバー攻撃や、ネット検閲に関する議論、荒らしユーザーとの直接のやり取りが、日記の第二の主題として重要になっていく。方方が日記でオンライン攻撃や荒らし文化に関する複雑な問題を取り上げるようになると、その記事は劇的に長くなった。最初は一二一四字（一月二七日）とか一六六〇字（一月二九日）だった日記は、最後のころにはほぼ倍の長さになる。三月一七日には三〇三四字、三月一八日には三二二九字というように。特に重要なのは、この最後の方の記事では日記の雰囲気までが変わっていることだ。中国人民大学の王家新《ワン・ジアシン》教授によると、「単に非難されるだけではなく、危害を加えると脅されてもなお、方方は書くことをやめなかった。書き続けたばかりか、その筆致は激しさを増していく。どの記事にも、何かしら暗黙の了解に抵触する部分がある。（中略）この日記は単なる個人の記録にとどまらない。事実の歪曲《わいきょく》と虚偽を告発する声なのだ」[*3]。方方が日記の後半で見せた激しさは、彼女のことを不正を見過ごさない人物と見ている人々にとっては胸のすくような思いで元気づけられただろうし、その言葉を過激で人を扇動するものだとみなす人々にとっては大きな脅威となっただろう。

『武漢日記』にはいくつものエピソードが取り上げられ、さまざまな考えやテーマ、それに対する反応などが絡まり合って複雑な様相を呈している。ジャナ・フェトゥケ、ムハンマド・イバリン、ユーディン・ワンは、逆監視と連帯意識の観点からこの日記を、「方方の作品で基本理念になっている逆監視（これによって担当者の説明責任を担保する）」であり、「パンデミックやインフォデミック〔不確かな情報が大量に拡散される現象を指す〕を抑止する手段としての連帯意識」だと解説する。[*4] だが、逆監視というフレームの中でも、方方の日記は姿を変えていく。最初、『武漢日記』は〈内部からの《イン・バンド》逆監視〉と同一視されていた（方方が湖北省作家協会のような公的機関で高い地位にあったことを考えれば当然だ）。ところが、日記が徐々に批判的なトーンを帯びてくると、それは〈外部からの《アウト・オブ・バンド》逆監視〉とみなされ、当局にとっては好ましくない存在になる。[*5] 日記は一種の集合知でもあった。ケヴィン・ロビンスは次のように指摘する。

（前略）多様で、互いに矛盾したりぶつかり合ったりするいくつもの記事を通じて方方が実現しようとしているのは、私の考えでは、まさに〈みんなの物語〉、すなわちさまざまな人の生活体験を集め、それぞれが置かれている状況を記録することである。[*6]

方方の日記はきわめて私的なものではあるが、その中には別の情報源からの引用や多彩な視点からの考察が見受けられ、それらが集まってある種の力を発揮する。結局のところ、この日記が扱う主な話題は二つ、コロナウイルスの感染拡大とネット上の攻撃だ。この二系統の話題は、表面上はまったく別々に存在するように見えるが、実は並んで進行していて、互いに他方から養分を取り込み、それぞれが口コミなどによる話題性を提供している。この、絡み合う存在だということが、一介の日記が国を挙げての論争に火をつけることになったいきさつの説明になる。こうなるには、それなりの前提条件が必要だ。第一の前提条件は、六〇日間書き続けられた方方の日記に膨大な数の読者がついたことだ。日記は各種のオンラインポータルを通じて転送された。微博《ウェイボー》や微信《ウェイシン》にブログの形で投稿されることもあった。ウェブサイトやニュースのポータルサイトで、独立した記事として再録されたものも多い。ＰＤＦに変換したものがメールに添付されたり微信にアップロードされたり、またビデオストリーミングサイトで日記の内容がオーディオブックとして読み上げられたりと、さまざまな方法で共有された。日記を読んでいた人の数を正確に把握することは難しいが、初期の投稿が、わずか数日で二、三百万の読者を獲得したことはたしかだ。この数字はすぐに一、二千万に膨れ上がり、ネット住民は、記事がアップロードされるのを待ち構えていて読みふけった。人気の絶頂期には、多くの記事が国内で五千万を超える読者を集めていたとする調査もある。一例を挙げると、二月二九日の記事は、一度インターネットから削除され、その後別のアカウントで再投稿されたものだが、わずか一時間で八〇万ビューを獲得した。ガーディアン〔イギリスの一般紙〕の記事（二〇二〇年四月一〇日）によると、『『方方の日記』は三億八千万ビューを獲得し、話題として九万四千回取り上げられ、八二一〇回転送された」[*7]そうだ。それも微博だけで。日記は微信をはじめとする他のウェブサイトやプラットフォームにも広がっていった。YouTube（ユーチューブ）や嗶哩嗶哩《ビリビリ》〔中国の動画投稿サイト〕、Youku（ヨウク）などのストリーミングサイトには、海賊版のオーディオブックが複数アップロードされていた。熱心な読者は世界中に広がり、その人々の手で翻訳された記事がソーシャルメディアに投稿されるようになる。中国系アメリカ人のある高校生などは、日記を英訳して投稿するためにウェブサイトを開設したほどだ。

もちろん、コロナウイルスの感染拡大がピークを迎えていたころには、新華社通信や中国中央電視台（CCTV）といった国営メディアから地元の新聞社、独立系ジャーナリスト、フリーのフォトグラファー、ビデオブロガー、海外メディアまで、多くの報道機関や個人が武漢の状況について総合的に取り上げていた。現場に出かけていって病院からレポートしたり、最前線で働いている人たちを紹介したりするそうしたプロの記者と違って、方方はひとりで家に閉じこもっていて（むしろ家から出ることを許されず）、自宅の窓越しに、あるいは携帯電話やコンピューターの画面という仮想の窓を通じて、世の中を観察している。**それなのに、あらゆる報道を押しのけて方方の声が浮かび上がり、武漢からの声として、これほど多くの読者の心に響いたのはなぜだろう。**アイドルドラマや薄っぺらな消費生活、見掛け倒しのセレブ文化の時代に、方方がこれほど大規模で忠実な読者を獲得できたのには、いくつかの要因がある。第一に、方方の語り口が終始一貫していた。彼女は毎晩、一日も欠かさずに、六〇日間日記を更新し続けた。不確実で疑問だらけの時期にも、方方の日記だけは当てにできたのだ。方方の言葉に慰めと安らぎを与えられ、やがて多くの読者が、方方に家族のような親愛の情を抱くようになっていった。何百万もの読者が日記を通じて抱いたこのような親愛の情を端的に示すのが、方方の日記を引き継ぐ形で現れるさまざまな日記である。この現象を、楊国斌《ヤン・グオビン》は次のように論じている。

> 方方の日記は絶大な人気を誇り、彼女が六〇本の記事を書き終えて三月末に更新をやめた後も、それを引き継いで自分たちの日記を書くファンが現れた。ファンのコミュニティーでは方方の日記を読むことが毎日の儀式のようになっていたので、それがなくなるのは耐えられないと感じる人がたくさんいたのである。そこで彼らは、自分たちの日記を書いて「リレー日記」として投稿することにした。二〇二〇年三月二七日から五月二九日にかけて、六〇人の読者が方方の日記と同じ六〇本の「リレー日記」を書き、それらの日記のコメント欄では、活発なやり取りが続けられた。[*8]

このようなリレー日記は、方方の日記が長期にわたる連続投稿できわめて熱心な読者コミュニティーを獲得したことの一つの表れにすぎない。他にも各種の記録が手に入るのに、なぜこれほどまでに多くの読者が『武漢日記』に引き寄せられるのか。第二の理由は、本当のことが語られているからだ。方方の日記には、ＣＣＴＶや新華社などの国営メディアによる報道に充満しているプロパガンダ臭がまったくない。方方は、封鎖が続く中、現実の生活にひるまず立ち向かい、新型コロナウイルス関連の政策を議論（時には批判）することも辞さなかったばかりか、インターネット検閲、ネット上の荒らし行為、偽情報、政治的過激主義といった問題にも踏み込んだ。政府の対応がよければ率直に称賛するが、過失や誤りを非難するとなると容赦しない。中国語を話し、ある程度長期間にわたって中国語の報道しか見聞きできない環境に住んでいない限り、こういう態度がいかに貴重かがなかなか理解できない。方方が何百万という読者に信頼され、熱心に支持されたのは、まさにこの、事実を追求する精神だったのだ。中国を代表する知識人の一人で文化批評家の朱大可《ジュー・ダーコー》も、事実を記録するという方方の態度を評価している。

> 方方は感染拡大の現場から、女性ならではの感受性と彼女自身に備わった勇気をもって、自分の感情と「封鎖都市」での暮らしの実態を公開の場で記録しようとした。だれもが見られる仮想的な「嘆きの壁」を独力でネット上に立ち上げ、中国ではきわめてまれなぜいたく――真実――を提供してくれたのだ。[*9]

正義と説明責任を求める方方の文章にも、読者は自分たちのために闘ってくれていると感じていたのではないか。方方が政府を批判するといっても、それは常に誠実で善良な一市民の視点によるものだということには留意すべきである。同じようなことを欧米で訴えたとしても、おそらくほとんど注意を引かなかっただろう。だが、中国では事情が異なる。封鎖下の武漢で、方方の声には議論を燃え上がらせる力があった。現代の中国社会で意見表明や議論について考えるとき、これは実に示唆に富む事象である。方方が「真実」について語る言葉がどれほど力強かったかは、その後の攻撃の激しさが物語っている。まず標的にされたのは、日記の信憑性《しんぴょうせい》だった。

方方は著名な作家で、湖北省作家協会の最高位である主席を務めたこともある。この地位は公的な性格の強いものだが、それとは別に、『武漢日記』は気取りのないあるがままの記録である。日常的な事柄が述べられていて、自分のことのように感じられる。方方が書いていることは、多くの中国人がリアルタイムで経験していたことでもあった。封鎖の中で感じる不安、倦怠感、先が見えない苛立ち、怒りを、方方は、読者が我が身のことと感じられるように描くことができた。そして最後に、この日記は思いやりや人情味にあふれている。『武漢日記』は、近代史上最も過酷な時期を過ごした一都市の物語だが、その核心にあるのは、武漢への愛であり、作者がこの都市に抱く並々ならぬ思いだ。方方に寄せる信頼と共感、権力に対しても事実を述べるその勇気や、逆境にある人々のために闘うという態度、深い人間性があいまって、『武漢日記』は文学的、文化的な一現象へと変貌する。同時に、これほど多数の支持を得たということが、その後の失墜を早めることにもなった。

中国では、教会から法輪功《ファールン・ゴン》（かつて人気を誇ったカルト教団）まで、大規模な支持者を擁する民間団体は、潜在的な脅威として当局に目をつけられることになっている。方方が繰り返し「説明責任」を求めれば、潜在的な脅威が現実のものになる可能性があった。方方が当局の対応のまずさを追及し、終始一貫して担当者の謝罪と辞任を求めたとしても、それが個別のケースに対してだけならば、さほどの脅威とはみなされなかったかもしれない。だが問題は、それが広がって多数の声になる可能性があったことだ。つまり、武漢中央病院の院長は職務怠慢の責任を取って辞任すべきだという声を上げたのが方方だけなら、たいした問題にはならなかっただろうが、五千万にも及ぶ読者が一斉に立ち上がってそれぞれに別の要求を叫ぶ可能性があり、それが世間を騒がせ、よくない影響を与えると懸念されたのだ。この拡散の可能性こそが、国粋主義者による批判の嵐を引き起こす大きな要因になったといってよい。

もう一つ、『武漢日記』に対する攻撃が激しさを増していった事情をじゅうぶんに理解するために考慮すべき重要な前提条件がある。攻撃を仕掛けてきた極左勢力の歴史だ。方方に対するネット上の攻撃は、コロナウイルスの感染が拡大する中、どこからともなく突然現れて『武漢日記』をターゲットにしたわけではない。実は、方方が以前に発表したある作品に対して、二〇一七年にはすでに攻撃が始まっていたのである。二〇一六年に、方方は『柩のない埋葬』という小説を発表した。この作品には、土地改革運動による歴史の闇に長く閉じ込められてきた一家の葛藤（トラウマ）が描かれている。土地改革運動は一九四六年に毛沢東によって始められた一種の政治的取り組みで、その後、一九四九年の新生中国の建国を機に激しさを増し、結局一九五三年まで続いた。中国共産党の大きな成果と考えられ、地主による搾取をやめさせ、封建制度の下で何世代にもわたって民衆が苦しんできたという歴史的誤りを正すことが目的だった。党公認の正史では、地主階級に対する数々の暴力行為も歴史的必然とみなされている。

土地改革運動について、社会主義の観点から見た文学作品はこれまでにも多数発表されているが、被搾取階級が搾取階級に勝利したことをほめたたえるこれらの作品と違って、『柩のない埋葬』は、地主階級の人々が経験したトラウマをテーマに据えている。歴史を表面的になぞるのではなく、歴史とその記憶がはらむ緊張感、矛盾、複雑さに触れながら、激しい暴力が世代によって違う形のトラウマや抑圧を引き起こし、それが何十年も続いている様子を描き出している。何とも皮肉なことに、この小説では、古いトランクにしまい込まれていた謎めいた日記を軸に物語が展開する。土地改革運動の犠牲者が書いたこの日記は、書かれてから数十年を経て、その息子が一家のトラウマになっている過去の秘密を解き明かす重要な鍵になる。『柩のない埋葬』には、発表当初から称賛の声が寄せられた。中国の大手出版社である人民文学出版社から刊行され、二〇一七年四月には、権威ある路遥《ルーヤオ》文学賞を受賞する。ところが授賞式の前日に、『柩のない埋葬』に関する討論会が武漢で開かれた。いや、討論会と呼ぶのは適切ではなく、実質的には、毛沢東時代の全盛期に行われた文学作品の排斥運動を思わせる弾劾集会だ。その模様を伝えたニューヨーク・タイムズ（中国語版）の記事（二〇一七年六月二七日）によると、集会では「武漢鋼鉄工場の元工場長、殷学元《イエン・シュエユエン》氏が演説を行い、その中で、中国共産党の転覆を意図して土地改革運動を侮辱し、貶めたものだと方方氏を非難した。会場には、〈『軟埋』〔『柩のない埋葬』の原題〕は毒草だ〉と書かれた大きな垂れ幕が掲げられていた[*10]」。次なる攻撃は、五月二一、二三、二四日と立て続けに左翼系（中国共産党支持）のウェブサイト「紅色文化網《ホンスァウェンファワン》」に掲載された論文で、いずれも、「『柩のない埋葬』は土地改革運動を批判する反動的作品」などのタイトルが付いている。そこでは、方方が作り話を発表して、土地改革運動の歴史的遺産を過去にさかのぼって破壊しようとしていると主張されている。

「『柩のない埋葬』は土地改革運動を批判する反動的作品」（二〇一七年五月二三日）の場合、

筆者の趙可銘《ジャオ・コーミン》は文芸評論家でも何でもなく、かつて中国人民解放軍の国防大学で政治委員を務めていた軍人だ。それもあって、この論文は文化大革命時代のレトリックを思わせる政治スタイルで書かれている。「中国の偉大なる土地改革運動を否定することは断じて許されず、『柩のない埋葬』の政治的誤りが厳しい批判にさらされることを要求するものである」という調子で、後半では『柩のない埋葬』に関する具体的な対応が提案されている。「我々は、鄧小平同志が『苦恋』、『河殤《かしょう》』その他の（イデオロギー的に）不適切な作品に対して一九八〇年代に用いた批評の方法から学ぶべきである。（中略）多数の作家や画家を結束させ、一般大衆や若い世代を教育するという目的を達成するには、批評と思想闘争が必須である」。その二日後の二〇一七年五月二五日、突然広がった一連の批判を受けて、『柩のない埋葬』は書店から姿を消し、当当網《ダンダンワン》などオンライン書店のリストからも削除されてしまう。一か月足らず前にメジャーな文学賞を受賞したばかりの作品が、事実上発禁処分になったのだ。

『柩のない埋葬』をめぐるこうした論争や極左勢力からの攻撃、その結果としての弾圧は、二〇二〇年に方方が『武漢日記』で受けることになる攻撃を理解する鍵になる。ネット攻撃の恐ろしさは、いったん個人が標的にされると、ウェブサイトや政治グループのネットワークが積極的に活動し、口コミでどんどん情報が拡散されることにある。犠牲者が使っているソーシャルメディアのタイムラインは監視され、あやふやな、またはツッコミどころのある文章が投稿されると、それがまた炎上のきっかけになる。『柩のない埋葬』の発表は、方方にいわゆる「人民の敵」というレッテルを貼る結果になっただけでなく、もともと方方の動向を注視し、政治的あるいはイデオロギー的逸脱行為があれば即座に攻撃しようと待ち構えていた極左のウエブサイトや個人を勢いづかせることにもなった。

当然のことだが、このような攻撃が起こる背景を理解するには、過去の歴史的論争を振り返る必要がある。極左勢力が『柩のない埋葬』や方方個人の経歴をターゲットにしたと見るだけではじゅうぶんとはいえず、中華人民共和国の文化政策史上、文学がどのように扱われてきたかを考察してみることも重要だ。一九四二年、毛沢東は「延安文芸座談会での講話[*11]」を発表して、「今後数十年で、文学・芸術のあらゆる作品はイデオロギーの土台の上に築かれることになる」と述べた。この講話はきわめて規範的で、芸術作品に対して特定の形式を押しつけるものだった。たとえば、労働者や農民、兵士のための作品であること、だれにでも容易に理解できる白黒のはっきりしたメッセージを伝えること、何よりも政治的メッセージを優先することなど。これに当てはまらない芸術形式は虚無的、芸術のための芸術、現実逃避、反革命的とみなされ、破壊すべきだとされた。この延安での講話以降、文学、絵画などの芸術作品を政治的に見て「正しい」か「誤り」かで分類する風潮が生まれる。こういう考え方は、反右派闘争、文化大革命など、歴史上の特定の時期にさらにエスカレートした。「誤り」と判断された作品は「毒草」と称され、激しい批判にさらされ、作者はさまざまな迫害を受けた。過去には、文学作品が全国的な批判運動を展開された例がいくつかある。毛沢東は一九五四年に兪平伯《ユー・ピンボー》の《『紅楼夢』研究》を攻撃し、一九五五年には胡風《フー・フォン》と彼に近い作家グループを迫害した。さらに一九六六年には、呉晗《ウーハン》の戯曲『海瑞罷官《かいずいひかん》』を徹底的に批判する。文化大革命はここから始まった。

教条的な文芸モデルの時代は、鄧小平の改革開放期にある程度後退したかに見えた。一九八〇年代から一九九〇年代、さらには二〇〇〇年代に入ると、絵画や小説に市場の嗜好が反映されるようになり、社会主義全盛時代のような、イデオロギーを前面に出した作品は影が薄くなる。もちろん改革開放の時代にも、たまには一線を越えてみたり、政治的にタブーとされる領域に踏み込んだりする作家はいた。現代中国のカルチャーシーンでまず思い出されるのが、一九八八年にテレビで放映されたドキュメンタリーシリーズ『河殤』が、激しい論争の末に再放映を認められなかった事件だ。一九八九年の出来事〔天安門事件のこと〕が起こったために「反共産主義的」と批判されたのだ。また、賈平凹《ジア・ピンアオ》が一九九三年に発表した小説『廃都』〔吉田富夫訳、中央公論社〕は、華々しく世に出たが、露骨な性描写があるという理由で発禁処分を受け、その後一七年間出版できなかった。後にノーベル文学賞を受賞する莫言《モー・イエン》までが、一九九六年の小説『豊乳肥臀《ほうにゅうひでん》』〔吉田富夫訳、平凡社〕で厳しい政治批判にさらされた。しかしこれらの作品や、その他、改革開放時代の中国で「問題視」された作品のいずれも、方方が受けたような執拗な粗《あら》探しや攻撃、広範囲に及ぶ中傷の標的にされることはなかった。この変化の背景には、二〇一四年以降、文化的制作物を監督する方針がより厳格化されたことがある（もう一つ、ソーシャルメディアをはじめとするネット環境の充実と活用も大きな要因だが、これについては後述する）。習近平の政治権力が強化されるとともに、毛沢東時代の文化政策の多くが復活しているのだ。二〇一四年一〇月一四日、習は自らの「北京文芸座談会での講話」を発表する。毛沢東と自分の間にはイデオロギー上の固い絆があることを示し、創作に携わる中国の芸術家たちに、芸術の政治的使命は決して終わってはいないことを思い出させるのが目的だ。事実、二〇一七年五月に始まった『柩のない埋葬』批判では、方方を批判する記事の多くが二〇一四年の習近平講話を拠り所にしていた。

文芸評論家のデヴィッド・ダーウェイ・ワンは、その著 *Why Fiction Matters in Contemporary China*（「現代中国でフィクションが重要な理由」ブランダイス大学出版、二〇二〇年）で、習近平は作家や映画監督、その他のアーティストに「講好中国故事」（中国の良き物語を伝えること）を求めていると述べる。毛沢東が当時の大衆に求めたように、「習近平は新しい世代の文化労働者に、規律と快楽、禁欲主義と耽美主義、自己批判と自己達成、現代の苦労とユートピアの到来を組み合わせてチャイニーズ・ドリーム〔習政権のスローガンの一つ〕について語り、その夢を実現することを求めた」のだ。問題の核心は、習近平の考える歴史的事実と、この「良き物語」の意味である。再びデヴィッド・ワンの著作から引用する。

> 真理主張が問題になるのは、習の発言にある「好」という文字に、「良い」「正しい」「肯定的」「上手」など、いくつもの意味があるからだ。「講好中国故事」は、「中国について正しいことを述べる」とも「中国の良いところを述べる」とも解釈できるのだ。したがって、「好」の解釈いかんによって、習近平のスローガンは、単なる叙述から相手への呼びかけ、圧力、さらには命令まで、さまざまな意味合いを帯びる。問題はただ一つ、物語の「良さ」を最終的にだれが判断するのかということだ。

『武漢日記』とこの本をめぐる論争、その行間に漂うはりつめた空気を理解するのに欠かせない前提条件が、この「好中国故事（中国の良き物語）」という概念だ。『武漢日記』は、以前は政府の高い地位に就いていた公人（方方は長年湖北省作家協会の主席を務めていた）による作品だ。普通なら、武漢で広がった新型コロナウイルス感染について「良き物語、正義の物語、正確な物語」を語るのに、方方は理想的で、じゅうぶんにその資格があると思われるだろう。事実、本書では「良き中国」についても語られている。方方はボランティアの奮闘を称賛し、読者には、みんなで耐えて隔離の指示に従い、政府に協力するようにと呼びかける。また、次のような文章も繰り返し現れる。「私は必ずや政府と考えをともにし、政府の方針に歩調を合わせるだろう。さらに政府に協力して、状況が理解できない人々を説得し、焦燥感にかられる人々を落ち着かせるつもりだ」[*12]（『武漢日記』六二ページ）。一方で方方は、時に決められた台本から逸脱する。プライベートな記述になると、激しい調子で心情を吐露する。介入を嘆き、対応のまずさを指摘する。たとえば、初期段階で感染の状況がなかなか知らされなかったこと。警告を発した人を処罰したこと。ヒト－ヒト感染の可能性について誤った情報を伝えたこと。政府の重要な会議の妨げにならないよう、報道を抑制したこと。感染が広がっているさなかに大規模イベントを開催するという判断ミスがあったことなどだ。方方はさらにもう一歩踏み込んで、政府の担当者にこのような過ちの責任を取って謝罪し、職を辞すことを求めている。繰り返し叫ばれたこの「（説明）責任」という言葉――間違いなくこれこそが、その後の激しい攻撃を引き起こす危険な言葉だったのだ。当然ながら、日記のこの部分はすべて、当局や一般読者が「良き物語」と考える筋書きからは逸脱していた。方方が嘘やいい加減な説、うわさ話などを広めているという非難や中傷をよく見れば、この「良き物語」と「本当の話」の食い違いに原因があることがわかる。数十年にわたり、毛沢東が（そして現在は習近平が）文学はこうあるべしという規範を強調してきたため、「イデオロギー的正しさ」と「真実」が混同されてしまっているのだ。『武漢日記』がいったん「政治的に問題のある書物」と認定されれば、その真理主張に激しい攻撃が加えられる。方方の『武漢日記』で特異なのは、この台本からの逸脱が大規模なネガティブキャンペーンに発展したことだ。実際ここ数十年で、一人の作家に対してこれほど激しい攻撃が仕掛けられた例はほかにない。

もちろん、「説明責任」が一夜にしてうかつに使えない言葉になったわけではない。中国共産党は、その形成期以来ずっと、気骨ある作家や知識人が堂々と自分の意見を述べ、党に対してより高いレベルの説明責任を求めるのを批判し、抑圧してきた。一九四〇年代の延安時代には、作家で「山百合の花」〔丸山昇訳、近藤龍哉改訳、『新編 原典中国近代思想史 6 救国と民主』所収、岩波書店〕を発表した王実味《ワン・シーウェイ》が「権力の乱用を批判し、公の場で代替政策を議論できるように、共産主義運動に自主的なモラルとイデオロギーを取り入れることを要求」[*13]した結果、粛清が加えられ、一九四七年に処刑された。林昭《リン・ジャオ》は、一九五七年の百花斉放百家争鳴《ひゃっかせいほうひゃっかそうめい》〔「中国共産党に対する批判も含め、あらゆる主張の発露を歓迎する」主旨の政治運動だが、まもなく撤回され、これを真に受けて党を批判した者は激しい弾圧を受けた。批判分子のあぶり出しを狙った罠だったという説もある〕に呼応し、自らの血でしたためた文書によって意見を表明したが、翌年から始まる反右派闘争で粛清された。劉賓雁《リウ・ビンイエン》は、一九六〇年代に政治の腐敗や報道管制を暴くルポルタージュを発表して「右派」のレッテルを貼られる。その後名誉回復するが、一九八〇年代に再び社会の不公正を世に問い、「中国の良心」と称される。だがそれが後に「反体制」とみなされ、晩年は米国で亡命生活を送った。一九八〇年代の傷痕《しょうこん》文学運動〔一九七八～一九八〇年の中国文壇で盛んだった文学思潮。名称は盧新華《ルウ・シンホア》の小説「傷痕」に由来する〕

では、文化大革命の悲惨さを描いた作品が発表されるが、当時の責任を追及する声が政治の安定を脅かすとみなされ、鄧小平によって活動停止に追い込まれた。さらに、著名な知識人でノーベル平和賞を受賞した劉暁波《リウ・シアオボー》も、政治改革を求めた零八憲章の起草に名を連ねたという理由で投獄され、服役中に死亡している。方方の事例は完全にこの伝統に連なるもので、重大な逸脱と判断されたのだ。方方は一貫して中華人民共和国の法を引用して論旨を組み立てる。いわば、自分が批判している当の体制を利用して説明責任を求めているわけだ。ここで現代の社会状況が重要になる。説明責任を求めた初期の文学作品と違って、二〇二〇年にはインターネットが普及している。新型コロナウイルスの感染拡大にこれまでにないほどの関心が寄せられている状況では、『武漢日記』がウイルスのように世間に広がっていく可能性があった。

　二三年前、私は卒業論文のテーマに呉晗とその戯曲『海瑞罷官』に対する弾劾運動を選んだ。この運動では、呉晗を公然と非難する文章が新聞に載り、至るところに「大字報」〔壁新聞〕が貼られ、小中学生までが動員されて著者と作品（「毒草」と呼ばれた）を非難・攻撃した。一九六五年の一一月に始まったこの攻撃は、公式には一九六六年五月に開始される文化大革命の先駆けとして語られることが多い。文化大革命は中国全土に及ぶ政治運動に発展し、その後の一〇年間、中国社会を麻痺させ、経済を混乱に陥れる。学校は閉鎖され、数えきれないほどの画家、作家、知識人が粛清された。呉晗は一九六九年に獄死し、その妻と娘も文化大革命における迫害がもとで命を落とす。『海瑞罷官』に対する弾劾運動と、五五年後の『武漢日記』をめぐる状況には、もちろん根本的な違いがあるが、同時にいくつかの類似点も見受けられる。どちらも延々と執拗に攻撃されたこと、文革時代の用語、シンボル、レトリックが方方に対しても使われていること、犠牲者を中傷し、貶め、攻撃するために幅広い方面に動員がかけられていること、犠牲者の友人や家族を標的にし、異論を封じ込める「魔女狩り」が行われたことなどだ。『武漢日記』への攻撃は、おそらく、一作品に対するネガティブキャンペーンとしては、文化大革命の開始時に『海瑞罷官』に加えられた攻撃以来最も大規模で、最も長期にわたるものだろう。だが今回の事例には過去とは違う点がいくつかある。背景として世界的なパンデミックと貿易戦争があること、デマや攻撃に使える新しいデジタルツールが利用できること、翻訳が大きな問題になったことなどで、これらは、やがて海を越えて展開される大々的な排斥キャンペーンを暗示するものとなっている。

翻訳とウイルス

私の本職は大学で中国の映画と文学を教え、研究することだが、それとは別にフリーランスで翻訳と通訳の仕事をして、かれこれ二五年になる。その間、余華《ユイ・ホア》や王安憶《ワン・アンイー》といった中国作家の、古典様式を踏襲した現代小説を翻訳し、映画のシナリオや字幕、短編小説、インタビュー、エッセイなど、さまざまな分野の翻訳にも携わってきた、また、大変名誉なことに、中国が世界に誇る著名文化人の通訳を務めたこともある。ノーベル文学賞を受賞した莫言《モー・イエン》と高行健《ガオ・シンジエン》、受賞歴のある映画監督（謝晋《シエ・ジーン》、張芸謀《チャン・イーモウ》、賈樟柯《ジア・ジャンクー》、侯孝賢《ホウ・シアオシエン》）、女優の章子怡《チャン・ツィイー》といった人々だ。長年の経験から、私は作者の声を伝えるプロセスを一種の演技と考えている。翻訳者や通訳者は俳優に近い存在だ。名翻訳家スザンヌ・ジル・レヴィンの言葉を借りれば、「翻訳とは、外国人作者の声を翻訳者が代弁する一種の創作である」[*1]。私の役目は、自分の個性や考えを抑え、作者の声を伝える代弁者に徹すること、作者の文学的感性、微妙な言葉づかい、独自の文体を浮かび上がらせることだ。これは通訳の場合に特に当てはまる。通訳者は話者のリズムやイントネーションを引き継ぎ、話者の立場に立って話す。話者の言葉に聴衆が笑ったりうんざりしたりするような場面では、通訳でも同じ反応を引き出すことを目指す。私にとって、聴衆が同じように笑ってくれるかどうかは、常に一流の通訳者としての絶対条件だった。とはいえ、どれほど忠実に話者（著者）の言葉を再現しようと、通訳（翻訳）は一種の演技である。私の口やペンから流れ出る言葉は、決して「私自身の言葉」ではない。作家のイデオロギー的立場は、同調できるところがあったとしても、私自身の立場ではない。『武漢日記』の翻訳に取りかかる以前から、こんなことは言うまでもないと、ずっと思ってきた。私たち翻訳者は文学のメッセンジャーなのだ。とはいえ、常勤の大学教授として、これまで訳してきた作品がいわゆる「職務著作」〔職務の一環として、雇用者や業務委託者の指示・依頼によって創作された著作物。著作権が創作者ではなく依頼者に帰属するとされる〕ではなく、私自身がその価値を認めて選んだ文学作品だったことは幸運だ。その意味で、特に歴史上の出来事を題材にしてそのトラウマを取り上げるような作品の場合、私自身の研究とも重なる部分があるので、選択にあたって自分の美意識や倫理感がある程度反映されることは間違いない。それでも、『武漢日記』を中傷する人々が、私が方方《ファンファン》の作品を翻訳しようと決めたことを、好戦的愛国主義の論理を振りかざして批判するのには心を乱された（この人々は、実際の翻訳を読んでもいないし、私をこのプロジェクトに突き動かした状況を理解しようともしない）。彼らの中には、翻訳者と著者の従来の関係を逆にしてしまう者までいる。つまり、翻訳者の私が実はこのプロジェクトの黒幕または実際の執筆者であり、方方はただのお飾りにすぎないと主張する攻撃者が多数いたということだ。何十年もの間、翻訳者は自分たちの存在をもっと認知してもらおうと苦労してきた。そしてここにきて、ただ認知されるだけでなく、その役割を過大に評価され、原著のいわゆる「イデオロギー的誤り」の責めを負わされることになったのだ。もちろん、翻訳するという行為そのものも、私の文学上の罪に数えられている。だが翻訳とその後のサイバーキャンペーン（ここでは本だけでなく翻訳行為自体も標的になった）の間に、翻訳者の役割に関する私の見解も大きく変容し始める。自分は本当に、見えないメッセンジャーにすぎないのだろうか。
『武漢日記』の翻訳を始めたとき、私はちょうど、これまでのキャリアの中で最も苦労した翻訳プロジェクトから解放されたばかりだった。文学書の翻訳を始めてからもう二〇年以上になるが、これまでずっと、意識的にしろ無意識にしろ、挑戦しがいのある作品を追い求めてきた。大学院課程の一年目に『野生児』〔台湾の作家、張大春《ジャン・ダーチュン》の小説。未邦訳〕を翻訳したときには、あいまいな引用、政治への言及、俗語表現など、先の見えない迷路に迷い込んだような気がしたものだ。陳毓賢《チェン・ユーシエン》との共訳書『長恨歌』〔王安憶の小説。未邦訳〕は、四〇年に及ぶ中国近代史を生きた一人の女性の物語で、自由な間接話法、随筆風の文章、大局的な歴史上の事件を意図的に避けて日常の細々した出来事に焦点を当てる手法など、さまざまな試みがなされていた。だが、『余生』〔台湾の作家舞鶴《ウーフウァ》の小説。未邦訳〕はそれ以上に難解だった。一種の前衛小説で、一九三〇年に台湾で起こった現地人の暴動（すぐさま、日本の植民地政府によって武力で鎮圧された）のその後を描いたものだ。民族学の調査、自伝的な心の動き、性と暴力が満載のファンタジー――この三つの舞台を行き来しながら進む小説『余生』は、ほぼ意識の流れに沿って構成されている。段落の区切りはなく、句読点の使い方も独特だ。日本語、台湾語、そして先住民セデック族の言葉が少しずつ使われているという、実に型破りな構造が特徴で、私は一五年もの間この小説と日夜格闘し、二〇一七年にようやく出版にこぎつけた。

　白状するが、『武漢日記』を翻訳しようと思ったとき、少なくとも言葉の点では一息つけると考えていた。試しに少し読んでみた限りでは、普通の文体で簡潔に書かれているばかりか、扱っている内容も現在進行中の出来事だ。『余生』が荒々しく、熱にうかされた夢のような別世界だとすれば、『武漢日記』は現実世界をそのまま映し出す写真のようなものだ。そういう作品の翻訳に取り組むことに惹きつけられるものがあった。実際、両手両足に錘《おもり》をつけて暗い沼の中を泳ぎ回った後で、何物にも束縛されず自由に、澄んだ水の中を遊泳できる——そう思っていた。そのうえ、私には女性作家の作品をもっと翻訳したいという希望もあった。これまで女性作家の小説を訳したのは王安憶の『長恨歌』一冊だけで、男性作家の小説を四冊訳しているのとは対照的だ。#Metoo（ミートゥー）運動が起こったこともあり、教室で取り上げる作家、また自分が翻訳する作家がいつの間にか偏っていることを、もっと意識しなければいけないと思い始めたところだった。方方の『柩のない埋葬』を翻訳することになったのは、ちょうどこのような問題が心に重くのしかかっていたころで、これが翻訳を引き受ける直接のきっかけとなった。一方『武漢日記』については、意識しようとしまいと、方方が個人として、武漢市民としての苦悩をリアルタイムで記録していることに強く惹きつけられたといえる〔「プロローグ」参照。著者は『余生』の次に『柩のない埋葬』の翻訳に取りかかるが、その途中で『武漢日記』のことを知り、そちらを先に翻訳する〕。

翻訳の難易度という点では、『武漢日記』は『余生』に比べれば物の数ではないかもしれないが、それとは別の新しい困難が立ちはだかり、その多くは私にとってまったく予想もしないことだった。最初の難関は、単純な持久力の問題だ。タイムリーな内容だけに、版元のHarperViaは、この日記をできるだけ早く読者のもとに届けたい意向だった。そのため、四月一五日厳守で最終稿を提出するよう求められたが、一人で翻訳する限りそれはとうてい不可能だ。原文は文字どおりまだ執筆中で、最終的にどれだけの長さになるのかわからない。著者が最初に想定した日数に初期の日記の平均文字数を掛け合わせ、私は完成原稿の文字数をおよそ九万語と見積もった。その長さの原稿をたった七週間で訳し終えるのがすでに無理難題で、最低でも一日二千語翻訳しなければ、計画どおりには進まない。ところが、実際にはさらに困難な状況が待ち構えていた。

　まず、日がたつにつれて日記がどんどん長くなっていき、最後の方では、多くの記事が最初のころの倍以上の長さになっている。最初は四〇日ほどで終わると思われた日記の期間も、筆者によって引き延ばされ、やがて五四日目が最後になると宣言されたものの、結局はさらに延びて六〇日間続いた。つまり、最初に九万語と想定した原文テキストが、一三万三千語にまで膨れ上がったのだ。最初の二週間は自分でも信じられないほど順調だったが、その後はスケジュールに追われるようになり、三月初めには体調を崩してしまった。このときは、新型コロナウイルス感染症の多くの症状に当てはまる状態だったため、コロナウイルス関連の本を翻訳しながらコロナに感染した皮肉を思わずにはいられなかった。幸い検査の結果は陰性で、やがて仕事に復帰できたが、発熱や極度の疲労、下痢、息切れといった症状と闘っている間に、一〇日間という貴重な時間が過ぎてしまっていた。感染初期にコロナウイルスの検査を受けても正確な結果が出ないことがあると聞いていたので、本当は感染しているのではないかという不安はその後も続いた。完全に回復したと思えるころには、一日に四、五千語を翻訳しなければ、期日までに翻訳と推敲を終えることができない状況になっていた。三月半ばから四月半ばまでの一か月間、私はこの翻訳スケジュールを、年中無休の子供の世話（このころ、小学生の二人の子供の授業は完全にオンラインだった）や、ＵＣＬＡで自分が受け持っている中国のポップカルチャーをテーマにした二五〇人の講座（こちらもオンラインに移行していた）と何とか両立させた。そのために、一日一〇時間、一週間休みなしで働いた。夜中の一時や二時まで起きていて、そのうえ子供が起きる前に少しでも進めておこうと朝六時に起きて仕事を再開することも珍しくなく、その間も絶えず、方方、エージェント、出版社と連絡を取り合っていた。私の翻訳キャリアの中でも特に厳しく、集中して取り組んだ経験で、社会に影響を与えるトピックに関与することは重要だが、それには一定の技量が必要だということを、改めて教えられた。

　この本の刊行に特有の状況も、当然ながら翻訳には大いに影響した。この重要なメッセージを世界中に発信するのにいくぶんでも貢献できるという興奮と情熱に突き動かされて翻訳を始めたものの、終わるころには、とにかく最後の一行を書くためだけにパソコンに向かっていた。信じられないほど過密なスケジュールは、健康にも大きな打撃を与えた。正常なら両目とも一・〇ある視力がぼやけるようになり、タイピングのしすぎで手と腕の腱や筋肉は絶えず痛んでいた。最後には手首を固定する器具を使わなければならなかったほどだ。こんな状態でも、品質を落としたり、手抜きをして作品の正確さを損なったりするようなことはあり得ない。とはいえ、どうしてもスケジュールの影響を受けずにはすまない細々した作業があることもわかってきた。完成した原稿の巻末には、私が翻訳しながら急いで追加した二〇項目を超える註がついていた。だが、本当はさらに一〇項目程度追加したかった。それも含め、私は原稿全体を何度か読み直して手を加えたが、欲をいえば、もう二、三回読んでおきたかった。とても重要なことなのだが、自分の翻訳を手放す前には、それを少し離れたところから見る必要がある。単語の選択についてもよく考えたいし、語句をいろいろ入れ替えてみて完成度の高い訳文に仕上げたい。詩文についてももう少し手を加えたい。だが、そういうことをする時間はほとんどなかった。ただし、それがかえって原文の雰囲気をよく伝えているという一面はあるかもしれない。日記は、じゅうぶんに推敲を重ね、練りに練った文章ではない。その代わり、勢いがある。『武漢日記』はその時々を記録した作品で、著者の考えや不安、意見、感情がありのまま、リアルタイムで書き留められている。翻訳にも同じような粗削りの面が出るのは、ある意味当然だろう。

四月の初め、翻訳が追い込みに入ったころに、新たな問題が持ち上がった。原著が攻撃にさらされると同時に、翻訳もその言葉づかいやイデオロギーの観点から分析され、これまでの翻訳では経験したことのないほど細かくチェックされて、作業が進まなくなったのだ。次章で述べるように、書名までがかつてないような検閲の対象になるのだから、実際の翻訳コンテンツがどんな目に遭うかは想像に難くない。ネット上の攻撃が激しくなるにつれ、今回の翻訳には、中国を扱った他の翻訳作品とはまったく違う基準が適用されることがわかってきた。だが、友人が教えてくれたある内部文書の存在までは予想していなかった。この文書によると、原著に圧力をかける策略として、翻訳の弱点を攻撃する計画が進められているようなのだ。この文書を書いた人物は、以前、世界広告主連盟の中国側コンサルタントを務めていた。「尊敬すべき同志諸兄」に宛てられたこの手紙は、「非常事態での助言」の体裁をとっている。その内容は次のようなものだ。

世界がこのウイルスと闘っている非常事態の中で、私は祖国に次のような緊急提言を申し上げます。反中勢力が中国に賠償を強要しようと血眼になって証拠を探しているこの重大事にあたり、方方の日記が西側諸国で出版されると、中国に対する否定的な論調がさらに勢いを増すことになります。中国国民にウイルスの責任を押しつけて処罰しようとする諸外国にとって、この本は格好の拠り所になるでしょう。

　中国と西洋では文化が違います。方方の日記が西側読者の目に留まれば、草むらに潜む蛇のような危険きわまりない存在となり、我が国の安全を脅かすおそれがあります。

　これはきわめて重要な問題であり、僭越ながら、国家機関（国家安全部もしくは規律検査委員会が適任ではないでしょうか）が方方を尋問し、ただちに著書の出版および配布をやめさせるべきではないかと考えます。当該機関の専門家には、日記の翻訳を分析してその欠陥を見つけ、出版と翻訳権の譲渡を阻止するために迅速に行動していただくことを期待します。

（中略）件《くだん》の翻訳には数々の欠陥があり、出版差し止めの理論的根拠にはその一つでじゅうぶんです。

（中略）私は、一〇年にわたり出版界で仕事をしてきました。祖国のお役に立てるなら、喜んで馳せ参じます[*2]。

　この手紙を読んで、私は背筋が寒くなるのを感じた。この手紙を書いた人物が、以前にも同じ手口で出版差し止めに成功していたことも思い出した。大学の学部課程で一八年間翻訳を教えてきたのだから、翻訳作品を精読し、複数の翻訳を分析してその正確さや読みやすさ、作品としての完成度を批評することには慣れている。だが、今回は批評とはまったく別物だ。書物の出版を差し止めるというとんでもない意図で、専門家を動員して翻訳を徹底的に分析して批判することを求めるものなのだ。もちろん、これは〈政府の方針〉ではなく、一個人が〈助言〉という形で書いた私信である。この手紙がどれだけ広くばらまかれたのか、結局どの程度の反応があったのかはわからない。だが、間近に迫った翻訳出版に対してこのような提案が実際になされていることがわかっただけで、行く手に嵐が待ち構えていることを知るにはじゅうぶんだった。この手紙のコピーを受け取ったのは四月も半ばに近いころで、翻訳は終わりかけていた。だがこの手紙から、原著だけではなく翻訳までがターゲットにされ、「原著に忠実」で「正確」（これらの言葉は通常、翻訳研究の学術的な記事や書籍のレビューで使われる）であるという非常に主観的な観点が問題視されることに気づかされた。突如として、カフカ風の不条理感に襲われたといってもいい。こんな現実離れした話があるだろうか。私の翻訳を精査する目的が、些細な欠点やミスを見つけ出し、それを足がかりに大がかりなキャンペーンを展開して本全体の評判を貶めるためだというのだから。言い換えれば、文芸翻訳でいう「原典に忠実かどうか」が、政治イデオロギーに則った解釈に「忠実かどうか」を問うために使われるということだ。

　私はこの手紙が翻訳作業に影響を与えないように努めた。似たような感情をこだまのように繰り返すネット上の他の書き込みについても同様だ。翻訳者としての義務は、第一に、原作を完全な状態で伝えることであり、内容はもちろん、文体や作者の声をそのまま忠実に引き写そうとするのは当然だ。幸い、この〈陰謀〉に関する警告を受けたときには、翻訳はほぼ完成していた。ただし、そういう企《くわだ》てがあることがわかったために、肩越しに悪魔が覗き込んでいるような感覚に襲われ、それが微妙な形で最終稿に影響を与えたことはたしかだ。特に校正の段階で、もう少し自由に訳したいのだが、字面《じづら》に忠実に訳す方を選ぶ傾向が出てしまったところがある。一つ具体例を挙げよう。この日記には著者による「まえがき」があり、そのタイトルを私は文字どおり「ウイルスは人類共通の敵」と訳した。最初は、「ウイルスは共通の敵」と縮める方向で編集者と検討していた。その方が修辞的にも引き締まり、ずっとよくなると考えたのだ。「人類」を省くことにはさほど悩まなかった。本文には明記されているからだ。このような細々した判断は日ごろから必要に応じて行っているし、慣れてもいる。少し語句を省くことによって訳文の流れやリズムがよくなり、読みやすくなる。しかし、この本の粗探しをする連中が原作への〈忠実度〉という非現実的な基準を振りかざすことがわかっているので、私は編集者と何度もメールを交換し、方方にも意見を求めて、このフレーズが完全な形で現れる本文に「人類」という言葉が入っていれば問題ないという返事をもらっていた。だが結局は、用心するに越したことはないと考え、「ウイルスは人類共通の敵」という原文の表現をそのまま使うことにした。もう一つの例が、方方が読んだ「ネット上の記事」からの引用で、出典が明記されていない場合の扱いだ。最初の草稿では、実際にネット検索して元記事を見つけ出し、詳細不明の「ネットで読んだ」ではなく、たとえば「新華社のサイトで読んだ」のように変えていた。ところがここでも、重箱の隅をつつくような粗探しにさらされることを考え、原著の表現がいささかあいまいでもそのまま使うことにした。[*3]

実際に翻訳する上での最後の難題は、ネット攻撃の第一波が襲ってくると同時にやって来た。翻訳完成から一週間もたたないうちに、外国語版の出版をめぐる論争（詳しくは後述する）がネット上で勃発したのである。それまで何週間も目のかすみや手と腕の痛み、過労、納期と刊行スケジュールの変更に伴う騒動に翻弄されたあげく、突然、自分が直接のターゲットになったのだ。当時は、これほど攻撃が殺到する理由がまったくわからなかった。私を脅せばこのプロジェクトから手を引くと思っているのだろうか。そんなことは考えたこともない。だが、それでなくても難問が山積しているこのプロジェクトの最終段階での攻撃が、精神的な重圧になったことは間違いない。彼らがやろうとしたことは、私を馬から引きずり下ろして悪態や嘘、デマの泥沼に突き落とすに等しい。私はできる限り雑音を無視して前に進もうとした。二〇二〇年四月一五日、方方が最後の記事を書いてからわずか三週間後に、翻訳は完成した。その同じころ、中国のネット社会では、憎悪と卑劣な攻撃の嵐が起こり始めていた。

書名への攻撃

怒濤の攻撃は書名にも及ぶ。先にも述べたように、英語版の書名が決まるまでのいきさつを短いとはいえ一章を費やしてまとめることになろうとは、まったく想像もしていなかった。だが、このプロジェクトに取り組み始めてまもなく、『武漢日記』はその英訳タイトルも含め、一筋縄ではいかないと思い知らされることになる。実際、二〇二〇年四月半ばからネット上で繰り広げられる攻撃では、書名が主要な標的の一つになったのだ。このような攻撃に対処する意味でも、私は、書名をどのように選定したか、それが後にどのように政治問題化され、攻撃の対象になったかを記録しておくことにした。これは、翻訳書のタイトルはどのようにして決まるのか、という素朴な疑問に答えることにもなると思う。方方《ファンファン》が二月二四日に翻訳を許可してくれた時点では、日記はまだ完成していなかったばかりか、正式なタイトルすら決まっていなかった。新型コロナウイルス感染症に関する方方の記録は『封鎖日記』と呼ばれることが多かったが、このブログを指して『方方の日記』と呼ぶ人もいた。

出版を引き受けてくれそうな版元に見せるサンプルを訳し終えた私は、早速英訳タイトルの検討に入った。二月二九日にエージェントに次のようなメールを送っている。

（前略）書名について意見を聞かせてもらえませんか。原著の書名を文字どおりに訳すと

『封鎖都市からの日記』になりますが、これでは少し芸がないような気がします。とりあえず『武漢日記』としていますが、『隔離日記』でもいいかもしれません。他にも、『封鎖都市からの便り』『隔離の記録』などが考えられます。（中略）いずれにしろ、『武漢日記』に決めてしまう前に、提案があればお知らせください。

エージェントからは、『封鎖都市からの日記』を推す返事が来た。ダニエル・デフォーの『疫病日記』〔邦題は『ペスト』〕と同じ響きがするというのが理由の一つだった。そこでこれまでの案を手直しし、さらに他の案も加えて、次のようなタイトル候補のリストを作ってみた。

Wuhan Diary（武漢日記）
Diary from a Quarantined City（封鎖都市からの日記）
Wuhan Quarantine Diary（武漢隔離日記）
Wuhan Diary: Reflections from a Quarantined City（武漢日記——封鎖都市で考えたこと）
Diary from a Quarantined City: Wuhan during the Coronavirus Outbreak（封鎖都市からの日記——コロナ下の武漢）

私はこのリストを同僚のマイケル・エメリックに送った。マイケルは信頼できる友人で、日本文学の翻訳を多数手がけている。彼は最後の案を支持したが、実はそれは、私が最初にサンプル訳に付けたタイトルでもあった。

偶然にも、私が友人や同僚に英語版の書名について意見を求めているのと同じころ、方方も、地球の反対側の中国で原著のタイトルに手を加えていた。二月二九日、私がエージェントとマイケルに書名のことでメールを送った同じ日に、方方からのメールで、『武漢封城日記』が正式な書名に決まったことがわかる。これを文字どおりに英訳すると、「Wuhan Quarantine City Diary（封鎖都市武漢の日記）」となる。

それから数日、方方と私は二〇回以上もメッセージをやり取りして書名について意見を交換した。方方は原題に比較的忠実な「Wuhan Quarantine Diary（武漢隔離日記）」や「Wuhan Lockdown Diary（武漢封鎖日記）」を希望したが、それでは英語として平凡すぎるように思われた。耳で聞いても何となくしっくり来ない気がしたのだ。第一候補の *Diary from a Quarantined City: Wuhan during the Coronavirus Outbreak* が著者からはかばかしい反応を得られないようなので、私は最初から考え直すことにした。今度は、もっと簡潔で効果的なタイトル（『封鎖日記』とか『武漢日記』のような）にしてみよう。その方針でいくつかの案を検討した結果、最終的に『武漢日記』に落ち着いた。方方には、ある言語では申し分ないと思えるタイトルが、別の言語で同じ効果を上げられるとは限らないと説明した。そこで例に挙げたのが、一五年前に翻訳した葉兆言《イエ・ジャオイエン》の『一九三七年の愛』〔未邦訳〕だ。英語の逐語訳は「The Love of 1937」だが、訳書のタイトルは *Nanjing 1937: A Love Story*〔逐語訳は『一九三七年の南京――ラブストーリー』〕にした。原題は中国語なら大変響きがいいが、その逐語訳は英語として単調に感じられる。そこで少し手を加えて、原題の感性を活かしながら英語としても申し分のないタイトルを考えたのだ。さて、三月初めまでに私は複数の出版社に日記の翻訳原稿を送ったが、そのときの書名はシンプルな*Wuhan Diary*（武漢日記）で、サブタイトルは付いていなかった。
『武漢日記』がHarperViaから出版されることが決まると、私は全力で翻訳に取り組んだ。最初のうちは、書名についてもサブタイトルについても、編集者との間で話題になることはなかった。そのうち、HarperViaの編集者から、二段階に分けて出版してはどうかという提案が出てきた。つまり、最初の四〇日分をまず書籍の形で出版して、日記が完結した段階で完全版を出すというプランで、いわば安全策でもあった。当時、武漢はまだ封鎖されていて、この状態がいつまで続くのか、方方がどこまで書き続けるか、だれにもわからない。そんな中、三月下旬になって、新たに「封鎖下の四〇日」というサブタイトルを付ける案が浮上してきた。もちろん「四〇」という数字は仮のものだ。四五、あるいは五〇になるかもしれない。まだ予測がつかない。だが結局、二段構えの刊行プランはサブタイトルもろともボツになる。武漢での流行が下火になり、方方が日記の終了について口にするようになったからだ。日記の英訳も完全な形で出すことに決まった。

　英語版の書名について「dispatches（便り）」という単語が候補に挙がったのは、HarperViaの担当編集者からのメールが最初だった。出版までのスケジュールに余裕がないため、私は翻訳原稿を何回かに分けて編集者に送っていた。三月二一日にも送ったのだが、二四日に次のような返事が届いた。「ヨーロッパで起こっていることや、アメリカでも今まさに起ころうとしていることを考えると、方方の日記はきわめて緊急性が高いと思います。今、マスクがもっと必要だという記事を読み返していますが、あらためてその主張の力強さに心を打たれました。方方が、未来から私たちに忠告してくれているような気がします。この本をこのタイミングで出版するとしたら、〈Dispatches from the Future（未来からの便り）〉をサブタイトルにできないでしょうか」。方方の文章が過去の出来事を扱っていながら、（アメリカにとって）感染が広がった未来の情景を示唆してくれているというこの指摘には、私も大いに共感した。その意味で、方方の文章はまさに未来からの便りといっていい。日記を一連の「便り」になぞらえるというコンセプトは、よほど編集者の気に入ったに違いない。最初のカバーデザインができ上がってきたとき、そこには新しいサブタイトル「Dispatches from the Original Epicenter（発祥地からの便り）」が付け加えられていた。

「Dispatches from the Original Epicenter」は、私としてはサブタイトルの第一候補ではなかったが（方方の視点をより良く伝えるためにも「封鎖」を意味する言葉を入れたいと思っていた）、それでも特にこのサブタイトルに異議は唱えなかった。響きも良いし、原著の内容と視点から離れてはいないと思った。それに何よりも、英語圏の一般的な読者に受け入れられる最善の方法という点で、編集者の判断を信頼していた。私はすぐにこのカバーデザインを方方と共有した。そこには新しいサブタイトルが表示されていたが、それについて、その時点で彼女と話し合うことはなかった。今思えば、これは私のミスだった。当時の私は、著者だけでなく、何人もの編集者（十指に余る外国語版の制作が決まったばかりだった）やエージェントと連絡を取り合いながら、猛スピードで翻訳も進めているという状況だった。「Dispatches from the Original Epicenter」というこのサブタイトルが、まさか政治的にこれほど問題視され、ネットでの大炎上に繋がるとは、夢にも思っていなかったのだ。

カバーデザインと新しいサブタイトルを確認した数日後、出版社の営業部門が、本の内容説明と、サブタイトルが表示されたカバーデザイン、その他の詳細を、アマゾンやBarnes & Noble（バーンズ・アンド・ノーブル）などのオンライン書店にアップロードした。方方も私も、そのときはアップロードされた内容を見ておらず、方方は新しいサブタイトルが追加されたことに気づいていなかった。この見落としが大失態だったとまではいえないだろう。プロジェクト全体が急ピッチで進められる中で、このきわめて重要な内容をできるだけ早く世に出そうと、みんながベストを尽くしていたのだから。コロナウイルスの感染は広がっていて、本書は、武漢での感染状況を最も早く伝えた、最も重要な記録の一つだ。中国で何が起こっているかを知らせる目的で立ち上げたプロジェクトは、中国以外の国や地域に住む人々に、いずれやって来る災いに備えるようにと声を大にして警告するためのプロジェクトになっていた。その過程で制作プロセスの一部は簡素化され、本のデザインに関する著者との綿密な打ち合わせといった細々したことは省かれた。

　普通なら、本の内容説明といった細かいことはそれほど重要ではない。何か問題があったとしても、実際に刊行されるまでに修正する時間はじゅうぶんある。最初の説明はあくまでも仮のもので、目的は、本の基本情報を提供してオンラインサイトで予約販売を受け付けることだ。だが、この場合は普通どころではなかった。『武漢日記』の海外版の刊行には、なぜか、過去に例を見ないほど大量の批判や苦情が寄せられた。訳書のタイトルと内容説明がオンライン書店にアップロードされたことを私が知ったのは、中国人ユーザーからのメッセージが続々と届き始めてからだった。彼らは、すでに中国語に翻訳され、微博《ウェイボー》に投稿された告知文を読んだのだ。

過去二〇年の間に十数冊の本を出してきたが、英語の内容説明やタイトルが中国で注目を浴びるのはきわめて異例である。まして、アップロードしたとたんに中国語に翻訳され、議論の的になるとは。どこかで間違った――他の一般的な出版物とは違う道をたどり始めた――とは気づいていた。まず、中国のS大学で翻訳の理論と実践を教えているM教授（個人のプライバシー保護のため、ここでは名を伏せる）から、このサブタイトルを問題視するメールが届いた。二〇二〇年四月五日付で、内容は次のとおり。

> 先行版の表紙に印刷されている「Dispatches from the Original Epicenter」の「original」には不快感を覚えます。この単語を見ると、どうしても「origin（起源）」を連想せずにはいられないからです。ウイルスの起源は科学にゆだねられるべき問題ですが、科学者の間でもまだ議論があり、政治的な緊張も加わっています。ここは科学者に任せるべきだと考えます。ご承知と思いますが、タイトルの意味は、著者の意向を反映することはもちろんですが、それと少なくとも同じくらい、読者がどう受け取るかが重要になってきます。「original」というあいまいで誤解を招く言葉に、想定される中国人読者が感情的に反発することは大いに考えられます。

このメールには困惑した。訳書のタイトルについて、求められてもいないのに長々と論じたメールを受け取ったことなど、これまでに一度もない。まして、刊行までまだ何か月かある本のサブタイトルなのだ。このメールが嫌がらせのつもりなのか、一読者として純粋に心配してくれているのか、それとも政治的な意図をもって出版を阻止しようとしているのか、最初は判断がつかなかった。だが、私が一日一〇時間も費やして『武漢日記』の翻訳に忙殺されている間に、〈ウイルスの起源〉についてさまざまな意見が取り沙汰されるようになっていた。この問題を取り上げた記事にいくつか目を通してみたが、新型コロナウイルスはコウモリが媒介したという説もあれば、センザンコウを疑うものもあり、武漢の華南海鮮卸売市場から広がったという指摘があるかと思えば、研究所で作られたのだと主張する記事もある。ただ、私自身はこの問題について何らかの意見を表明したことはない。当然ながら専門外のことではあるし、方方もこの問題については触れていない。編集者が選んだ「Dispatches from the Original Epicenter」というサブタイトルを見たときには、単純に、新型コロナウイルスの大規模な流行を最初に経験した都市で何が起こったかを世界に知らせ、警鐘を鳴らす意図があると理解した。起源かどうかはさておき、コロナウイルス感染症が最初に広がったのが武漢だったのは間違いない。タイトルの意味するところはただそれだけだと私は思っていた。どう考えても、このサブタイトルが、新型コロナウイルスの〈起源〉に関してますます過熱する科学論争に『武漢日記』を参戦させるつもりで付けられたとは思えない。

　ただ私は、自分たちが複雑怪奇な政治の領域に足を踏み入れようとしていることにも気づいていた。事実、ウイルスをめぐる議論はその時々で変幻自在に形を変える。それはまるで、足の下で地殻プレートが動いているのを感じるようなものだ。このような変化は中国だけで起こっていたのではなく、アメリカやその他の国でも事情は同じだった。新型コロナウイルスの出現は、最初の段階から政治の急進化を引き起こすが、貿易戦争によってすでに緊張が高まっていた米中関係にはとりわけ深刻な影響を与えた。用心するに越したことはないと考えた私は、この新しいサブタイトルが論争を引き起こす可能性について、エージェント、著者、編集者を交えて話し合った。方方は、自分が承認した覚えのないサブタイトルが使われていると気づいたとき、すぐに変更してほしいと連絡してきた。版元と何度かやり取りした結果、四月八日に、サブタイトルを「Dispatches from a Quarantined City（封鎖都市からの便り）」に変更することで合意し、最終的に英語版のタイトルは *Wuhan Diary: Dispatches from a Quarantined City*（武漢日記――封鎖都市からの便り）に決まった。わずか四日で変更を決めたのだが、新しいデータ（本の内容説明も、方方と私の両方が承認したものに差し替えられた）をアマゾンその他のオンラインサイトにアップロードするにはもう少し時間がかかった。ところがその間に、最初のタイトルと内容説明のスクリーンショットが中国のインターネット上で野火のように拡散され、大きな反発を招くことになる。最初は路上の小さなコブにすぎないと思われたものが、シーシュポスの大岩のような存在だとわかってきたのだ〔シーシュポスはギリシア神話に登場するコリントスの王。神々を欺いた罰として大岩を山頂まで押し上げるよう命じられるが、もう少しで山頂というときに岩は必ず転げ落ち、この苦行が永遠に続いたという〕。

『武漢日記』の英訳タイトルが最終決定に至るプロセスをこれほど念入りに再構成する理由は、これでその後の展開が理解しやすくなると思うからだ。訳書のタイトルについてひと月以上も話し合った結果、ようやく *Wuhan Diary: Dispatches from a Quarantined City* が正式なタイトルに決まったというのに、仮のタイトル *Wuhan Diary: Dispatches from the Original Epicenter*（大いに問題なのは、これが「発生源からの報告」を意味する中国語に逆翻訳されたことだ）が相変わらずネット上で拡散され、その一語一語が執拗に調べられ、攻撃の的になるという事態が繰り返された。書籍のタイトルがイデオロギーの観点からこれほど精査された例は、二〇二〇年四月から五月にかけての『武漢日記』以外にないだろう。

　タイトルに対する攻撃でまず標的になったのが、最初のサブタイトルにあった「original epicenter」という言葉だ。これは、ネット上で展開された初期の批判の中でも特に激しいものだった。私が四月五日に受け取ったメールでは、「original」と「origin」の関係が問題になるだろうと予言的に述べられていたが、それが最初の一撃だった。この手の攻撃の本質がよくわかるように、微博ユーザーの投稿からいくつか引用してみよう。いずれも「original epicenter」という表現が使われることに反対し、著者と訳者が『武漢日記』を政治的に利用しようとしていると主張する。夢想成真〔中国語で「夢は実現する」の意〕４０１０という微博アカウントが二〇二〇年四月二〇日に投稿した内容は、次のとおりである。

> 方方日記の英語版には「Dispatches from the original epicenter」というサブタイトルが付いている。この「original」という単語は形容詞としては「最初の」とか「最も早い」という意味だが、名詞としては「起源」、「何かが始まったところ」という意味になる。こういう言葉をサブタイトルに使うのはミスリーディングも甚だしい。新型コロナウイルスは武漢で生まれたのだという印象を多くの人に与えるからだ。しかし、（ウイルスの起源については）科学者にもまだはっきりわかっていない。方方が『武漢日記』の表紙に拙速

な結論を表示するなら、中国への攻撃を誘発し、西側の反中勢力に事実上協力することになる！

このコメントは、同じころ投稿された何百という批判的な書き込みを代表するものだ。実際、投稿の多くが、ほとんど同じ表現を使い、内容もほぼ同じなのだ。論争の多くは、翻訳と解釈の問題に端を発している。投稿者のほとんどが英語を母国語とする人々ではなく、そのため、ネット上に拡散されている中国語の逐語訳に基づいて攻撃していると思われるのだが、その逐語訳がそもそも、英語版のサブタイトルを、ウイルスの起源に政治的な立場を持ち込んでいると決めつける内容なのだ。英語そのものを読まず、中国語の解説を真に受けて攻撃してくる人が多いということは、事実を都合よく解釈し、サブタイトルの「origin」を強調するのが容易だということだ。問題のサブタイトルを私自身が考えたわけではないが、この語句の解釈は決して言われているようなものではない。このサブタイトルは、方方のブログ記事が、新型コロナウイルスが最初に大流行した場所からの発信であることを示しているだけだ。このこと自体は、議論の余地のない事実だろう。

もちろん、このサブタイトルのニュアンスを正しく読み取って指摘しようとした微博ユーザーもいる。四月九日、まさに攻撃が最高潮に達したとき、曲衛国《チュ・ウェイグオ》という微博ユーザーは次のように主張している。

英訳のサブタイトルに含まれる「the original epicenter」を、中国をウイルス発祥の地だと名指ししていると解釈してずいぶん腹を立てている人が多いようだが、「original」という単語を理解するには英語の基礎知識が必要だ。この言葉には、「何かが生まれた場所」や「何かが最初に起こった場所」をはじめ、複数の意味がある。また「epicenter」は単に「中心」という意味だ。パンデミックの中心（epicenter）は中国の後、ほどなくイタリアに移り、今はアメリカが新たな中心地になろうとしている。武漢は最初にコロナウイルスの大規模感染を経験し、市全体が大混乱に陥った。これは事実だから、この表現のどこが問題なのかわからない。ＣＣＴＶも、「中国はこのウイルスに対して世界の最前線で防衛に努め、そのために多数の犠牲者を出すなど、大きな代価を支払った」と、同様のことを述べている。「最前線で防衛」とはどういう意味だと思うのか。感染がここで最初に起こったのでなければ、最前線で防衛することもできないのでは？　批判している人たちは愛国者のように見えて、実際には、武漢市民と中国国民がウイルスとの初期の闘いで果たした称賛すべき役割を否定しようとしているのだ。こういう批判勢力のロジックに従うなら、ＣＣＴＶのニュースもフェイクで、中国が最前線でウイルスを防衛したこともなかったことになる。

彼らが怒りを募らせているもう一つの理由は、方方の日記が西側の反中勢力に、中国を中傷するため、また後日中国から賠償金をせしめるための口実に利用されると考えているからだ。まったくの無知からこういう書き込みをするとは考えられないが、こういう書き込みは、投稿者が中国という大国をまったく信頼していないと暴露することにしかならない。ネット配信された六〇本の日記に中国を屈服させる力があると、本気で思っているのだろうか。日記で、このウイルスが中国で発生したことを証明できるのか。こういうパニック状態こそが、反中分子に中国は実は弱い国なんだというイメージを植えつけるのだ。

ネット上ではこの曲衛国のような冷静な意見も見られるが、彼のコメントは、四月九日ごろに山のように投稿された意見（最初のサブタイトルをきわめて否定的に、政治的局面で読み解いた意見）への反論であり、残念なことに、このサブタイトルに対する一般的な反応は、次に示す四月八日の投稿に代表されるだろう。

　方方の封鎖日記は「発祥の地からの便り」なのか？西側のメディアが中国を悪者扱いできる新しい材料を手に入れて喜んでいるだけじゃないか。『武漢日記』が中国国民から賠償金を取るための動かぬ証拠になるとでもいうつもりだろうか。うわさや風聞ばかりが詰め込まれているこんな日記が反中勢力の感情を高ぶらせるとしたら、海外に暮らす何百万という中国人はどんなひどい状況に置かれることだろう。この日記は、ウイルスを利用して中国を中傷しようと画策するアメリカの片棒を担ぐものでしかない。

――糖唄張丁文《タンバイ・ジャンディンウェン》

もうひとつ、稷下風〔「風に吹かれるキビ」の意〕6101761955による四月一〇日の投稿を見てみよう。「見ろよ、このタイトルを。この本の悪辣さがよくわかるじゃないか。アメリカの帝国主義者どもは中国と武漢の名前に泥を塗るつもりなんだ。方方の不埒な行為は国家への裏切りだ！」この投稿には、「今に見てろ！」という吹き出しを添えたドナルド・トランプの画像を方方の隣に配した嫌みな写真が添えられていた。四月八日に始まり四月半ばに至るまで、微博には、糖唄張丁文の意見と同様の投稿や記事、メッセージが大量にアップロードされた。問題のサブタイトルが正式に*Dispatches from a Quarantined City* に変更されてからも、古いサブタイトルへの攻撃が続いたのだ。五月一五日には英米両国で電子版が発売されたが、この日の投稿にも、次のような誤った記述が見られる。「方方の『武漢日記』はもう何日も前から海外で出版されているが、この電子版の登場で、新型コロナウイルスが中国で生まれたとおおっぴらに主張するこの本が、ますます簡単に外国人の手に入るようになる（後略）」（風眠少子ｚｚ）。サブタイトルが変更されてから実に一年以上過ぎた二〇二一年五月になっても、微博ではまだ「original epicenter」に対する攻撃が見られた。

「original epicenter」という表現が攻撃の対象になるとはつゆほども思っていなかったが、それに続く一連の投稿についてはさらに予想外だった。新型コロナウイルスの疫学上の起源をめぐる議論や各種の陰謀論がこれまでどのように勢いを得てきたかを考えると、「original epicenter」という表現がねじ曲げられ、本来意図したものとはまったく違う意味に解釈された経緯はまあ理解できる（だからこそこの言葉を使わないと決めたのだ）。だがその後の展開は、政治的偏向をさらに強く印象づけるものになっていった。一部の中国人読者が「dispatches」という単語に飛びつき、この単語の定義が載っている辞書のページをスクリーンショットに撮って共有し、この単語は海外に駐在するジャーナリスト、軍の将校、官僚から送られる電報や緊急メッセージを指すことが多いと指摘したのだ。このような定義から、方方が外国政府のスパイとして反中活動を行っていると主張する者まで現れた。四月末には、方方の名前に「特派員」という新しい肩書きを付けた投稿が微博に見られるようになるが、この肩書きは中国語の「特務（スパイ）」を連想させる言葉で、方方を中傷する意図で用いられている。このような、政治化された過度に逐語的な解釈では、このサブタイトル——元の「Dispatches from the Original Epicenter」であれ、最終版の「Dispatches from a Quarantined City」であれ——が表しているのはまったく別のことであるという単純な事実が見過ごされている。この日記は、少なくとも方方が書き始めた時点では、実際にそこで何が起こっているのかを知る人が世界中にほとんどいなかった場所からの発信（dispatches）だ。そしてこちらの方がもっと重要だが、新型コロナウイルスが世界中に広がったときに何が起こるかをあらかじめ知らせてくれる場所からの発信でもある。「dispatch」を陰謀論と絡めて読み解くのとは対照的に、ケヴィン・ロビンスはこの言葉を『武漢日記』の文脈で次のように解釈しており、私としてはこちらの方に大いに共感する。

> これはまさしくdispatch（発信）だ。ネットショッピングのコツから、コロナウイルス感染者に対する生活上の支援まで、ありとあらゆるものに関する発信なのだ。この現象全体——実際オンラインメディアイベントとも呼ぶべきもの——が、テキスト、メッセージ、写真、ビデオクリップを作成、切り貼り、転送、拡散するための大いなる練習台になり、そこにさらに、何百万という読者やフォロワーがフィードバックを送ったり、議論に参加したりする。[*1]

「dispatches」は原著のタイトルにはなかったかもしれないが、海外の読者に向けて翻訳書を届けるときに、内容を補うサブタイトルを付けるのは理にかなっている。英語版の書名にサブタイトルを付けるのは珍しいことではなく、ごく普通に行われている（私がこれまでに翻訳した中国の小説五編にはすべてサブタイトルが付いているが、そのいずれも原著にはサブタイトルはない）。

「original epicenter」と「dispatches」の次に標的になったのは「武漢」という単語だ。この日記が中国で注目され始めたころは、「封鎖日記」とか、単に「方方の日記」と呼ばれていた。英語版とドイツ語版の販売に先立って四月初めにオンラインで公開された情報で初めて、『武漢日記』が正式なタイトルとして公表されたのだ。「武漢」という言葉がネット荒らしの攻撃にさらされるようになると、とうてい現実とは思えない光景が展開された。いったい、「武漢」という地名にどんな問題があり得るというのだろう。だが四月下旬になると、微博に新たな投稿の波が押し寄せる。たとえばこういう書き込みだ。「例の日記を書いた奴に、何の権利があってあれを『武漢日記』と呼ぶのか聞きたいものだ」（心肝宝貝阿森納、二〇二〇年四月二九日）。「方方の日記は読んだことがないが、海外版のためにタイトルを『武漢日記』に変えたと聞いて不愉快きわまりない気分になった」（一個茶壺闖天下）という書き込みもあった。また、修辞疑問を駆使した投稿も寄せられている。「この方方っていう人物はいったい何者なんだ？　そもそもどんな権利があって『武漢日記』を書いたりするのか？　方方のことは知らないが、今年に入ってからの熱い論争を見聞きして、この方方なる人物が『武漢日記』という本を書いたことはわかった。私がまず思ったのは、武漢には本当に日記が必要なのか？ということだ」（思想寧聚、二〇二〇年七月一三日）。これらの批判やその他数えきれないほどの投稿に共通するのは、方方には武漢市民や、まして武漢市そのものを代弁したり、代表したりする権利はないという意見だ。だがもちろん、日記の中で方方がそういう主張をしているところはまったくない。それどころか彼女は、コロナウイルスの感染拡大中に各自が体験したことを日記や記録として公表するように、読者に繰り返し勧め、「個人の記録は微々たるもので全体を概括できないが、無数の個人の記録を集めれば、あらゆる角度からあらゆる過程の真相を明らかにすることができるだろう」（『武漢日記』一八六ページ）と述べている。

最後に、diary（日記）という単語までが攻撃の的になった。他にも攻撃の口実はないかと探す中、『武漢日記』の正当性そのものをさらに傷つける目的で、著者自身が選んだ表現形式にも難癖がつけられたのだ。中国語の「日記」は英語ではdiaryと訳すのが一般的だが、journal（日誌）、record（記録）、またはnotebook（備忘録）と訳すこともできる。方方の記事は、英訳が告知される以前から、英語メディアでは「diary」と呼ばれていた。五月の初め、電子版の公開直前に、ベテラン翻訳者として国連で働いている古くからの友人が、「diary」を「journal」に差し替えてはどうか、と親切にも提案してくれた。彼はネットで展開されている論争をフォローしていて、「diary」がさらなる攻撃を誘発する可能性があることをすでに予見していたのだ。だが私たちは「diary」に固執した。一つには、タイトルを再び変更する（少し前にサブタイトルを変えたばかりだった）だけの時間がなく、さらにこの作品がすでに中国メディアでも欧米メディアでも広く「日記（diary）」と呼ばれていたからだが、同時に、この本に対する被害妄想的な反応にはつきあいきれないという気がしてきたからでもある。どこかで線引きする必要があったのだ。そこで*Wuhan Diary*（武漢日記）というタイトルは変更しないことにしたのだが、結果は友人の予想どおり、「diary」という言葉までもが非難の対象になった。方方がこの本を日記と位置づけたことを批判する投稿の一部を、次に引用する。

> 方方の日記には「友人の話では」だの「友人の医師がこう言った」だの「ネットの友人がああ言った」という伝聞だけでなく、「たぶん」とか「おそらく」のようなあいまい表現も多い。彼女はこれらの情報をすべて武漢の自宅に居ながらにして聞いたということだが、そんなものを日記と呼べるだろうか？　日記というのは自分の体験を綴るものだ。
>
> ——付瑶箏、二〇二〇年四月一〇日

> 自分が経験してもいないことを日記というのはおかしいんじゃないか。こんなゴミ情報とでっち上げのうわさ話ばかりの本は「方方の妄想」と呼ぶべきだ。
>
> ——大頭菜ＬＳＺ、二〇二〇年四月二二日

> 汪《ワン》氏〔汪は方方の本名〕の『武漢日記』を「日記」と呼ぶべきではない。せいぜい『私が勝手に脚色したうわさ話』というタイトルがお似合いだ。
>
> ——十年覚揚州夢・、二〇二〇年七月二三日

最大の皮肉は、「日記」という言葉は方方が意識して使ったものではなく、読者がそう呼んでいたということだ。方方の説明によれば、「特に熱心な読者は、私の投稿をすべてデジタルファイルにまとめて『方方の隔離日記』という名前で保存していたが、そんなことから、人々はこのブログコレクションを〈日記〉と呼ぶようになった」[*2]

先に私は魯迅の「狂人日記」を取り上げた〔二七ページ参照〕。この画期的な作品は現代中国語による文学運動の夜明けを告げるものとなり、その後数十年にわたり、中国文学で重要な位置を占める数々の作品が日記の体裁をとって世に送り出されてきた。丁玲《ディン・リン》が一九二八年に発表した小説「莎菲《シャンフェイ》女士の日記」〔『霞村にいた時——他六篇』所収、岡崎俊夫訳、岩波文庫〕は正統派の日記文学だが、二〇世紀の中国で最も広く読まれたのは『雷鋒《レイ・フォン》の日記』〔未邦訳〕だろう。毛沢東思想を熱心に勉強して良い行いをしようと努めていた模範的な一兵士が書いたこの日記は、著者の死後〔雷鋒は任務中の事故のため二二歳の若さで死亡した〕、一九六三年に出版された。『雷鋒の日記』には、著者の無私、無欲を表す文章が並んでいる。著者は、人は進んで機械の歯車になるべきだとの教えを実践するつもりだったようだ。『雷鋒の日記』はいわゆる「日記」とはまったく違う政治文書である。正しい行いとは何かの指針であり、毛主席と中国共産党に対する政治的忠誠を証明するものなのだ。おそらくこれが、方方を中傷する人々が彼女の日記を評価するときの基準になっているのだろう。この観点から『武漢日記』を見ると、たしかに方方の記事は「正しい日記」とはどうあるべきかという政治的規定に合致しないのだ。

当然ながら、魯迅から丁玲まで、雷鋒から方方まで、日記が書かれた歴史的背景はそれぞれ違うし、作品の形式も、寓話であったり、フィクション、プロパガンダ、事実の記録であったりとさまざまだ。また、それぞれが別々の媒体（文芸雑誌、書籍、国が後押しするプロパガンダネットワーク、インターネット）を通じて世に広められ、まったく異なる読者層を獲得した。「日記」という言葉の使い方が議論の的になったのは、一つには、現代中国における日記というジャンルの位置づけと関係がある。つまり、方方の記事は魯迅や丁玲の伝統に回帰する「フィクション」だという主張である。また、『雷鋒の日記』に代表される「模範的な日記」で明らかな、党路線を賛美する姿勢がないという批判も寄せられた。

だが、日記という形式が社会で果たすべき倫理的な役割を理解する最大の手がかりとしては、他ならぬ方方自身の作品に当たってみる必要がある。方方が二〇一六年に発表して物議をかもした小説『柩のない埋葬』で、主人公の青林《チンリン》は両親とその一族の歴史についてほとんど何も知らずに成長する。幼いころに父親を亡くし、母親は一種の記憶喪失にかかっている状態で、他に身内はいなかった。自分の過去についての唯一の手がかりは、古いトランクにしまい込まれていた亡父の日記である。そしてこの、何十年も読まれることなく、ぼろぼろになった古い日記から、主人公は両親が経験したトラウマと苦悩を知ることになる（青林の両親は土地改革運動の犠牲者で、家族を殺された後も生き延びるために、新しい名前と身分を手に入れたのだ）。青林は長い時間をかけて一族の歴史をたどっていくが、ついに音《ね》を上げ、日記をトランクに戻して鍵をかける。過去は眠らせておく方がよい。しかし結局は、主人公の友人である大学教授（この本では道徳的良心として描かれる）が、真実を明らかにすべきだと判断する。日記は、青林にとっては大きな衝撃であり、触れてはならず、隠しておかなければならない秘密だが、同時に歴史の真実を語る貴重な証言でもあるということで、最後には公開される。目撃した歴史を記録し、証言し、真実を守る（たとえそれが痛みを伴い不都合なものであろうとも）ことが方方のいう倫理的責任だが、この結末にはそれがよく表れている——そしてこのすべてが一冊の日記から始まるのである。

ネット荒らしが『武漢日記』の〈日記〉という形式にまで攻撃の手を伸ばし始めるに至って、この種の攻撃の背景にあるのはロジックや正当性ではなく、どんな代償を払っても、どんなに根拠薄弱な主張を振りかざしても、ただもうこの本を否定したいというイデオロギー的衝動だけだということがはっきりしてきた。つまりこの時点では、タイトルにどんな言葉が使われていても攻撃されたに違いない。ここで指摘しておきたいのが、編集者とは、書籍の刊行にきわめて重要な役割を果たす存在でありながら、往々にしてその貢献度が理解も認知もされない職業だということだ。ネットではこの本のサブタイトルについて方方と私に非難が集中するが、あれほどの怒りを買った最初の案に、私たち二人はまったく関わっていない。それどころか、方方はタイトルについて知るとすぐに、変更を要求している。それなのに、ネットユーザーの大半が、すべての責任は方方にあると思っている。荒らし連中が英訳書のタイトルとサブタイトルに目をつけた理由は実に単純な話で、攻撃材料がそれしかなかったからだ。この時点では翻訳は公開されておらず、中傷しようにもまったく実体がない状態だった。そのため、あらゆる排斥キャンペーンがタイトルに集中したのである。

最初の仮タイトル *Wuhan Diary: Dispatches from the Original Epicenter* と正式タイトル *Wuhan*

Diary: Dispatches from a Quarantined City に対する攻撃に使われた手法は、かつてアメリカの一年生上院議員ジョー・マッカーシーが、共産主義者と目された人々を公職から追放しようとして一九五〇年代に初めて導入した戦術と同類だ。マッカーシーの伝記を書いたラリー・タイは、ＮＰＲ（ナショナル・パブリック・ラジオ）のテリー・グロスに次のように語っている。

> （マッカーシーは）見事にプレスを手玉に取ったんだ。衝撃的な情報を中央から離れた後背地で発表されても（中略）記者たちは国務省のだれに確認をとればいいのかわからず、期待するような回答は得られない。（中略）どんな反応があるにせよ、それが紙面に載るのは翌日のことだ。爆弾発言をして嘘だとバレても、プレスが翌日その嘘を暴露するのを待たずに次の爆弾を投じればいい——それが彼のやり口だった。[*3]

それから七〇年たった現在では、微博の仮想空間がその「後背地」の役割を果たしている。ここでは、プラットフォームの性質上、信頼できるニュースソース、うわさ、嘘、偽情報が一見したところすべて民主的に（平等に）扱われて表示され、本当のこととデマとを判別するのはユーザーの裁量に任されている。だが実は、こういうプラットフォームは民主的とは言い難い。脅しや攻撃と一体化した過激な検閲行為がのさばり、特定の政治的視点が優遇される傾向にあるからだ。方方に仕掛けられた攻撃は、新華社やＣＣＴＶといった公式メディアサイトから始まったわけではなく、多数の微博ユーザーそれぞれの書き込みが発端になっていて、ウイルスと同様、その元をたどって起源を解明することが困難だ。しかもさらに効果的なのが次から次へと爆弾を投下する〈衝撃と畏怖〉という戦略で、これをやられるとターゲットは無力感に襲われ、反撃できなくなる。まるでネット空間のヒュドラ〔ギリシア神話に出てくる怪物。九つの頭を持ち、一つを切り落としてもすぐまた新しい頭が生えてくるが、ヘラクレスの策略によってついに退治された〕といったところで、元の頭を一つ切り落とすところには、別の頭がすでに生えている。さて、タイトルとサブタイトルに含まれる単語を攻撃対象として使い果たしてしまうと、中傷者は矛先を別の面に向けた。『武漢日記』はイデオロギー的に精査され、方方とその著書のまわりには陰謀論という複雑な網の目が張り巡らされることになる。

放たれたネット荒らし

初めて本格的に翻訳に取り組んだとき、私はまだ大学生だった。ラトガーズ大学の四年生だったとき、指導教授の張旭東《ジャン・シュードン》先生が学術雑誌 *Boundary 2*〔一九七二年創刊の季刊誌。ポストモダンの理論、文学、文化を扱う〕の客員編集者を務めていた関係で、同誌の特別号に載せる記事を翻訳してみないかという話があったのだ。そのときまで翻訳について真剣に考えたことはなかったが、なかなか将来性がありそうに思えた。学部生がその雑誌に関わることについて、張教授はわざわざ特別な許可までとってくださった。私が苦労しながら翻訳した論文（初めて活字になったのがこの翻訳だ）は、北京大学の張頤武《ジャン・イーウー》教授による「ポストモダニズムと一九九〇年代の中国の小説」だ。この論文を翻訳している間に、私は「ポストモダンの時代」を意味する〈後新時期〉などの新しい学術用語を次々と吸収し、新世代の中国人作家を知るようになった。新しい知識にわくわくし、がぜんやる気が出てきた私は、ただ論文を訳すだけではなく、その論文で取り上げられている小説や短編を片っ端から探し出して、徐坤《シュー・クアン》や韓東《ハン・ドン》、劉醒龍《リウ・シンロン》などの作品を貪るように読んでいった。張頤武自身の著書『モダニティからポストモダニティへ』〔未邦訳〕も買い求めた。張教授の論文を翻訳した経験がきっかけとなって、翻訳もする研究者という将来の道筋が見え始めたのだ。論文を翻訳してほどなく、私は、講演のためラトガーズ大学を訪れた張頤武に実際に会う機会を得た。私たちは気持ちのよい会話を交わし、彼は私のことを親しみを込めて「小白《シアオバイ》」と呼んだ。それ以来、多くの友人や教授が私のことをこのニックネームで呼ぶようになる。その後長い間、張頤武教授とは疎遠になっていたが、二、三年前に微博《ウェイボー》で連絡を取り、旧交を温めていた。最近になって、張教授が影響力のある公知（公共知識分子）として自己改革し、テレビ番組の司会を務めて中国のソーシャルメディアでたくさんのフォロワーを獲得し、左翼的な政治姿勢に傾斜していることに気づいてはいた。だが最初の出会いから二〇年以上が過ぎても、私はいつも張教授のことが好きだった。何といっても、私の翻訳者としてのキャリアは彼の著作から始まったのだから。あのとき張教授の論文を訳していなかったら、余華《ユイ・ホア》の『活きる』〔飯塚容訳、中公文庫〕に取り組む自信はとうてい持てなかっただろう（大学四年生のときに取りかかったこの作品は、私が翻訳した初の小説だ）。そういうわけだから、方方《ファンファン》を高飛車に攻撃する陣営の一人として、張頤武の名前が日記に出てきたときの私の驚きは察してもらえるだろう。さらに驚いたのは、彼が私にも攻撃を仕掛けてきたことだ。

　だが張頤武とその攻撃について述べる前に、まず彼の攻撃をより広い観点から見る必要がある。二〇二〇年に始まった方方に対するネット上の攻撃は実に前代未聞の規模だった。『武漢日記』は数千万もの読者を惹きつけると同時に、さまざまなウェブサイトやソーシャルメディアで長期にわたって激しい攻撃にもさらされた。**だが、これらの攻撃の的になったのは実際には何だったのか。攻撃はどんな様相を呈したか。そしてどのように実行されたのか。**日記のタイトルをめぐる大論争については前述したが、それはこの本が受けた攻撃の一面でしかない。攻撃の全体像は、はるかに根深く、はるかに複雑なのだ。来福《ライ・フー》が指摘するように、初めのうちは「方方への攻撃はありきたりで、『うわさを広めている』『悪いことばかり取り上げる』『〔アメリカに中国を害するための〕ナイフを渡している』というような主張が中心だった」[*1]が、やがて、中国で〈カラー革命〉〔旧共産圏諸国で民主化を掲げて起こった一連の政権交替の総称〕を起こそうとしている、〈外国列強〉の代弁者である、〈帝国主義〉の片棒を担いでいるなど、より重大な非難が寄せられるようになる。[*2]方方に対するネット上の攻撃は、ほとんどが次の五つのいずれかに当てはまる。（1）『武漢日記』はうわさや伝聞に基づいているという批判、（2）日記とその内容が信頼できないという攻撃、（3）方方が海外での出版を許可したことに対する非難、（4）日記の内容が陰謀であるという根拠のない主張、（5）個人攻撃。もちろんこれ以外の攻撃や非難もあるが、ほとんどがこのいずれかに分類でき、複数の項目に該当することも珍しくない。

　うわさ話や伝聞だとする非難を皮切りに、攻撃する側は方方の引用方法を問題視した。日記の中で、方方は繰り返し、友人や同僚、隣人、同級生の言葉を引用するが、いちばん頻度が高いのが「友人の医師」だ。彼らと電話で話したことを伝えたり、送られてきたメッセージを引用したり、グループチャットで出た話題について説明したりするが、ほとんどの場合、その名前を明かしてはいない。この「情報源」を明らかにしないことが、格好の攻撃材料になった。「方方はうわさを広めている」「日記はうわさ話ばかりだ」という主張が幅を利かせ、彼女が正確だという基準は「小学生の日記」並みだと揶揄する者も出てきた。[*3]後に現れる日記のパロディーでも、この特徴がことさら強調されている。[*4]方方が情報源を明かさないと決めたことで、さまざまな文学形式について二、三の重要な事実が明らかになった。これはまた、バッシングや中傷が横行するネット社会との向き合い方の実例ともなっている。第一に、方方が書いているのは日記であり、たとえネット上に公開されていようとも、日記には違いない。彼女はジャーナリストでも特派員でもなく、公的性格の強い報道機関を代表しているわけでもない。あくまでも個人の視点から書かれた日記に、情報源の引用や正当性について報道関係者に課せられる基準を当てはめる理論的根拠はない。『武漢日記』はもともとブログ記事であり、感じたことをそのままの形で毎日記録し、ほとんど編集せず、すぐにアップロードしたものだ。とはいえ、方方はこれまで百冊近い本を出しているベテラン作家である。著書には、武漢の文化史をテーマとするノンフィクション作品も数多い。引用の適切な扱いについては当然熟知している。ここで本当に問題なのは、この作家が二〇一七年以来ずっと、ネット上の仮想軍団の標的にされてきたということだ。情報源を明らかにすれば、自分が受けている攻撃がその人たちに向かい、彼らを無防備なまま危険にさらすことになると、方方にはわかっていた。方方は、公開されているいくつかのインタビューでこの問題について語る一方で、日記の中でも、なぜ名前を隠すのかという疑問に直接答えている。

> 「友人の医師」について言うと、じつは一人ではない。項立剛《シアン・リーガン》たちに告げなければならない。彼らはみな、それぞれの専門分野の最高レベルの人たちだ。私はもちろん彼らの名前を口外するようなことはしない。口外しない理由は、あなたたちのような人間のクズがいるからだ。しかし、無能な当局は容易にあなたたちを信用してしまう。私は友人たちを理由もなく傷つけるようなことはしない。今日の午後、友人の医師（もちろん、彼も専門分野の最高レベルの人物だが、名前は明かせない）が電話をよこした。

——『武漢日記』九六ページ

まず、固有名詞や詳細な引用元が明かされていないからといって、それを日記の欠陥と見るのは当たらない。これがこの日記の主たる特徴であり、固有名詞を記載しないことで、詳細を明かした場合のリスクを浮き彫りにしているのだ。言い換えれば、筆者が情報源を明らかにしたり実名を挙げたり、しかるべきクレジットを明示したりできないことが、社会のシステムに制度上の欠陥があることを示している。そういう社会では、人々が、自己陶酔型の国家主義者が組織する自警団や〈人肉検索〉〔中国語圏で、多数の匿名集団が検索エンジンによる検索と、人手による公開情報の調査を組み合わせてある人物の名前や所属を特定したり、事件の真相に迫ったりするインターネット上の活動〕による報復や攻撃に怯えながら暮らしている。そればかりではない。そこでは、情報源を守るという行為そのものが歪められ、筆者の信用をさらに傷つける材料に使われるのだ。

　日記そのものの信憑性を疑う非難・攻撃も広く行われた。一部の瑣末な内容をことさら問題視したものもある。中でも何度も蒸し返されたのが、二〇二〇年二月一三日の日記で、方方が、持ち主がいなくなったスマートフォンが大量に火葬場に放置されている写真について述べたくだりだ。『武漢日記』から引用してみよう。

> さらに胸が痛んだのは、友人の医師が送ってきた一枚の写真だ。それを見て、私は数日前の悲しみが再びよみがえってきた。それは火葬場の外一面に捨てられた持ち主のいなくなったスマホの写真だった。持ち主は、すでに灰になっている。もう語るべき言葉がない。

──『武漢日記』八三ページ

方方はここで胸の張り裂けるような光景を描写しているのだが、この短い文章が、それから一年以上もの間執拗に繰り返される非難や攻撃に繋がるとは、だれが想像できただろう。方方を批判する勢力は、彼女が嘘を拡散したと非難し、二月一三日のブログに最初にアップロードされた写真は捏造だと主張した。方方はこれらの攻撃を一刀両断のもとに退け、再び日記で反論する。

今日の気分は最悪だ。朝、「飛象《フェイシアン》網《ワン》項立剛《シアン・リーガン》」〔飛象（ダンボ）網は通信情報サイト、項立剛はその創設者でＣＥＯ〕という名のブログを見つけた。何と私の日記の文章に、ネットで出回っている他人のスマホの写真を貼り付け、さらにブログでこの写真は本人が貼り付けたものであり、デマを振りまいていると私を断罪している。私の日記は一貫して文字だけで、写真など載せたことはない。誰かがコメントをつけて項氏にこの点を指摘したが、彼はまったく相手にしなかった。

──『武漢日記』八九〜九〇ページ

三月二〇日になって、方方はまたこの問題を取り上げる。今度はネット上に展開された張頤武の批判に対する反論だ。張の投稿からかなりの文章を引用した上で、やはり長文で次のように応じている。

写真のことについては、すでに別の日の日記で、はっきり説明した。残念ながら、張教授は私が書いたものを読んでいない。張教授は一度武漢に来て、当時の状況を知ってほしい。毎日の死者がどれくらいいたか、遺体はどのように病院から火葬場へ運ばれたか、死者の遺品はどうなったか、病院と火葬場は当時どんな様子だったか、燃やすこともできず消毒も間に合わないリチウム電池がどう処理されたか。さらには、全国の火葬場がどれだけ武漢を支援してくれたかなど、様々なことを知ってほしい。この話は、ここまでにしよう。張教授たちは、知ろうと思えば知ることができる。知ろうと思わないのなら、仕方がない。写真はいずれ、誰もが目にするだろう。しかし、それは私が見せるのではない。写真の持ち主が提供するはずだ。張教授が自ら、武漢に実地調査に来ることを本気で提案したい。もちろん、ひと言付け加えなければならない。私が述べたのは感染症発生の初期段階の状況だ。後期ではないし、現在でもない。張教授が実情を理解したあと、再び明確に結論を出すなら、おそらく北京大学の水準に相応しいものとなるだろう。それなら、教えを受けている学生の親たちもいくらか安心できる。

——『武漢日記』二七九〜二八〇ページ

方方が、前例のない災厄に見舞われている封鎖下の武漢で情報を発信しているというのに、張頤武は千キロメートル以上も離れた北京に腰を据えたまま、方方がひと月も前に簡単に触れたスマートフォンの写真について執拗に攻撃しているのだ。方方を攻撃するネット荒らしにとって、「捨てられたスマホの謎」は、ちょうどいいところで「また来週」となる低俗な連続ドラマさながらに、まる一年にわたって各種のレポートや記事、非難・攻撃の投稿に燃料を補給し続けた。左翼系ポータルとして人気のある帝吧《ディーバー》には、この写真の出所を描いた風刺漫画のシリーズが掲載された。この連載では、露天商が売っている大量の中古スマホを、四角い頭の方方がこそこそと写真に収め、その画像を新型コロナウイルスによる犠牲者のスマホだと主張する（図1）。九月半ばには、中国共産党青年団までがこのスマホの写真論争に加わり、中国語のブログ「米国日記」の筆者は、二〇二〇年九月二一日の記事でこの件を痛烈に批判した。その他、「写真を公開しろ！」「捨てられたスマホの写真はどうなった？」「スマホの写真のことはどう説明するのか？」のような書き込みが、途切れることなくネット上にあふれ返った。「二〇一九〜二〇二〇年に若者がフォローしたネット上の悪ふざけベストテン」を発表した明弁《ミンビィエン》〔中国共産主義青年団が運営するオンラインプラットフォーム〕の動画では、スマホの写真が八位にランクインした（動画では、ネットに投稿された写真がフェイクであることが「悪ふざけ」とされ、それはそのとおりなのだが、ここでは方方が故意にそのフェイク写真を投稿したことになっていて、だから方方の書くものは信用できないという主張に繋がっている）。最終的に、捨てられたスマホの物語はミーム〔インターネット上で拡散する画像や短い動画〕の形に縮められてアメリカを攻撃するのに使われ、「アメリカで捨てられた五〇万台のスマホ」やアメリカの死者数に触れた投稿が微博に殺到した。方方があの記事を公開してから一年半以上たっても、いまわしい「捨てられたスマホ」に関する投稿は中国のソーシャルメディアを賑わし、『武漢日記』の信憑性を疑い、アメリカを攻撃する手段として生き続けている。

　六〇日間続く日記に投稿された記事は、中国語で一四万字（英訳で四〇〇ページ）を超えるが、その中でなぜ、捨てられたスマホのことばかりが繰り返し取り上げられるのだろう。思うに、画像のインパクトが強いということと、写真には言葉で語るのとは違う真実が映し出されるように思われていることが関係しているのではないか。ここには「写真は動かぬ証拠」という古くからの概念があり、それが目撃証言にアプローチする方法として深く浸透しているという事実がある。極左勢力はかねてから、方方はこの感染の「信頼できる目撃者」ではない（医者でもなく、現場で働いているわけでもないのだから）と主張しているが、方方はこれに対し、次のように反論する。

> 今日、ある人がネットで、方方は家に隠れて根拠のない話ばかり書いていないで現場に入るべきだ、と言っていた。これには返答のしようがない。現場に行くべきかどうかの問題ではなく、私はまさに現場のただ中にいるからだ！　武漢はすべてが現場である。私は九百万人の被害者の中の一人だ。私の隣人、同級生、同僚たち、武漢から出られないすべての人も同じである。彼らがネットを通して自らの体験や見聞を知らせてくれるのだから、私は記録しないでいられようか？　まさか医師の働いている病院に行ったり、警察官が勤務しているところに行ったり、あるいは居住区で働いたりすれば、現場に入ったということになると言うのか？　私が現場に身を置いている

図 1　方方が捨てられた中古スマホの写真を撮り、それを後で火葬場の写真だと言い張ったという架空の場面を描いた1コマ漫画

中で知り得たこと、聞き得たことを根拠のない話だと言うのであれば、勝手にすればいい。

――『武漢日記』一五九〜一六〇ページ

ところがどういうわけか、捨てられたスマホの写真、いやむしろ、そういう写真のないこと、が、一種のメタファーになってしまっている。方方が捨てられたスマホの写真を見て、その感想を書き込む。だれかが偽の写真をアップロードする。荒らしユーザーがそのフェイク写真は方方に責任があると主張し、彼女が最初に言及した本物の写真をアップロードするように要求する、方方が自分の写真ではないのでシェアできないと拒否する、という一連の流れが複雑で、とても追いきれないという事実が、おそらく荒らしユーザーに有利に働いたのだろう。（方方の日記が）でっち上げだと糾弾するメタファーないしシンボルとして大々的に利用されたこのストーリーに、中国の平均的ネットユーザーはまったく関与していない。荒らし連中の言い分は単純で、方方は中国の評判を傷つけ、悲劇を利用するために偽の写真をネット上にアップロードしているというものだ。このメタファーは、写真の存在（むしろ不在）を超える力を発揮して、その後数か月にわたるさまざまな主張（事実を捏造している、デマだ、実際に見たことではない、一次証拠に欠けるなど、すべてが想像上の写真の〈イメージ〉から勝手に作り上げられたものだ）の代表例のように扱われ、これらの主張を勢いづかせる要因となった。

方方の日記に嘘が含まれているという主張が誇張されて広がると、公人の中にも日記をフィクションだと非難する人物が何人か出てくる。台湾で立法委員を務めたことのある邱毅《チウ・イー》もその一人で、テレビのインタビューに答えて「方方の日記はルポルタージュとは言えない。基本的に想像の産物にすぎず、まったくの捏造小説だ」と述べている（このインタビューは中国本土のネットでも評判になった）[*5]。が、その次の展開はさらに予想外だった。日記の信憑性に対する疑いが、『武漢日記』は実はアメリカで作られたでっち上げのプロパガンダ作品であり（方方は手先にすぎない）、その目的は中国を攻撃することだというとんでもない説となって出てきたのだ。日記は信用できないという攻撃が陰謀論に取り込まれるのに、そう長くはかからなかったということだ。スラヴォイ・ジジェクが武漢での感染を論じた著書『パンデミック』で述べているように、情報のコントロールと陰謀論の発生には直接の繋がりがある。「パニックを予防するために国家が流言をコントロールすべきだという考え方に対しては、そのコントロール自体が不信を拡散し、かえって陰謀説が増えるという反論が重要だ[*6]」。

この時期、『武漢日記』はさまざまな形の攻撃や批判に見舞われ、論争に巻き込まれる。方方に対する多彩な主張の全体像については、歴史学者の呉鋭《ウールイ》が詳細に考察している。

武漢の封鎖は二〇二〇年四月八日に解除された。方方の日記が外国語に翻訳され、海外で出版されることが伝わると、方方に対する攻撃は最高潮に達する。方方の〈支持者〉も、多くが一夜にして〈中傷者〉に変身した。方方には、「アメリカのスパイ」「反中陣営の銃弾」「（中国を害するためにアメリカに）ナイフを渡している」「敵を手引きしている」「船を壁にぶつけて沈めようとしている」「同胞を苦しめ敵を喜ばせている」「反中勢力に武器を提供している」など、ネット上でさまざまな非難が浴びせられた。とりわけ重要なのが「（敵に）ナイフを渡す」といういわゆる〈剃刀《かみそり》論〉で、その主旨は、（方方が）国内で何を言おうが問題ではないが、こういうネガティブな見解を国外に広めるのは断じて容認できない、というものだ。新型コロナウイルス感染状況の負の一面を世界に発信することで、方方は国家に恥をかかせ、諸外国が中国を傷つけるために使う「ナイフ」になっているということなのだ。彼らに言わせれば、これは中国の国益に対する根本的な裏切り行為であり、方方は中国人として最低のくずということになる。[*7]

呉鋭は、攻撃の多くが陰謀論に基づいていることを明らかにすると同時に、その言説がいかにも型にはまっていて、ナショナリズムに焚きつけられたものであることにも注意を喚起する。七六日に及んだ武漢の封鎖が解除されるまさにその日に、日記が海外で出版されるというニュースが明らかになったことは、攻撃の激しさをさらに募らせる結果にしかならなかった。

これらの理論の中心にあるのが、ウイルスの起源、米中貿易戦争、そして賠償金問題だ。この三つの話題を『武漢日記』は直接取り上げてはいないのに、なぜかこの議論に引きずり込まれてしまっている。最初の英訳サブタイトルにまつわる論争については前述のとおりだが、それに伴って、日記が新型コロナウイルスの「起源」論争に加わるつもりだという憶測が出てきたのだ。仮に付けた最初のサブタイトルはせいぜい一週間しかもたなかったというのに、方方と私、そして出版社がこの日記に、新型コロナウイルスの「起源」を確定する試みという位置づけを故意に与えているとの指摘が、それこそ何か月も続いた。この主張が広義の陰謀論と結びつくのは当然の帰結だった。そしてこの陰謀論に栄養を補給しているのが、米中貿易戦争であり、両国の外交的緊張感の高まりであり、他ならぬドナルド・トランプ米大統領（当時）による、中国にはいわゆる「チャイナ・ウイルス」を「解き放ったこと」に対する責任を取らせるという声高な主張だった。[8] 中国を攻撃するアメリカの政治レトリックが、中国の偽情報キャンペーンという火に油を注ぐ結果になったことを軽く見てはいけない。「ＣＮＮ ＫＦｉｌｅ〔ＣＮＮ内部の調査チーム〕がトランプ前大統領の公式声明を調査したところ、中国の新型コロナウイルス対策について、少なくとも一二回にわたって称賛したり信頼を表明したりしていたことが確認された」。[9] これは感染初期のころで、「きわめて有能」とか、習近平は「とてもとても困難な状況に非常にうまく対処している」などという表現で、感染を抑える努力をたたえている。ところが三月半ばになると、トランプが出す声明の趣旨ががらりと変わった。二〇二〇年三月一六日に、ツイートで初めて「チャイニーズ・ウイルス（Chinese Virus）」という言葉を使うが、この言葉はたちまち広まっただけでなく、ハッシュタグにもなって、他の人種差別的な発言を誘発するようになる。[10] また二〇二〇年三月一九日には、「彼ら（中国）のせいで世界は大きな代償を払うことになる」と述べた。[11] やがて政権の他のメンバーからも、中国を非難する同様の政治メッセージが、時にはさらに誇張されて発せられるようになる。二〇二〇年五月三日、マイク・ポンペオ国務長官はＡＢＣニュースの『ジス・ウィーク』（ジョージ・ステファノプロスの今週のニュース）に出演し、コロナウイルスが武漢ウイルス研究所で発生したという「明白な証拠」があると語ったが、保健当局はこの内容を確認していない。[12] このような非難は共和党の専売特許というわけではない。当時民主党の大統領候補だったジョー・バイデンも、二〇二〇年四月には、政治集会で中国に対してタカ派的な厳しい物言いをするようになっていた。[13]『武漢日記』に降り注いだ攻撃の嵐については、中国に対する政治攻撃、ネガティブメッセージ、〈非難合戦〉的レトリックがアメリカで突如台頭したという状況を踏まえて考える必要がある。この攻撃を引き起こす前提条件の一つともいえるイデオロギーの高揚についてじゅうぶん理解するためには、このような地政学的な視点が欠かせない。この視点で考えれば、方方の著書に対する偽情報キャンペーンが、一部は反中レトリックに乗って太平洋の向こうまで広がり、二〇二〇年三月から四月にかけてアメリカで最高潮に達した理由の別の一面を知ることもできる。

もちろん、二〇二〇年二月二五日に翻訳を開始したときにも、三月初めにHarperViaが『武漢日記』の北米での権利を取得した時点でも、新型コロナウイルスを解き放ったといって「中国を非難する」とか、中国から「賠償金を取り立てる」というようなことは話題にもなっていない。それなのに、中国では、この本の制作そのものがアメリカ人による考え抜かれた陰謀であるという主張がまかり通っている。「アメリカ帝国主義者どもの陰謀」というレトリックは、朝鮮戦争の遺物のような、使い古された比喩といっていい。中国の映画業界が、二〇二〇年に「反米・親北朝鮮」のくだらない戦争映画を作り始めたのも偶然ではない。

四月八日から、微博その他のプラットフォームに、乱暴で、時には自己矛盾に陥った記事や投稿、メッセージが寄せられるようになる。それによると、方方は台湾の国民党政権の手先で、私はＣＩＡのスパイということになる。日記は実はＣＩＡの腕利き翻訳者チームが夜を日に継いで〔中国語に〕翻訳したもので、真の著者は私。方方は私が書き連ねた捏造記事を翻訳して中国の読者を欺いている、というような話がまことしやかに広められた。二〇二〇年一二月になると、中国のネットでは陰謀論がエスカレートして、『武漢日記』が裏でフリーメイソンアメリカ支部の支援を受けているという主張[*14]まで現れた。だが、陰謀論の中で最も広く拡散され、最もインパクトが強かったのは、方方が『武漢日記』を外国（特にアメリカとドイツ）で出版すると決心したこと自体に対する反発だ。これまでに述べたような攻撃を仕掛けている国粋主義者にしてみれば、単に「家の恥を外に出すな」という、中国で昔からいわれている戒めに反するというだけではない。たしかにその一面もあるが、何よりも、これは裏切り行為に他ならない。ここでわかるのは、「家の恥を外に出すな」という封建的家父長制度の固定観念が民族主義的プライドと結びつき、文革時代から続く昔ながらの左翼勢力と、一九九〇年代以後の新しい左翼〈小粉紅《シアオフェンホン》〉の双方に訴求したということだ。方方が鋭いナイフをアメリカに手渡し、アメリカがそのナイフで今度は中国を辱め、罰し、傷つけようとしているという説が流布されたのだ。同時に、アメリカで『武漢日記』が出版されると人種間の緊張が高まり、その結果中国系アメリカ人やアジア系アメリカ人が目の敵にされて暴力を振るわれる事件が増えるだろうとも喧伝された。日々増殖する大量の陰謀論を見聞きしていると、これまで経験したことのない混乱した世界に入っていくような気がした。その世界では、真実が故意にひっくり返され、ほら話や空想物語といった余興に置き換えられてしまう。この種の大量の偽情報は、もちろん、事実から目をそらせるというもっと大きな戦略の一部になっている。この場合は、スマホの写真のような些細なことをことさら取り上げて捏造だと繰り返し批判・攻撃することで、より重大な問題（方方が説明責任を果たすよう要求していることや、方方の日記によって中国のネット文化の乱暴な本性が明らかになること）から人々の目をそらそうとしているのだ。数か月に及ぶ攻撃を時系列で見ていくと、方方排斥運動の重要なターニングポイントになったのが、日記が英語とドイツ語に翻訳されるというニュースだったことがわかる。この瞬間、外国人排斥と報復主義という過去の亡霊が突然よみがえったのだ。

方方に関する中国メディアの論調があまりにも急激に変化したので、*China Law Review*（中国法律評論）は、さまざまなグループで日記に対する態度が突然変化したことに関する総合調査を公開したほどだ。清華大学に在籍する四人の研究者グループが主導し、一〇九人の学生が参加するフォーカスグループを対象に行った調査の結果は次のとおりである（フェトゥケ、イバリン、ワンによる要約）。「方方の日記をどう思うかについて、不支持が三八人（三四・八六パーセント）、支持から不支持に変わったのが一六・五一パーセント、支持が二〇・一八パーセント、無関心が二六・六一パーセント、そして不支持から支持に変わったのはたったの二人（一・八三パーセント）だった」[15]。同じ調査で、特別な場合には言論の自由より国益を優先すべきであるという意見に「賛成」または「どちらかといえば賛成」と答えたのは六五人（回答者のほぼ六〇パーセント）に上る（「反対」または「どちらかといえば反対」は二六パーセント、「どちらともいえない」は一四パーセント）。この結果もそうだが、何よりも、このような調査プロジェクトが存在し、『武漢日記』の翻訳版刊行をめぐって大変な騒動が起こったわずか一〇日後の二〇二〇年四月一八日に公開されたという事実そのものが、当時この論争が中国社会全体にどれほど大きな波紋を投げ掛けていたかを象徴しているといえよう。

呉鋭その他が指摘するスケールの大きな陰謀論（日記がアメリカの政治的バックアップを受けているというもの）と足並みをそろえる形で、方方個人に対する攻撃も増えてきた。一部には、方方はケチな日和見《ひよりみ》主義者で、自分の日記を利用して富と名声を得ようとしているという、いわば使い古された主張も見られるが、実際には、『武漢日記』の海外出版を決めた時点で、方方は、印税のすべてを、コロナウイルスの感染初期のころに武漢で亡くなった医療従事者の遺族に寄付することにした。二〇二〇年一〇月には、恒輝《ホンフェイ》児童公益基金を通じて、亡くなった医療従事者の遺族に一八万米ドルを超える金額が寄付されている。方方が日記の出版から得た利益を寄付すると約束した事実を荒らしユーザーは無視して、方方が暴利を貪っていると非難した（中国のソーシャルメディアで支持され、広く共有された非難に、方方が日記の印税として一二〇〇万米ドルを受け取ったという風評[*16]がある）。さらに、方方の財政状態や所有資産、海外渡航歴まで調べ上げて侮蔑的な言葉で不平不満をぶつけ、彼女がエリート特権を享受しているという印象を与えようとした。攻撃は、数千ものネット投稿に加えて、プロが作成した「調査レポート」形式の動画[*17]でも行われた。このような非難、攻撃、素人の「調査」は、その多くが〈人肉検索〉に分類されるものだった。人肉検索では、「動物虐待から汚職まで、さまざまな個人の不品行や罪を暴く目的で、ネットユーザーがインターネット検索のスキルを駆使して情報を集める。これはインターネット上の自警行為といってよく、集団で真実や社会正義を追求する行為に似ている」[*18]。ただし今回の場合、人肉検索が使われたのは真実に迫るためではなく、偽情報を広めたり、脅しを実行したりするためだった。これまでに何度も取り上げている捨てられたスマホの写真と同様、今度は別の些細なことが日記から抜き出され、方方のエリートぶりを示す〈証拠〉だとされる。たとえば、知り合いの警察官に姪を空港まで送るのに付き添ってほしいと頼むところなど。当時武漢は完全に封鎖されていて、タクシーも公共交通機関も動いていなかった。姪はシンガポール国籍を持っていて、シンガポール政府が自国民を避難させるべくチャーターした飛行機に乗るため空港に向かおうとしていたのだ。スマホの場合と同様この話も、方方の特権といわゆる〈悪事〉のさらなる証拠として引用され、この先何か月も嫌になるほど蒸し返されることになる。方方が著書の印税を慈善団体に寄付したという事実は完全に無視され、二〇二一年初めには、方方は実は約束したお金をまったく寄付していないといううわさが流される。最終的に正規の受領証が公開されると、今度は恒輝児童公益基金にまで非難の矛先が向けられる始末だった。

　これらの攻撃はいずれも、方方〈神話〉をくつがえす目的で組織的に行われたと見てよい。毎日日記を投稿するうちに、方方は心強い読者層を獲得していた。その親しみやすい文体に、読者はまるで自分が方方の知り合いであるかのように感じて、毎晩遅くまで、次の日記がアップロードされるのを待っていた。楊国斌《ヤン・グオビン》によれば、「日記の記事ひとつひとつがソーシャルメディアで評判になった」[*19]。またケヴィン・ロビンスに言わせると、「『武漢日記』は実際、中国の各種ソーシャルメディアプラットフォームで毎日公開される、一種のライブイベントだった。（中略）いわば即興の叙事詩である。方方は、著者というよりむしろ、編集者であり指揮者でもあると考えるのが最も妥当かもしれない」[*20]。彼女があらゆる方面からの執拗な攻撃にさらされたのも、ある意味、これだけ多数の読者に支持されていたからだともいえるのだ。『武漢日記』の一面をとらえて単純に攻撃するだけでは、世界中に散らばる数百万の中国人読者が方方に寄せる強固な支持には太刀打ちできない。より高度なアプローチが必要だった。そのためには、日記だけでなく、作者個人をも攻撃する必要がある。その結果が、他ならぬネット上の人物破壊行為だった。ネットでは、方方を中傷してその名誉を傷つけようとイデオロギー戦争が仕掛けられたが、そのメッセージの多くは、高等教育を受けていない低所得者層のインターネットユーザーに向けられ、方方のいわゆる「富」や「特権」を暴露することに力が注がれた。新型コロナウイルスの感染初期のころ、中国各地で封鎖が実施され、人々が仕事に出ることができなくなると、こうした失業労働者は経済的に困窮し、怒りやストレスをため込んでいく。方方のいわゆる「特別扱い」とか「自分勝手な行動」をことさら言い立てて、そういう人々の怒りを特権や私的利用を体現するわかりやすいターゲットに誘導しようとしたのである。『武漢日記』に対するイデオロギー戦争で、長年積もり積もった格差や不平等の感情を巧みに操り、利用したのは老練なやり口だった。二月末から四月初めまでのわずか五、六週間で、方方が著名な作家から、中国で最も人気があり、最もよく話題に上る人物、数百万読者の英雄になっていたとするなら、このキャンペーンは、少しずつうわさをまき散らすことによって、その人気を引きはがそうとした。再び楊国斌の著作から引用する。

> 方方は、単なる標的にとどまらず、武器の役目も担わされた。彼女を攻撃することが、当局に対するあらゆる批判を封じる手段だったのだ。方方に対して際限なく、手当たり次第に加えられる言葉の暴力を目の当たりにして、それでも声を上げようという気になるものだろうか。方方の日記が国を挙げての論争を引き起こしてからは、家族や友人との関係が悪くなるのを心配してあの日記についての感想を微信でシェアするのはやめた——ネットで日記を公開している人の相当数がこう語っている[*21]。

方方は、これらの攻撃に丁寧に応じている。まず日記の本文やもっと短い微博の投稿で触れ、その後は大手ニュースメディアでのロングインタビューを通じて、さらには「関於（～について）」というタイトルで微博に投稿した一連の長文エッセイ（これは六〇日続いた日記が終わった直後から始まった）でたっぷりと、自身の本意を語っている。しかし、攻撃の性質上、そのすべてに反論するのは困難だった。方方自身のインタビューや記事の多くが後日インターネットから削除されてしまったのでなおさらだ。

攻撃がどんどん広がっていくため、海外メディアが『武漢日記』を取り上げるとき、本の内容よりも、方方に対する迫害や脅迫に重点が置かれることが多くなる。方方が「中国を世界に売り渡した」と攻撃されると、その攻撃が原動力になって『武漢日記』が世界に広く認知される。つまり、方方が中国の負の側面を世界に拡散していると攻撃されればされるほど、世界はこの日記に注目する。いつの間にか、荒らし行為そのものが、ますます悲惨な状況（新型コロナウイルスについてではなく、中国でデマがどのように拡散されるかについて）を露呈することになったのだ。だから、日記を攻撃する連中が、外国人におもねっているとか、家の恥をさらしているとかいう理由で方方を批判するのは口実にすぎない。実際彼らの攻撃や投稿は、海外メディアと中国メディアの共生関係に組み込まれている。二〇二〇年の一年間、海外の主要メディア（ニューヨーク・タイムズ、ロサンゼルス・タイムズ、ＢＢＣ、ロンドン・タイムズ、エコノミストなど）が方方のことを取り上げるたびに、その記事はすぐさま（わずか数時間後には）、さらに多くの攻撃を呼び起こすことになった。こうして、このサイクルが延々と続くのだ。

では、攻撃はどのように行われたのか。『武漢日記』に対する攻撃は、一種のキャンペーン（組織的な活動）と考えてよい。一部のネット荒らしがオンライン上で不愉快なコメントを書き散らしているという単純な話ではない。いくつものレベルで同時に仕掛けられた、ずっと複雑で手の込んだ作戦だった。圧倒的に方方が支持されていた世論に揺さぶりをかけて効果的に流れを変えるために、次のような手段を交互に使ってネット上でキャンペーンが行われた。（1）ソーシャルメディアでの攻撃、（2）殺害の脅し、（3）「フェイクニュース」だというデマの拡散、（4）方方を擁護する記事や個人を黙らせるための魔女狩り、（5）方方を揶揄したりけなしたりするために「ポップカルチャー」を利用、（6）『武漢日記』の出版を阻止しようとする圧力、（7）多数の「公式記事」の同時公開（方方の日記に記載された出来事を打ち消すため）。これほど多様な手段が同時に使われた様子を見れば、組織的な運動だったことは明らかだ。

初期に目立った特徴の一つとして、ソーシャルメディアで方方とその日記を攻撃する投稿が急激に増えたということがある。そのほとんどが微博に投稿され、微博は『武漢日記』に対するイデオロギー戦争の主戦場になった。方方の日記やその関連記事のコメント欄は非難の投稿であふれ、それ以外に、ブログを攻撃するオリジナルの投稿も見られるようになる。最初のころは、攻撃してくるアカウントの多くが三年前に『柩のない埋葬』を批判したのと同じ個人や組織だった。その中心的存在が、飛象網の項立剛、北京大学教授の張頤武、漫画家の地瓜熊老六《ディグアシュンラオリウ》、ビデオブロガーで政治コメンテーターの司馬南《スーマー・ナン》、ウェブサイトの観察者網や紅色文化網《ホンスァウェンファワン》だ。実際、紅色文化網からは、二〇一七年に、『柩のない埋葬』を批判するオリジナルの論文三点が刊行されている。影響力のあるこれらの微博ユーザーは、多くが〈政治的インフルエンサー〉と考えられ、『武漢日記』についての投稿を繰り返していた。たとえば張頤武は、三月二一日に初めて『武漢日記』について投稿し、例の「捨てられたスマホの写真」を攻撃するが、それから七か月の間に七〇回以上も投稿を繰り返し（その中には長文のエッセイも複数ある）、[22]日記への攻撃を続けた。これらのアカウントには、微博で膨大な数のフォロワーがついているため、その影響力は計り知れない。これら「左翼」の重鎮ユーザーは、自身の投稿に関してさまざまなプラットフォームで特別待遇を受けていて、一般ユーザーの投稿なら削除対象になりかねない微妙なキーワードが含まれている内容でもアップロードできることさえある。微博の元社員エリック・リウは、あるインタビューで次のように答えている。

> 中国のメディアプラットフォームはどこでも、愛国的なユーザーを「プラスのエネルギーを生み出すＶＩＰ」と呼んで特別扱いしています。司馬南のようなインフルエンサーのアカウントや、ネット警察に属する個人アカウント、宣伝部の中核グループ、中国共産主義青年団の公式アカウントなどが該当します。（中略）これらのユーザーに適用される検閲の基準は、一般の微博ユーザーとは驚くほど違います。いわゆる禁止用語を検索してみたら、実際にそういう用語を含む投稿ができるのは、これら特定のＶＩＰユーザーだけだということがわかるでしょう[23]。

ニューヨーク・タイムズ、「ニューヨーカー」、「ニューヨーク・レビュー・オブ・ブックス」

〔ニューヨークで発行されている権威ある書評誌〕といった海外の新聞雑誌に日記のレビューが載ると、ものの数時間もしないうちに微博で叩かれる。何ら物議をかもす内容ではないレビューまでが、反米の視点で読み解かれ、一部の文章が抜き出されて歪んだイデオロギーのレンズを通して翻訳されるのだ。荒らしユーザーの活動は海外レビューによって活発になり、先陣を切って攻撃するＶＩＰアカウントの影響力によって、方方排斥運動は短期間で数百万規模のネットユーザーを動員することに成功する。そのユーザーがそれぞれ批判的な投稿をアップロードするため、この話題に関する投稿がネット上で急に目立つようになる。

『武漢日記』の翻訳に取り組んでいた二月二五日から四月半ばまで、私は目の前の仕事に集中しようとしていたが、もちろん、そういう状況を認識してはいた。攻撃的な投稿は自分の微博のページにもよく現れたし、方方や友人たちが教えてくれることもあった。そして当然のことながら、それは徐々に日記の内容にも反映され、六〇日の連載が終わりに近づくころには、すっかり主たる話題の一つになった。私は、特に方方に対する攻撃の影響や結果に敏感であろうとしたつもりだが、それでも、彼女が経験したことを完全に理解できるはずはないとわかっていた。ところが四月初めに『武漢日記』の販売予約情報がAmazon.comに掲載されると（この時点では、版元は出版を知らせる正式なプレスリリースもまだ出していなかった）、攻撃の矛先が一斉にこの私に向かってきた。始まりは四月七日の朝（中国では四月八日）に友人から送られてきたメッセージで、微博アカウントを見ないようにという忠告だった。私はとにかく見に行った。ログインした途端に目に飛び込んできたのが、次の画面である（図２）。

　これは、二〇二〇年二月一日にアップロードした投稿のコメント欄に送られてきたメッセージのほんの一部だ。元の投稿は、皮肉なことに、私がＵＣＬＡで共同開催した新型コロナウイルスに関するフォーラムの告知だった。それでもこれが私のいちばん新しい投稿だったので、最初の攻撃目標になったのだ。わずか数時間で三百ものコメントがつき、翌日には六百にまで膨れ上がった。それから数週間で、私が微博に投稿したさまざまな文章に寄せられたコメントは四四八二に達し、非難のコメントがついたスレッドは六百万回以上も閲覧された。コメントやメッセージを送ってくるのは、多くの場合、「方方進監獄了（方方を収監しろ）」とか「美国徹底失敗吧（米国の大失敗）」のような匿名アカウントで、『武漢日記』を攻撃する目的でわざわざこういうアカウントを作ったと思われる。代表的なコメントをいくつか紹介しよう。

武漢の封鎖は今日解除されたばかりだというのに、方方ばあさんの日記はもう英語とドイツ語で出版されている。まったく、ＣＩＡのスピードときたら光並みだね！　アメリカ政府がコロナウイルスとの闘いに同じぐらい素早く行動していれば、アメリカでこれほど多くの犠牲者を出さずにすんだだろうに。

おまえたちアメリカ人は自分の国が失策続きだから他の国に注意をそらせようとしているんだろう。ＣＩＡは世界最大のテロ組織だ。おまえたちみたいに有害なドブネズミの訓練を専門にしているんだからな。胸糞が悪くなるぜ。

下劣な自分の国について日記を書けばいい！

図2　2020年4月8日に私の微博アカウントに投稿されたメッセージの一部（スクリーンショット）

武漢日記はフェイクだ！　フェイク日記だ！　地獄堕ちろ！

方方もおまえも嘘つきだ！　この恥知らず！

「米国日記」を書けよ！　トランプがアメリカ国民の命をどれだけ軽んじてるか書いてみろよ。できないんだろ？　おまえのやることといったら、中国でうわさをまき散らすだけじゃないか！　憶病者！

方方は悪いやつだ。自分が泥の中を引きずり回されているからといって、ミスター・ベリーをオオカミの群れに投げ込むんだから。（中略）この白人は本物のまぬけだよ。方方の乗った椅子かごを運ばせられて、そのあげく、用が済んだらお払い箱だ。哀れで悲しい、腹の立つ話だね。

嘘つきの本を訳すやつもやっぱり嘘つきだ！　恥知ら

ず！

ミスター・ベリー、あなたは気づいていないかもしれないが、方方の日記を翻訳することによって、あなたはたくさんの過ちを犯している。その翻訳のせいで、多くの中国人があなたに不愉快な感情を抱いている。それに、あなたの翻訳は一部のアメリカ人が中国を侮辱するのにも一役買っている。しかもこの翻訳では、中国の問題をアメリカの視点で見ているため、ある種の偏見があるようだ。この見方は間違っている。いつかまた中国に来られることがあれば、地方の小さな町をいくつか回って中国のことを理解するようにしてもらいたい。

おまえが中国語を使うこと自体が中国語を侮辱したことになる。みんなおまえのせいだ。

嘘ばかり書くな。アメリカ政府がバカだったために、気の毒なアメリカ人が何人死んだかを調査しろ。あんたが書くアメリカ日記の方がずっと波瀾万丈で悲惨なものになるだろうよ。恥を知れ、この嘘つきが！　キリストだってあんたみたいな詐欺師の肩は持たないぜ！

ミスター・ベリー、あなたは中国人のほとんどが悪書と考えている本を翻訳し、そのとんでもない訳書を私たちに押しつけているんです。これはあなたに責任があります。このことで、多くの中国人があなたを非難しています。だからといって、私はあなたに謝るつもりもないし、一片の同情も感じません。あなたはたぶん、中国に対する悪意から翻訳を決めたのでしょう。あるいは、単なる判断ミスなのかもしれません。でも決めたのはあなただし、その結果は自分で引き受けるべきでしょう。私たち中国人は正しいことと間違っていることをはっきりと区別できるのですから。

方方の日記は反中キャンペーンの一部だ。せいぜいいい気になっていることだ。

おまえの家族は未来永劫苦しんで、安らかに過ごせないと思え。

まだ新型コロナウイルスに感染していないのか？　もうすぐおまえの番だ。

彼女が書いたとおりに翻訳したのか？　二人で書いてそれを後で翻訳したのではないのか？

『武漢日記』の本当の著者はマイケル・ベリーだとわかっている。方方が翻訳者なんだ。

マイケル・ベリーは死んだ。ただし、安らかに世を去ったわけではない。遺体は三日間安置所に放置されていた。いざ火葬するときになって、突然彼は息を吹き返し、「私は死んでない！」と叫んだので、火葬を終わらせるために人々は鋼鉄製のベルトで彼を縛りつけなければならなかった。遺骨を霊柩車で運ぶ途中、車がひっくり返り、遺灰がそこら中に散らばった。ほとんどは風が吹き払い、そのあとを掃除しようとしているところに散水車がやって来た。散水車は道路一面に水を撒き、拡声器からはこんな声が聞こえてきた。「今日は素晴らしい日です。家族はみんな健康で、泣いている者はだれもいません。一人などは笑っているくらいです」。後日、人々はこの紳士を埋葬したが、みんなが墓地をあとにした途端、雷が落ちて墓石は真っ二つに割れてしまった。
（以上はすべて、二〇二〇年二月一日に私が微博に投稿した記事に対するコメントだ。ほとんどが、攻撃が始まった二〇二〇年四月八日に一斉に投稿されている）

ここに引用したのは、私の微博ページに書き込まれた数千ものコメントや罵詈雑言のほんの一部だが、方方が受けた攻撃に比べれば物の数ではない。私への攻撃は二年以上も続いたが、ほとんどが二〇二〇年四月から六月の間に集中していた。方方はといえば、私よりずっと長く激しい攻撃にさらされている。自分がターゲットになって初めて、方方がどんな経験をしてきたかが本当にわかった気がする。これほど悪意に満ちた攻撃を仕掛けられても、それに耐えて書き続けるには、途方もない勇気が必要だったろう。私自身、次々とこういうコメントが来る中で翻訳を完成させるまでには、周囲で衝突やら爆発やらが起こっている自動車道を走り抜けているような気がしたことも一度や二度ではない。道路を注視するには集中力が必要だ。これほど悪辣で、しかも大量に押し寄せる攻撃（女性を見下し、性的暴行を加えるという脅しも多かった）に方方がどう対処していたかは、想像するしかない。しかも中国に住んでいる彼女は、私よりずっと危険を身近に感じていたに違いない。

自分の微博アカウントを閉じるか、コメント機能を無効にすることも考えた。実際、しばらくは後者の方法をとっていたが、数日後には元に戻した。方方が、この愚かしい時代を証明する一種のデジタルミュージアムとして、攻撃の詳細を保存しておくことが重要だと書いていたのを思い出したのだ。攻撃を保存することについて、方方は日記で次のように述べている。

> ネットには記憶が残る。素晴らしいことだ。しかも、この記憶は長く持続する。だから、私のブログへのコメントを観察し、この時代の生々しいサンプルとして残すのがいいと思う。各時代の記憶の中には、美しく感動的な内容もあれば、悲しく痛々しい内容もある。しかし、最も深く印象に残るのは恥辱だろう。この時代の記憶に、恥辱を残すことはとても重要だ。一気に押し寄せてきた罵声と虚言は、この時代の最も鮮明で最も激しい恥辱の記録である。未来の人がこれを読めば、二〇二〇年のことがわかる。ウイルスが引き起こした伝染病が武漢に蔓延するのと同時に、言葉の暴力という別の伝染病が私のブログのコメントに蔓延したのだ。武漢の伝染病の蔓延は、人口一千万の都市の前代未聞の封鎖につながった。一方、私のブログのコメントに現れた伝染病は、この時代の明白な恥辱を示している。
>
> ――『武漢日記』二五一ページ

そんなわけで、一連の投稿は今でも残っている。ただし私は、自分の微博アカウントを一〇年間さかのぼり、折に触れてアップロードしていた子供たちの写真やビデオをすべて削除した。今回攻撃されているのは公衆衛生の危機を記録した現代の日記だが、その非難の言葉は、歴史を逆行して、一九五〇年代の中国に蔓延していた考え方に通じるものがある。過去の反米レトリックや陰謀論が突然よみがえり、感染日記の翻訳追放に再利用されたのだ。

翻訳を〈反中政治運動〉の枠に当てはめるとか、私自身のスタンスと原著の内容を同一視するとか（繰り返すが、ある作品を翻訳したからといって、その作品の一字一句に同意しているわけではない）、方方と私に投げつけられたデタラメで中傷的なコメントとか、とりわけ、『武漢日記』が米中間に今も進行中の外交的緊張の原因を作る作品とのみ見られるようになった背景など、白か黒かという発想には本当にうんざりさせられた。コロナウイルスの感染爆発に対するアメリカの対応を批判するコメントには、実際のところ、うなずけるものも多かった。だからこそ、この作品をこれだけ短期間で翻訳したのだ。ところがこの行動は、私が共和党とトランプ政権のために働いているという、まったく別の政治的言説へと歪められてしまっている。明らかに人種差別的な非難コメントが多かったことにも驚いた。微博に書き込まれた罵詈雑言の中でも特に多かったものを挙げると、「白人の国粋主義者」「人種差別主義者《レイシスト》」「ナチ」（私はユダヤ人だというのに！）「白ブタ」などで、こういう言葉は私のメッセージボックスに何百回となく現れた。こんな風に攻撃されていい気分にはなれないが、#MetooやＢＬＭ（Black Lives Matter）運動の時代に生きる白人男性として、私はアメリカにおける白人の特権や制度的な人種差別について反省し、これまでに得た教訓をできるだけ活かそうと考えた。少なくとも、攻撃されたことをきっかけに、毎日のように人種差別的な脅迫や暴力を受けている人々の立場にもっと敏感になろうと努めるようになった。それはまた、何世代にもわたって政治的な攻撃や現代文学に対する迫害の犠牲になってきた中国の作家や知識人の苦境に思いを馳せることでもあった。たとえば『海瑞罷官』の著者呉晗《ウーハン》や、現代中国を代表する作家の一人である老舎《ラオシャー》の名前が思い浮かぶ。二人とも、文化大革命時代に「文芸の罪」に問われ、ひどい迫害を受けたあげく、老舎は一九六六年に自ら命を絶ち、呉晗は一九六九年に獄死した。私はもう二〇年近くも彼らの作品について講義し、その人生についても教えてきた。私の経験が、彼らが受けた恐ろしい暴力と攻撃にいくらかでも似ていると考えること自体、とんでもない話だが、そういう攻撃を受けたらどんな気持ちがするかということは、ある程度わかったと思っている。彼らのことが、わずかながらこれまでより深く理解できると感じたのだ。私は、人生が与えてくれたこれらの教訓をできる限り吸収して、そこからありったけのものを学ぼうとした。たとえそれが醜い現実であっても。それでも、その種の攻撃が解き放つ本当の意味での心理的テロリズムを逃れることはできない。個人攻撃の第二波として殺害の脅しが現れるに及んで、事態はさらに深刻になる。

　体に危害を加えるという脅しを、それ以外の差別的な口汚いコメントと一緒にすることはたやすいが、「殺してやる」という脅迫になると、これは特別悪質で、無法なものになる。その種の脅迫は微博のコメント欄にもたくさん投稿されたが、大半は、微博経由のプライベートメッセージとして送られてきた。ほとんどが「犬死にするぞ」とか「おまえの母親と息子を殺してやりたい」というような、単純で短いメッセージだが、もう少し独創的なものもあった。「今がまだ一八四〇年で、これが大清帝国の没落だとでも思っているのか？　おまえたち醜く白い悪魔は、人間の肉を食らい、人間の血をすすって生きている。おまえたちには地獄の一八階〔中国では地獄は一八層からなり、下層に行くほど罪が重いという話が広く伝わっている〕がお似合いだ！」など。私のお気に入りはこれだ。「今度中国に足を踏み入れたら殺してやる」と送ってきた一〇分後に、二つ目のメッセージが届いた。「申しわけない、飲みすぎた。あんなことを言うべきじゃなかった」。前述の心理的テロリズム以外にも、体に危害を加えるという脅しが繰り返されると、それは相手を黙らせる武器になる。もちろんこれらの脅迫を軽んじたわけではないが、私自身は生活の拠点がロサンゼルスにあり、中国には肉親もいないため、幸い身の安全は確保されている。だが、方方はそうではない。

微博や微信のようなソーシャルメディアに投稿される方方批判の書き込みに呼応する形で、ウェブサイトやメディアのポータルサイト、ウェブマガジンなど、より公共色の強いプラットフォームでも、しきりに偽情報が流されるようになる。たとえば、紅色文化網は三年前に『柩のない埋葬』攻撃の先陣を切ったウェブサイトだが、『武漢日記』批判専用のポータルサイトを特別に開設した。「方方の封鎖日記批判」と題するこのウェブページには、方方を批判する二二編の記事へのリンクが掲載されている。記事のタイトルは、「方方女史には封建時代のゴミを脳内から追い出すよう求める」「封鎖期間中、方方は自らの特権を乱用して姪をひそかに武漢から脱出させた」「コロナウイルスとの闘いに決してあってはならないのが、方方のような〈傍観者〉の存在だ」など。これは、『武漢日記』批判に積極的に関与している複数のウェブサイトの一つにすぎない。公的機関による反応もある。二〇二〇年六月一〇日には、中国軍網（中国人民解放軍のオフィシャルニュースポータル）に「『方方の日記』が光速で出版された背景には、中国に〈泥を塗る〉という西側諸国の真意が透けて見える」という記事[24]が掲載された。China Media Project（中国伝媒研究計画）のデヴィッド・バンドルスキーが言うように、「この記事では、名指しはされていないが欧米各国が、方方の記事などを利用して新型コロナウイルスの流行のことで中国の名誉を傷つけ、ウイルスの感染が広がっている自国の状況から注意をそらせようと目論んでいることが暗示されている」[25]。その他、環球時報などの国営メディアも方方を貶める記事をいくつか掲載している。「英語版『武漢日記』の刊行に際し、中国国民よ、作家方方に警戒せよ」（二〇二〇年四月八日）、「『武漢日記』の作者にネットで非難集中、支持者も離れる」（同四月二三日）など。環球時報の編集長、胡錫進《フー・シージン》は、方方批判の急先鋒としても知られている。『武漢日記』を批判する声は、二月と三月には主に個人や極左ウェブサイトの間で拡散していたが、四月の初めに中国人民解放軍や環球時報のような政府系機関が介入し始めると、明らかに論調が変わったように思われる。流れが変わったことを示すもう一つの兆候は、中国工程院のアカデミー会員で、全国人民代表大会の代表も務める医師の張伯礼《ジャン・ボーリー》が、二〇二〇年五月一二日にライブ配信された講演で、方方を公然と非難したことだ。張は方方を名指しして、次のように主張する。「人民の中には逆方向に走っていこうとする者がおり、その代表が方方であります。また大学の教授や学生には、この感染症について不適切な言説を述べ、自らの歪んだ価値観や精神を露呈した者もおります」[26]。そして捨てられたスマホの写真に関する言いがかりのような中傷に言及し、「方方は反中勢力に何らかの〈証拠〉を送って、彼らがあの誇張された作り話で中国を攻撃できるようにするつもりだったが、冷ややかな反応しか得られなかった。なぜといって、今では外国の感染状況の方が中国国内よりはるかに深刻だからだ」といううわさには信憑性があると請け合った。[*27] 方方はすぐさま微博で反論し、謝罪を要求したが、火に油を注ぐ結果にしかならなかった。攻撃や捏造記事が何か月も拡散され、それがこの日記の位置づけに関する政府の公式見解に影響を与えたと思われる。

　これらの公式メディアプラットフォームの多くが、ソーシャルメディアで流れている荒らしユーザー同士の「無責任なチャット」をも拾い上げて、単なるうわさを「新着記事」に書き換え、本来は陰謀論に類する話に正当性をつけ加えて一般国民の注意を惹きつけた。荒らしユーザーと公式メディアのこのような共生関係は、方方排斥キャンペーンの全体を通して繰り返し見られるようになる。『武漢日記』が中国を傷つける武器として西側に利用されていると一部の荒らしユーザーが騒ぎ始めると、中国のメディアはすぐにそれを記事にする。記事になるとより多くの人に読まれるため、さらに多くの荒らしが参入するというわけだ。もう一つ、北米版の発行日についても陰謀論がささやかれた。版元のHarperViaは、新型コロナウイルスの状況、印刷スケジュール、翻訳と編集のスケジュールなど、さまざまな不確定要素が絡んでくるため、公式の発行日を何度か変更していた。四月には、電子書籍とオーディオブックを二〇二〇年五月一九日に公開することが発表された。ところが公開まで二週間ほどに迫った五月初めになって、日記に批判的な人々によって、「反中勢力」がこの日を選んだのは、〈両会〉（全国人民代表大会と中国人民政治協商会議の二大会）を妨害するためだといううわさが流され始める。両会は、同年五月二一日に開催されることがちょうど発表されたところだった。もちろん陰謀などありはしない。HarperViaの編集者は両会など聞いたこともなかったし、発行日が五月一九日に決まったときには、両会の日程は公表されてもいなかったのだ。それなのに、ソーシャルメディアのうわさ話と公式メディアが互いに補強し合う関係によって、陰謀論はすぐさま公式メディアの記事に取り上げられ、広く流布された。あるメディアは、「方方日記英語版の出版日変更。両会を狙い撃ち」という見出しの記事を掲載した。以下は、その一部である。

> この日記の英語版が早くも公開されている。五月二一、二二両日に北京で開かれる予定の〈両会〉にぶつけてきたとしか思えない。両会は我が国にとって最も重要な行事である。だからこそ、外国勢力は方方日記の出版を弾《たま》として使おうとしているのだ。方方日記の英語版が、まさか本当に弾丸になり、我が国に計り知れない影響を与えるとはだれが想像できただろうか。前述のように、アメリカの出版社は、方方日記を翻訳、編集、印刷、販売しようと躍起になっている。[*28]

この記事を読むと、うわさが引き金になって公式メディアでいくつもの記事が書かれたばかりでなく、地方官吏が方方の自宅を訪問してこれらの憶測について問いただす事態にまで至った経緯がよくわかる。著者に刊行日を調整するようにという圧力がかかったこともあり、版元は公式の刊行日を数日前倒しして五月一五日に変更する。日記に両会を妨害する意図があるかのような印象を与えることを避けるためだ。だがこの例で象徴的なのは、日記についてオンラインで拡散されたまったく根拠のない一連のうわさがあっという間に増殖し、拡大して、ついには出版スケジュールに影響を与えるまでになったことだ。

公式メディアの記事が多数公開されるのに加えて、この攻撃に学界からもお墨付きを与えようと、いくつもの学術論文が発表された。中国を代表する学問の府（復旦《フーダン》大学、武漢大学など）に籍を置く教授や研究者が、査読を受けた記事や、中にはモノグラフ（小論文）全文を、学術的なメディアに寄稿し始めたのだ。いずれも『武漢日記』を批判する内容だった。私は、方方日記を訳したときの自分の仕事ぶりがすでに「光速」だと思っていたが、日記を攻撃してその出版を阻止しようとする中国ネット民の素早さにはとうてい及ばないと思い知った。

魯品越《ルー・ピンユエ》は「方方日記――容認できない過ち」という記事で、「方方は武漢での偉大なる感染症との闘いを著しく歪めている」と論じた。[*29] この論文では、日記の翻訳を、中国が西洋諸国の横暴に苦しんだ長い屈辱の歴史という文脈でとらえ、次のように結論づけている。

（前略）方方日記を武器に中国に応戦しようとしても何の益にもならない。ここで利用されているものはまったく価値のない毒薬だからである。

Taylor and Francis という学術書出版社が発行している査読雑誌に英語で発表されたこの論文には、根拠の少ない決めつけ（たとえば「方方は中国の国家体制を批判する本を書いた」という記述）、『武漢日記』が中国を攻撃する武器に使われているという、ネットで拡散している陰謀論の受け売り（この論文は、日記の刊行開始後わずか四日で翻訳され、提出された）、そしてスローガンもどきの政治的レトリックの使用（末尾に記された軍の決起を呼びかける言葉「世界中の同志よ、団結せよ！　反中活動で世界を分断しようとする欧米の政治家に反旗を翻し、人類が共有する未来社会を築こう」など）といった特徴がある。

さらに驚くのが、中国語の論文を全文掲載した電子学術書が、『武漢日記』の英語版が五月一五日に発売される前にすでに公開されていたことだ。まず、英語で *Great Wuhan But Bad Diary*（偉大な都市武漢と酷い日記）というタイトルの電子書籍が公開された（「Wuhan（武漢）」と「Diary（日記）」が太字でデザインされているのは、読者が本物の『武漢日記』と間違えて購入することを狙ったのではないか）（図3）。この本はペンネームを「凡人《ファンレン》」という人物の著作とされていて、英米およびドイツのアマゾンにアップロードされた。いずれも、その時点で『武漢日記』の翻訳版を予約注文できた国だ。[30]

図3・図4　方方を攻撃する論文2冊の表紙。ファンレン（凡人）の Great Wuhan But Bad Diary（左）と馮川の『方方日記批判』（右）

同じころ、『方方日記批判』〔未邦訳〕と題する別の電子書籍が微信その他のプラットフォームで回覧されていた（図4）。著者は武漢大学の政治・公共管理学院で研究員助手を務める馮　川《フォン・チュアン》である。百ページ以上もあるこの著作は『武漢日記』を「客観的」かつ「徹底的」に評価するという触れ込みだが、実のところ、客観的な学術書を装った政治論文だ。結論を読めばわかるが、結局はネット上の攻撃や批判記事と何ら変わるところのない悪意ある論考を繰り返しているだけだ。

方方は一般市民との一体感を表明しているよ

うだが、政府や共産党体制との心理的一体感がほとんど感じられない。しかしながら、国民国家を基本とする現代社会において、国の中枢機関の利益を認めないということは一般国民を裏切る行為であり、競合する諸外国を利する危険を冒すものだ。中国共産党が指導する現在の中国で、政府や党の体制を承認しないことは政治常識の欠如を意味し、そういう個人は必然的に危険人物に分類される。こうなると自己否定に向かい、最後には「精神崩壊」に至る。知識構造の老化が最初の兆候で、最後には反体制的思考に陥る。国家と国民を置き去りにして。これが『方方日記』最大の根本的欠陥であり、最も悪質な点でもある。[*31]

両書とも、毛沢東時代の反右派闘争や文化大革命で盛んに行われた政治批判の流れを汲むものだが、現代では、ネット上に批判を書き込めば即座に数百万規模の読者に共有される点が大きく違う。さらに注目すべきなのは、このころには日記の公式タイトルが英語では *Wuhan Diary*（中国語では『武漢封城日記』）で確定していたにもかかわらず、批判勢力がかたくなに『方方日記』と呼び続け、方方が「武漢の代弁者」であるということをまったく無視している点だ（これについては以前にも述べた）。*Great Wuhan But Bad Diary* にしろ『方方日記批判』にしろ、五月初めに突然ネット上に出現したのだが、その後、予想もしなかった経緯をたどることになる。八月にはどちらもインターネットから削除されていたのだ。凡人の電子書籍はアマゾンではもう取り扱っていないし、ネット検索してもまったくヒットしない。一方馮川の電子書籍は微信から消されてしまったようだ。[*32] 刻々と変化する中国のインターネットでは、方方を擁護する投稿が削除されるばかりでなく、最近では、日記の中傷キャンペーンに乗った悪意に満ちたページの痕跡までもが姿を消している。いわゆる〈方方事件〉に関連するネット上の痕跡が薄れていくにつれ、これまでのいきさつを保存することが急務になってきたのである。

魔女狩り

方方《ファンファン》に対する攻撃は、勢いを増すにつれ、文字どおりの魔女狩りへと変化していった。公の場で『武漢日記』を擁護した記事や個人を、黙らせようとする動きが出てきたのだ。まず、ソーシャルメディアで方方に好意的な意見を表明した著名人や有識者の投稿がインターネットから削除された。攻撃がますます激しくなった四月九日に、中国では知名度のある崔永元《ツェイ・ヨンユエン》が「方方への忠告」と題する記事を投稿した。崔はCCTVの元キャスターであり、自身もこれまでに大変なスキャンダルに巻き込まれた経験がある。最近では、二〇一八年に女優范冰冰《ファン・ビンビン》の契約情報を暴露したことが中国映画界を揺るがす一大スキャンダルの引き金になり、崔はネット上で激しく攻撃された。[*1]「方方への忠告」で、崔は標的にされた我が身の経験について述べ、方方にその対処法を提案している。

同じような経験をし、インターネットという戦場から何とか逃れることができた人間として、忠告しよう。私に言わせれば、この戦争はまだ始まったばかりだ。決して軽率に行動せず、反撃手段を温存しておきなさい。今は、情勢を注視し、我々のような古参兵の忠告に耳を傾けよ。血を流してやっと得た教訓なのだから。[*2]

方方に宛てたこの公開書簡の中で崔が主張するのは、ネット上の攻撃に反論することも、中傷者を名誉毀損で告訴することも、効果がないということだ。前者はさらに大規模な攻撃が返ってくるだけであり、後者については方方も検討していた。崔は当事者としてどちらの方法も試みたが、時間がかかる割には苛立ちと挫折感が募るだけだったという。代わりに、自分と同じ被害を受けている方方には、事実上発禁処分になった代表作〔『柩のない埋葬』のこと〕のタイトルをもじって、「今日からは訴訟のことは忘れよう。静かに葬るのがいちばんだ」と勧めている。荒らし相手に闘うことの空しさを説く中で、崔は、攻撃に動員される多様なグループのことにも触れている。ここには、この種のサイバーキャンペーンがさまざまな方面から支持される様子がよくまとめられている。一部を引用しよう。

彼ら〔攻撃者〕のバックグラウンドは多種多様である。私が経験しただけでも、北京大学の張頤武《ジャン・イーウー》、清華大学の肖鷹《シアオ・イン》、中国農業大学の柯柄生《クー・ビンシオン》といった教授連、国中のさまざまな大学に通う学生、中国人民解放軍の退役副司令官（この人物は任官中に起業した）、中国空軍の元パイロット（かつて編隊僚機を操縦して敵の先導機を撃墜したことがある）、現役の判事や検察官、香港テレビ界に巣くう不愉快な女たち、主要な新聞雑誌の編集長、交通巡査、科学者、革命分子や役人の子供など、職業経歴もばらばらだが、共通しているのは、全員が大馬鹿者だということだ。この連中は二種類に分類できる。一方は単に愚かなだけだが、もう一方は悪質だ。

奴らとの闘いを逐一覚えているわけではないが、どれもみな、悲惨な結果に終わった。

こういう選り抜きのグループが攻撃してくるのだから、方方よ、それに立ち向かえるか？　心身のエネルギーを使い果たし、これから先何年もの人生をこういう連中のために棒に振ってもいいのか？

「方方への忠告」もすぐさま〈埋葬〉された。つまり、インターネットから削除され、消え失せたのだ。方方を擁護するその他の声も同じような目に遭った。受賞歴のある中国系アメリカ人作家、厳歌苓《イエン・ゴーリン》は中国でも人気があるが、「欺瞞！欺瞞！欺瞞！」と題したエッセイを発表し、方方の事件に言及している（これに対し、方方も日記で厳のことに触れている）。厳はこのエッセイで、中国では事実が隠蔽される傾向があることを非難し、次のように述べている。「私たちは記憶喪失の民になってしまった。南京大虐殺、三年大飢饉、文化大革命――私たちはなりふり構わずこれらの出来事から目を背けている」[*3]。当然ながら、崔永元の文章同様、厳歌苓の「欺瞞！欺瞞！欺瞞！」もまたたく間に隠蔽された。インターネット検閲の網にかかって削除されたのだ。

　中国のインターネットでは検閲は日常茶飯事だが、『武漢日記』に関する情報がネット上で弾圧される状況は異常だった。ただ、武漢で発生した新型コロナウイルス感染症の初期段階でどのような情報統制が行われたかについては、方方の日記だけが狙い撃ちされたわけではなく、全体的な締めつけがあったと見るべきだろう。コロナウイルス関連の情報統制は、そもそもの最初から見られる。「（二〇一九年）一二月三〇日、（中略）国家衛生健康委員会は、衛生健康業務に携わる者がコロナウイルスに関連する情報を許可なく開示することを禁ずる緊急内部通達を発行した」[*4]。ジャスパー・ベッカーによると、「中国当局は、（二〇一九年）一二月三一日から、検索エンジンを使ってウイルスのニュースを検閲し始め、〈SARS　変異〉〈武漢　海鮮市場〉〈武漢　未知の肺炎〉などの用語を見つけると削除した」[*5]。「八人の内部告発者」（李文亮《リー・ウェンリアン》をはじめ、艾芬《アイ・フェン》など武漢在住の医師を含む）が後に懲戒処分を受けたのも、すべてこの締めつけによるものといえる。アダム・トゥーズはその著 *Shutdown: How Covid Shook the World's Economy*（機能停止――世界経済を揺るがしたコロナ）で、李文亮医師の死をきっかけにまたたく間に抗議の声が広がり、次いでその声が迅速かつ苛烈な取り締まりによって抑え込まれた様子を記している。

> 政府のパンデミック対応のまずさへの失望は、たちまち、広い意味での政治的要求へと波及した。二月七日金曜日〔李文亮が死去した日〕には、武漢の名門大学の教授たちが連名で公開書簡を発表し、当局に、中国憲法で保障された表現の自由を尊重するよう要求した。中国を代表する知識人が全国人民代表大会に送った別の書簡は、次のような文章で始まっている。「今日以後、いかなる中国国民もその言説を理由に国家機関や政治集団に脅かされるべきではない。（中略）国は、ソーシャルメディアの検閲およびアカウントの削除またはブロックをただちに停止すべきである」。ほんの数週間前まで、習政権は盤石と思われていたが、今では、「民衆の歌が聞こえるか？」の歌詞がネットに投稿されるのを阻止しようと躍起になっている。これはミュージカル「レ・ミゼラブル」の劇中歌で、最近では香港の民主化運動で抗議の歌として採用された。（中略）抗議の機運が高まると、それに

対して厳しい弾圧が加えられた。検閲がエスカレートして、ソーシャルメディアの投稿はまたたく間に消されてしまう。そのうち、武漢で批判的な動画をネット投稿しようという気骨のある記者はいなくなってしまった。[*6]

このような前代未聞の検閲と統制が行われる中で、普段なら封鎖を伝える率直な記事とみなされるものが、暴露記事に変わっていく。微博《ウェイボー》の元社員でチャイナ・デジタル・タイムズ（中国数字時代）〔ニュースサイト。英語版と中国語版がある〕の編集者エリック・リウが言うように、ネット世論の形成に使われたのは検閲だけではない。ヘイトキャンペーンも巧みに利用されている。

> 中国政府は、新型コロナウイルスの時代に世論をコントロールすることに前例のないほどのエネルギーを費やしていますが、このようなプロパガンダには憎悪の対象が必要になります。当局は、アメリカを憎悪の対象とする伝統的な手法のほかに、海外から帰国した中国人に対する憎悪をかき立てることにも成功しました。いわば〈千マイル先まで毒を流す〉手法といっていいでしょう。するとそれ以後は、〈中国に対する裏切り者〉と〈変節者〉に対する憎悪が生まれます。方方への攻撃には、そのすべてが集中的に用いられました。[*7]

ぜひ理解しておきたいのは、方方に対するオンライン攻撃と、『武漢日記』についての投稿と削除というイタチごっこは、武漢を舞台にしたはるかに大規模な情報戦争の一部であり、その武漢が、検閲とウイルスの大流行という、より広い歴史の交差点にも位置しているということだ。たとえば、二〇〇三年のSARSの流行は申し分のない前例だ。当時、情報は厳しく管理され、異論は抑圧された。感染の状況を描こうとした文学作品（胡発雲《フー・ファユン》が二〇〇六年に発表した小説『如焉《ルーイエン》@sars.come』〔未邦訳〕など）も発禁処分になった。二〇〇三年の流行の場合、カルロス・ロハスがいみじくも論じているように、「SARSに関しては、このような検閲態勢を敷いたためにかえって、世間はこの病気から中国語圏を連想するようになってしまった。この二つの事例を併せて考えると、政治体制と、社会形成および帰属意識認知のプロセスとの関係がよく理解できる」[*8]。中国に対する反感が世界的に急拡大し、新型コロナウイルスを政治問題化する風潮がはびこっている現状で、このような傾向と情報統制の関係をじっくり考えてみるのも興味深い。感染流行の初期段階で、コロナウイルスに関する情報にまたたく間に一定の方向づけがなされたことは、だれもが感じている。BBCニュース中文サイトの記事「新型コロナウイルス――武漢を越えて広がる〈投稿削除闘争〉」（二〇二〇年三月一一日）によると、武漢の感染状況に関する記事、動画、ソーシャルメディアの投稿は、この時点ですでに厳しく検閲されていた。独立系メディアTelegram（テレグラム）は、感染初期の段階で四百以上もの投稿が削除されたと伝えている[*9]。また三月一四日のニューヨーク・タイムズによると、「習近平国家主席のいう対ウイルス〈人民戦争〉に勝利したと主張する中国政府は、掃討作戦を主導して、異論を抑え、報道記事を検閲し、民間のジャーナリストを弾圧し、ニュースサイトを閉鎖に追い込んでいる」[*10]。二〇二〇年一二月、ニューヨーク・タイムズはその続報で、

新型コロナウイルス流行の初期に数千もの国内向け政令が施行されたことを明らかにしている。それによると、

（前略）検閲を強化することが決められた。李文亮医師の死が投げかけた前例のない難局と、その結果起こる可能性のある〈バタフライ効果〉に警戒心を抱いた当局は、不都合な報道を弾圧し、各地でプロパガンダを受け持つ労働者や報道機関に極秘指令を送って、その指令に従って書かれた記事を拡散するという作業に着手した。*11

コロナウイルスの報道に一定の方向性を与えて管理しようとする傾向は、インターネット事業者が方方のアカウントをどう扱うかに直接影響を与えた。方方の日記は、武漢の感染状況に関する民間の情報源として、当時最も広く読まれていたと思われる。微信《ウェイシン》の検閲をモニタリングしている香港大学のオンラインポータル、WeChat Scope（ウィーチャット・スコープ）によれば、「方方」というキーワードを含む投稿や記事は、二〇二〇年に厳しい検閲の対象になっていた（図5）。ただし方方の場合、彼女を支持する記事や投稿、インタビュー（オリジナルの日記はいうまでもなく）が削除されただけではない。その友人や擁護者を脅し、時には処罰するという、魔女狩りのような手法も併せて用いられたのだ。

四月の初めに方方に対するオンライン攻撃が激しくなると、湖北大学の梁艶萍《リャン・イエンピン》教授や劉川鄂《リウ・チュアンオー》教授、詩人でもある海南大学の王小妮《ワン・シアオニー》教授など、ソーシャルメディアで方方を擁護したことのある人々が一斉に標的にされた。梁艶萍と王小妮の場合、それぞれの所属大学に、

両教授のネットでの発言を公式に調査することを要求する声が寄せられた。湖北大学はその要求にすぐに応じようとはしなかった。すると過激なネットユーザーたちは、行動を起こさなければ大学の経営陣もターゲットにすると脅したのだ。二〇二〇年四月二六日になって、湖北大学は、梁教授のソーシャルメディアでの発言を公式に調査すると発表した。微博の極左ユーザーや、紅色中国（RedChinaCn.net）のような国粋主義的ウェブサイトは、この決定を歓迎して、「多数の愛国的ネット住民のたゆまぬ努力の結果、湖北大学は、長期にわたり躊躇したあげく、ついに（梁艶萍の調査を）宣言した。（中略）方方のいわゆる『日記』にまつわる事象と、この論争から派生したさまざまな出来事が中国社会を分断したという意見があるが、まったくのナンセンスだ。余涅《ユイ・ニイエ》は確信している。強烈な愛国心に突き動かされた大衆が立ち上がり、権力を乱用してきた〈恵まれた階級〉の行動を監視したおかげで、中国社会の政治的一体感はますます高まり、中国は一つの国としてさらに強固になり、その未来はますます栄光に包まれるであろうことを！」とコメントした。[*12] 荒らしユーザーは、方方の支持者をソーシャルメディアで攻撃するだけにとどまらず、集団の力で不満

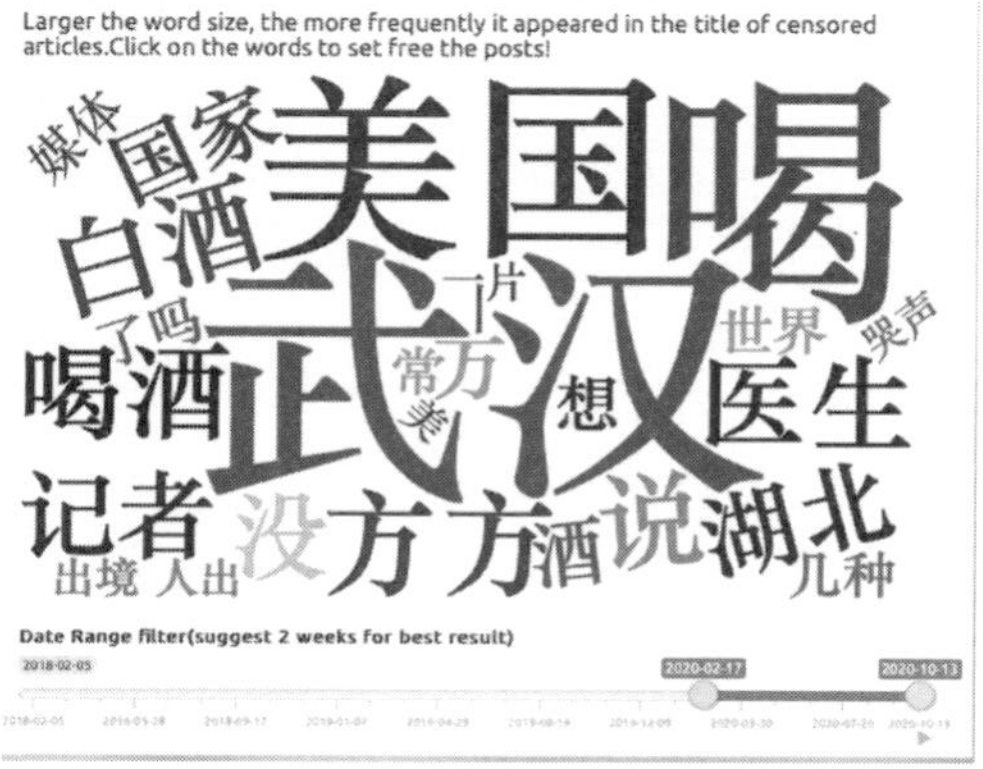

図5　このワードクラウド図はWeChat Scopeのデータから作成したもので、微信で頻繁に検閲されている用語が視覚化されている。ここに表示されているのは2020年2月17日〜10月13日に最もよく検閲された用語で、中央下部に「方方」という文字が大きく表示されているのがわかる

の声を上げる、苦情を申し立てる、さまざまな調査の開始を要求するといった行動にも出た。梁艶萍の場合、調査の対象となったのは方方を擁護する投稿だけではない。方方を攻撃する勢力は過去の発言まで徹底的に調べ、何年も前の微博の発言を掘り起こした結果、香港の犯人引き渡しに反対する運動や、南京事件に対する彼女のスタンスが「好ましくない」ことを見つけ出したのだ。最終的に梁艶萍教授が大学で講座を持てなくなり、中国共産党の党籍を剥奪される結果になったのは、実はこの古い投稿が原因だった。[*13] まさに荒らし連中の思いどおりになったといってもいいだろう。

だが、その後も魔女狩りは続く。王小妮は同世代を代表する詩人の一人で海南大学の名誉教授だが、やはり度重なる攻撃を受け、調査の対象になった（図6）。ゲーテ・インスティトゥート中国の創設者で中国学者のミハエル・カーン＝アッカーマンは、『武漢日記』をドイツ語に翻訳したことで攻撃された。そしてもちろん私も。ここまでの間に、多くの荒らしユーザーが「公知」（公共知識分子）という言葉を使うようになる。これは、王小妮や梁艶萍のような中国のリベラル派知識人を攻撃するときに軽蔑の意味を込めて使われる言葉だ。二〇二一年一月には、司馬南《スーマー・ナン》、地瓜熊老六《ディグアシュンラオリウ》など、かねてから方方を批判してきた連中が、賈浅浅《ジャ・チィエンチィエン》を攻撃し始める。二〇一九年に方方との共著を出したというものだ。[*14] 賈浅浅については、方方との関係が問題視されたばかりでなく、「文才がない」と決めつけられ、著名な作家である父親の賈平凹《ジャ・ピンアオ》とともに、縁故主義と非難された。中国のネット社会は長年、言葉の反転というゲームに興じてきた。たとえば、被和諧（調和する）という言葉がある。和諧社会（調和社会）を設立するという名目で、政府が多様な意見を抑圧することを論評する際にこの言葉を使うのだが、今では、極左主義者が言葉に修正主義的解釈を加えるときに使われるようになってしまった。「公知」も、かつては社会で尊敬される人を表す言葉だったのに、今では逆に政治的に誤っていることを示す言葉となり、自分の意見をはっきり述べる人々を攻撃するのに使われている。

　こういう不可解な状況がどこまで続いているか、次の例で見てみよう。ＵＣＬＡの同僚が、二〇二〇年春学期に新型コロナウイルスをテーマにしたゼミで『武漢日記』を取り上げることにした。この同僚は米国籍を持ち、ＵＣＬＡの常勤の教授だが、たまたま中国の一流大学で名誉教授の地位にも就いている。その大学の教授陣の一人が、彼女が『武漢日記』を（あくまでもＵＣＬＡで）教えていることを聞いて中国の大学当局に報告したため、当局が調査に乗り出すという事態になった。同僚は、抗議の意味を込めて中国でのポストを返上することにした。

　また、中国人で、感染初期の段階から方方とその日記に対する支持を熱心に、広く表明していた著名な知識人がいる。その人に『武漢日記』英語版の推薦文を書いてもらえないかと連絡を取ったところ、背筋が冷たくなるような返事が返ってきた。「何か書くべきだと思い、実際に書きたい気持ちはあります……ただ、今は何も言えないし、何もできないのです。どうかお許し

図6　海南大学の公式アカウントが2020年４月30日に微博にアップロードした投稿。「声明書――本校の元教授、王小妮による不適切な意見表明の問題につき、インターネットユーザーの関心が高まってきたことに応じて、本校はすでに責任の所在を調査する特別作業部会を開設した」という内容で、ネット民の抗議に焚きつけられて調査が行われていることがよくわかる

ください……」。最後の「……」に何ともいえない苦悩がにじみ出ている。魔女狩りは、方方を支持する人々の口を封じる効果的な方法なのだ。この種の自主規制の例はまだある。ある劇団に所属する中国人学生のグループが、『武漢日記』をラジオ劇に脚色できないかという話を持ってきた。最初は、方方との交渉を仲介してほしいということだったが、わずか数日後にまた連絡があった。激しい政治論争が巻き起こっているため、ラジオ劇は断念することにした。日記を取り上げるのがきわめて「慎重を要する問題」になってしまったので、という内容だ。別の学生グループからは、武漢の封鎖に関するさまざまな証言を集めて英語に翻訳したいという相談を受けたが、彼らもまた、ネット上で方方に浴びせられている罵詈雑言を目の当たりにすると、計画をあきらめた。これらの例はいずれも、方方への攻撃が他の目撃者や活動家、方方支持者などの口封じに絶大な効果を上げているという楊国斌《ヤン・グオビン》の指摘が妥当であることの、さらなる例証といえるだろう。

もちろん、魔女狩りの連中が最も執念深くターゲットにしているのは、方方その人だ。さまざまな出版物やソーシャルメディア履歴が前例のないほど綿密に調べ上げられ、海外渡航歴、所有不動産、私生活に至るまでの詳細が公開され、方方の自宅住所、成人している娘の名前や個人情報がネット上にさらされた。方方について公式の訴状が数多く提出され、ネット上の脅迫（殺人予告を含む）や個人攻撃も依然として続いている。攻撃には、文化大革命時代に中国社会に蔓延していた政治的迫害を思わせるものが多い。一九五五年生まれの方方は、文革のさなかに人格形成期を迎えている。間違いなく、似たような事例を見てきただろう。この迫害キャンペーンの間、方方は一貫して、自分を中傷する勢力を「極左」と呼んでいる。これは「一〇年に及ぶ大混乱」〔文化大革命のこと〕の名残を思わせる言葉で、文革時代の毛沢東信奉者によるレトリックや戦術を真似る国粋主義者を指すときに使われる。ソーシャルメディアの投稿、論文や出版物で強調される政治的見解、そして戦術そのものにも、文化大革命のレガシー（遺産）が見てとれる。方方の支持者迫害のために始められた〈魔女狩り〉が良い例だ。文化大革命の時代には、いわゆる〈連座制〉により、個人をその交友関係や出自だけで攻撃することが普通に行われていた。方方の場合、これらの戦術が単に使われただけでなく、喝采を受けた。

　結局のところ、現在の状況は文革の再来のようにも見える。方方を糾弾する政治ポスターは、社会主義の宣伝ポスターのスタイルで作成され、微博に投稿され、ネット上にあふれるようになる。これらのポスターは四人組〔文革時代に台頭した急進派。毛沢東の死後クーデターを計画したとして逮捕され、その罪状を弾劾する異常なキャンペーンが行われた〕を批判したときの弾劾ポスターにそっくりだ。方方を「人民の敵」で世間の軽蔑と攻撃を受けて当然だとするところなどみな同じで、没個性的である。その一つ、「帝国主義の走狗、裏切り者の方方を打倒せよ」というスローガンを掲げたポスターでは、方方が犬のしっぽをつけた太った姿で戯画化され（これには紛れもなく、彼女が西側帝国主義諸国に奉仕する文字どおりの「走狗」であることを強調する意図がある）、地面にちぢこまって日記を書いている。これに対して、若き小粉紅のヒーロー三人組が脅すようにその上に立ち

図 7　文化大革命を模した、方方を攻撃する宣伝ポスター。「帝国主義の走狗、裏切り者の方方を打倒せよ」と書かれている

はだかっている（図7）。文革では、労働者、農民、兵士の三階級から模範的な代表が選ばれてそれがそのまま神聖なる革命の三要素に祭り上げられたが、それとは違い、この三人組は新しい中国人像を具現化したものだ。それぞれ筆、ペン、赤いランタン（文革時代によく演じられた模範劇『紅灯記』を思わせる）を振りかざすこの三人は、〈中国独自の社会主義〉という新時代を象徴する革命の申し子といえる。文革の再来など信じられないと思うかもしれないが、微信でも、方方を支持する人々に対する脅迫や弾劾がはっきりした戦略として積極的に使われていることを示す投稿が現れ始めた。たとえば、友人が送ってくれた二〇二〇年四月二九日の投稿は、次のような謎めいた内容だった（図8）。

次はだれだ？
方方の友人連中は気をつけるがいい！

紅色小兵　二〇二〇年四月二九日

「次」というのはもちろん、オンライン攻撃で梁艶萍、王小妮、その他に続くターゲットのことだろう。方方に対する攻撃は、まさにサイバー空間の魔女狩りに発展していった。その目的は、方方と『武漢日記』を擁護してきた著名人を追い詰め、追い落とすことだ。この攻撃は別の方向にも発展していった。つまり、最初はサイバー攻撃として始まったものが、現実世界にも飛び火したのだ。梁艶萍のように現実に被害をこうむった例があるので、方方に実際に危害を加えるといった脅迫も現実味を帯びてくる。自宅の塀越しに何者かがレンガを投げ込むという事件があったし、大字報という、これまた文革時代の亡霊もよみがえってきた。

四月半ばになると、方方の自宅近くにある公共の場所に、この種の弾劾ポスターが掲示されるようになる。ポスターは毛沢東時代の政治演説を思わせる文体で、方方に危害を加えると脅している。四月一五日に貼られた手書きの匿名大字報は、次のようなものだった。

方方への公開書簡

人血饅頭を食らう方方は、新生中国に生まれ、紅旗のもとに育ち、国のさまざまな恩恵や厚遇を享受してきたというのに、今や、誤った主張で我が国を深く傷つける悪行に及んでいる。方方よ、私がだれかと問う必要はない。私は自分がだれかということぐらい知っている。私は田舎から出てきた農民で、昨日はまだ落花生畑で働いていた。そんな私だが、武漢に来ずにはいられなかった。ここまで来たのは、おまえのしたことに対する怒りと憎しみをぶつけるためだ。

私はここに断固として要求する。方方はすべての財産を国家に返すべきである。それから頭を丸めて尼になるか、自ら命を絶って、人民に対する

図8　微信の投稿。「次はだれだ？ 方方の友人連中は気をつけるがいい！」という脅迫的な文章に、「紅色小兵 2020年4月29日」の署名がある

己の罪の責任を取るべきだ。そうしないなら、私が一個人として、中国古来の方法に従い、正義を遂行するつもりである。方方への攻撃は言葉と体の両面で行われるであろう（図9）。

「人血饅頭」を食らう方方という表現は、中国近代文学の父であり、「狂人日記」を著した魯迅《ルーシュン》のパロディーだ（「狂人日記」については、冒頭部分で『武漢日記』と比較するために取り上げた）。「人血饅頭」のイメージは、魯迅の短編「薬」に出てくる。この短編では、結核を患っている少年が、家族に、妙薬だからと人血饅頭を食べるよう迫られる。その血は、中国を救おうとして最近処刑された革命家の体から流れ出たものだ。結局少年は死に、妙薬だと信じた家族の迷妄は、中国を改革しようとした革命家の努力と同様、無駄になってしまう。人血饅頭のメタファーはここでたまたま使われたというわけではない。方方への攻撃が最盛期を迎えたころに盛んに使われた文化的引用の一つだった。方方は（そして私も）、繰り返し、武漢の犠牲者の血を吸った人血饅頭を食らっていると糾弾された。ただ、方方の場合、魯迅の人血饅頭を引き合いに出したのは不正行為を示唆するためだった。方方は日記で「人々を目覚めさせようとした」（魯迅の比喩を使えば「鉄の部屋をこわそうとした」）が、方方を批判する側はそのロジックを逆手にとって、方方を迫害者、体制側の人間、同胞の死体を食らう食人種に変えてしまったのだ。

だが、方方を中傷する勢力がこれほど世論を方方批判へと誘導できたのは、まさに、このような感傷的なメタファー、物事のおおざっぱな一般化、白か黒かという単純化のせいである。

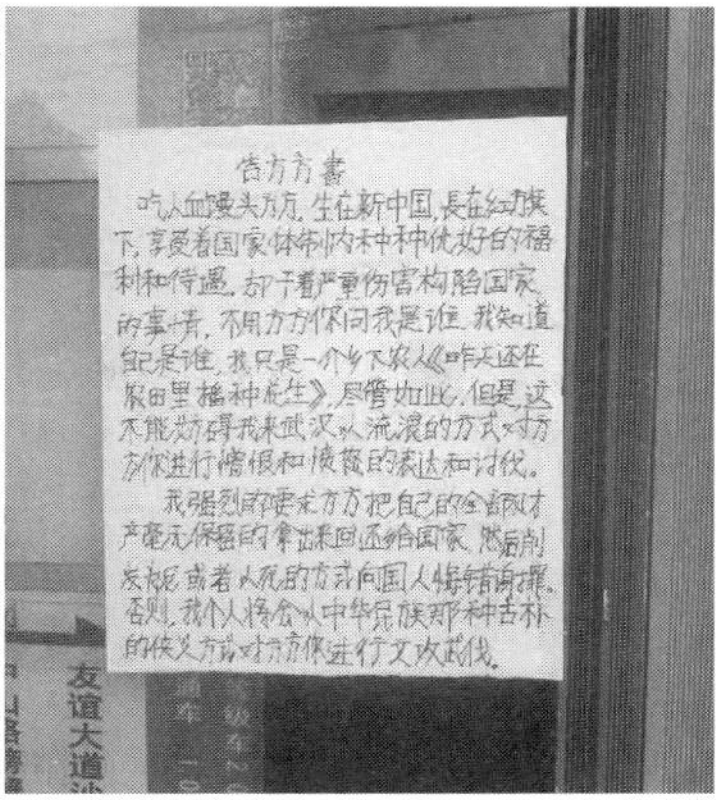

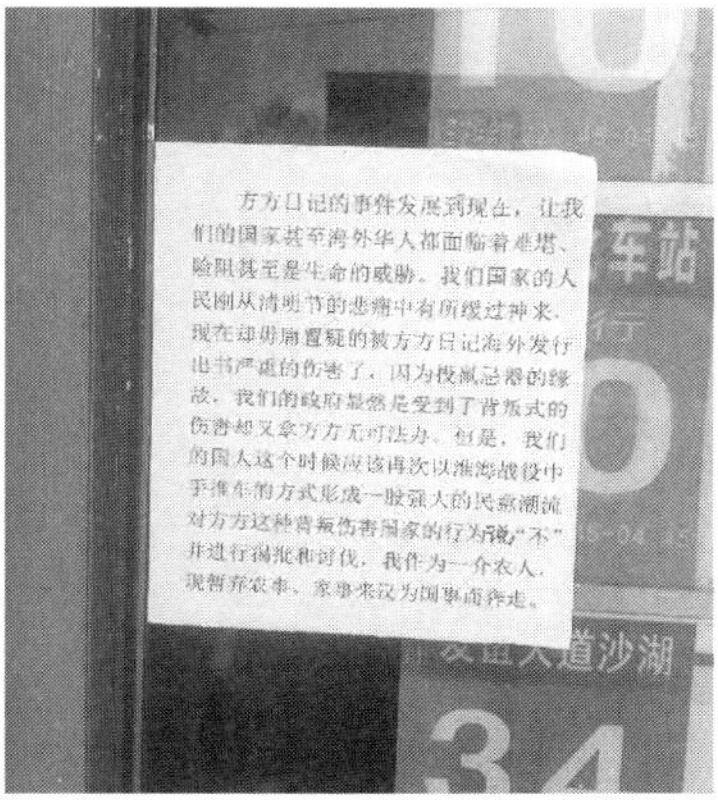

図9（左）・図10（右） 方方に対する弾劾ポスターの写真（微博で拡散された）

ネットで拡散した弾劾ポスターをもう一つ紹介しよう。

方方の日記によって、国内のみならず海外に住む同胞までが、日々の生活に困難を来《きた》し、生命の危険にさえさらされている。我々は、清明節〔先祖の墓参りをし、亡き人を偲ぶ中国の行事〕の悲しみや苦悩からやっと立ち直ったところである。方方の日記が海外で出版されることは大きな痛手であり、こんなことは絶対に許してはならない。我が政府はこの裏切りに雄々しく立ち向かってはいるが、この窮地に際し、方方に対してできることは何もない。しかし我ら民衆は今こそ立ち上がり、淮海《ホワイハイ》戦役〔国民軍（現中華民国国軍）と中国共産党人民解放軍との間で戦われた国共内戦の重要な戦闘の一つ。一九四八～四九年〕で何千何万もの一般大衆が荷車を引いて戦場に馳せ参じた例にならい、世論を動かして、方方による裏切り行為に力強く「否《いな》！」と言おうではないか。方方をさらし者にして批判する懲罰運動を開始すべきである。私は農民だが、畑仕事と家庭の義務を一時棚上げにして、この国難に対処するため急ぎ武漢にやって来た（図10）。

トゥオ・ワンによると、文革時代の大字報は一定の形式に則って作られ、多くの場合、次の要素で構成されていた。「毛語録の引用、批判する相手の名前、その相手が反革命的であることの証拠と称するもの、この人物に対する弾劾行動を起こすようにという呼びかけ、毛主席（当時）への称賛の言葉」[*15]だ。この現代版大字報では、もちろん毛沢東に言及することはなく、代わりに「新生中国」「紅旗」「中国人民」などがイデオロギー的真実と権威を表す言葉として使われている。しかしそれ以外の要素――方方を名指しする、その〈罪〉を並べ立てる、処罰を求める――はすべて昔のままだ。さらに、文革時代の大字報では「作者が実名を明かすことはなかった」[*16]が、これらの方方弾劾ポスターも匿名だ。だが最も特徴的なのは、暴力に訴えることを呼びかけている点で、愛国心という崇高な理念からも、昔からある〈勧善懲悪〉の概念（民話や武道小説によく見られる）からも、暴力が正当化されている。

大字報が復活したことで、方方を批判する文革スタイルの宣伝ポスターが微信で拡散し、女性蔑視を前面に出した脅迫や攻撃がネット上で激増した。そして方方の親しい友人や協力者、支持者までもが、ますます拡大する魔女狩りのターゲットになり、中国のネットには不穏な空気が充満していった。香港のビデオブロガー〔動画でブログを作成して投稿する人〕がユーチューブに投稿した、「文革2・0の十大特徴を読み解く――方方著『武漢日記』批判と香港の未来」と題する動画がある。ジャーナリスト、ブロガー、そして中国の知識人たちが一人また一人と、『武漢日記』批判の運動を文革2・0、文革再来、新文革、中国のデジタル文革などと呼ぶようになっている。ところが、この文革の焼き直しで本当に奇妙なのは、本当の意味での「革命」がまったく欠けていることだ。毛沢東の革命運動から数十年たち、二〇二〇年現在の中国は「中国版社会主義」の国である（「権威主義的資本主義」と呼ぶ方がおそらく実態に近い）。ＡＩ（人工知能）に監視されている国であり、アリババのような巨大企業、摩天楼、スマートフォンの国でもある。ところがこのパンデミックのさなかに、ポスト革命時代の奇妙な熱狂が解き放たれたのだ。人民に与えられた新たな階級闘争の相手——それは反革命的で、〈アメリカ帝国主義者〉と結託して妨害活動を行う特権的知識人たちだ。だがいったい何を妨害するのだろう。社会主義プロジェクト？　コロナウイルスとの闘い？　チャイニーズ・ドリーム？　あるいは真実そのもの？　いわゆる左翼の攻撃で、最も悪意に満ち、最も恐ろしいのは、おそらく実体が何もないということだ。〈良き物語〉を演出するために、過去の革命的熱狂を適当に利用しているだけなのだ。文革時代、政治的に誤っているとされた書物を弾圧したように、この魔女狩りの最終目標は『武漢日記』という書物そのものだ。方方は最初、中国および香港の出版社と契約を結んだが、その後、中国で『武漢日記』の出版が突然中止された。中国の各出版社は方方の旧作の重版も、新作の刊行も拒否して、事実上方方を中国市場から閉め出したのだ。[*17]また、出版を差し止めようとする意図が国境を越えて広がっている兆候も見られる。『武漢日記』を扱った海外の出版社から、中国のエージェントが出版を中止するようにという圧力をかけてきたとの報告も寄せられている。

　周知のことだが、一九六六年から一九七六年まで続いた文化大革命は、文化そのものを政治的・イデオロギー的武器として利用したことが、大きな特徴の一つだった。『海瑞罷官』をはじめ、問題があるとされた文芸作品は弾圧され、攻撃の対象になった。その一方で、〈正しい方向〉を向いている革命的作品（二〇二〇年の政治用語を使って〈プラスのエネルギー〉にあふれた作品ということもできる）が続々と生み出され、主流を占めるようになった。革命模範劇、革命バレエ、プロパガンダポスター、毛沢東を称える革命讃歌などがその例だ。当然ながら、革命的熱狂が支配した一九六〇年代から今日まで、環境は大きく変化した。革命の中心分子だった「労働者、農民、兵士」に代わって小粉紅、戦狼、五毛党〔詳しくは二一五ページを参照〕が台頭し、プロパガンダの拡散を担っていた冷戦時代のネットワーク（新聞、ラジオ、映画、職場を通じて下される政治指令など）は、今風のオンラインツール（「学習」などの政治アプリ、微博や微信のようなソーシャルメディアプラットフォーム、ヨウク、嗶哩嗶哩《ビリビリ》といったストリーミングサイト、さらには〈正しい〉行いに褒章を与える社会信用システム）にアップデートされている。また、大字報や面と向かっての闘争セッションは影をひそめ、代わりに「人肉検索エンジン」やヘイトキャンペーンが主流になった。もちろん、四〇年以上に及ぶ改革開放路線のおかげで、現代の中国社会は五〇年前に比べればはるかに多様性に富み、ダイナミックで国際的だ。だが、そのような進歩の足跡を振り返れば、現在、修正主義的な考えによる文革時代への揺り戻しが起こっていることが、なおさら不気味に感じられる。あれから半世紀後に、方方に対する魔女狩りが激しくなり、短期間で新たなサイバー空間の文化大革命が形作られて、世界的なパンデミックの最初の日々を記録した『武漢日記』がなんと、思いもよらない形でポップカルチャーの世界に進出することになろうとは、だれに想像できただろう。ここでもまた、文化そのものが武器として利用されたのだ。

方方がポップカルチャーに？

四月一五日、ハーバード大学博士課程の学生から、ネット上で見つけたという、方方《ファンファン》を歌ったラップソングのリンクが送られてきた。方方を歌ったラップソング？　ありとあらゆる攻撃やうわさ、荒らし行為を見聞きした後では、もう何があっても驚かないような気になっていた。しかしラップソングとは！　まるで現実離れしている。方方をディスる歌が登場したと聞いて初めは驚いたが、そもそも驚くべきことではなかった。すべてのものが遅かれ早かれミームになる世界では、方方がポップカルチャーの対象になることも必然だったのかもしれない。方方が突然ポップカルチャーの世界に登場したことは、ポップカルチャーがネットで盛んに発信され、政治目的にも利用されていることの証ともいえる。「サタデー・ナイト・ライブ」〔アメリカのテレビ番組〕のパロディー、ＧＩＦ画像、Sassy Justice〔ウェブシリーズ〕のようなフェイク動画のパロディー、政治漫画といった大量のミームがなければ、二〇二〇年に行われた米国の選挙はどのような様相を呈していただろう。単純なトップダウン式の公式プロパガンダにあきあきしている中国のネット住民は、皮肉なことに、ポップカルチャーのポータルからメッセージを発することで、批判にいわゆる〈正当性〉を付与し、そのメッセージがあたかも草の根の大衆の感情があふれ出たものであるかのように装うことができる。ラップのような人気の高いジャンルを利用すれば、いっそう効果的だ。ラップには、権力に対して真実を主張し、社会の不公正を批判し、国の公式メディアに反抗してきたという歴史がある。楊国斌《ヤン・グオビン》も、「政治風刺」や「カルチャースキル」がサイバーナショナリズムに果たす役割について論じている。[*1] それによると、新たに台頭してきた愛国主義者集団〈小粉紅《シアオフェンホン》〉はミレニアル世代であり、「中国のデジタルネイティブで、オンラインゲームやソーシャルメディアでのファンコミュニティーといったデジタルネイティブカルチャーに早くからなじんでいる」。『武漢日記』に対する攻撃はこの若手サイバー戦士たちによる場合が多く、論争がエスカレートするに従ってポップカルチャーの方向に向かうのは自然の成り行きだった。娯楽性の強いポップカルチャーを媒介にして攻撃すれば、方方に向けた政治的メッセージが、さほど政治に関心のないネット住民にもわかりやすく、身近なものに感じられる。方方が笑いの対象になったことで、だれもが彼女に対する攻撃に参加できるようになったのだ。

ハーバードの学生が送ってくれた歌（方方がポップミュージックに登場するのを見るのはこれが初めてだ）は「内円外方《ネイユエンワイファン》」（内は丸く、外は四角く）という題で、「方」の文字に方方の名前が反映されている。作詞作曲はボウ・ピープ（ペンネーム）という作曲家で、歌詞は、方方に対する政治キャンペーンを要約した内容になっている。

湖北に方方という名の女がいる
だがこの方方、近ごろ少しパニクっている
いわゆる自由と民主主義の香りにあてられたようなのだ
「正義感から声を上げよう」という彼女の叫びに人々が銃を構えるのはなぜ？

ネットで日記を書くなんてまともな人間じゃない
本の翻訳と校正をたった一〇日でやってのけた
床一面に捨てられたスマホ（の写真）は友人のメッセージから
普通の人と同じつましい生活をしていると言いながら、二千万もする豪邸に住んでいる
そんなのたいしたことじゃない
おまえには思いやりなんてこれっぽっちもない
病気とたたかって命を落とす人々がいる
方方は魯迅のような〈偉大な芸術家〉
「暗闇に包まれたこの世界で方方は唯一の光」
彼女に反対する者は極左か、はたまた頭がおかしいか
銃がこわくて真実が言えないのか
おまえのせいで武漢が汚される――そんなことが許されると思うのか
笑っちゃうね
なんて滑稽な歌なんだ
このひどい喜劇を見て偽りの涙を流すのもいいさ
白と黒の間で
不条理がポエムになった
時がたてば本当のことがわかる
だがこの苦しみは忘れない

苦い経験を糧にしよう
この偏狭なパフォーマンスが選ばれたのは聴衆にウケるからだ
昔からの方法で世論をあおるため
それが本当か嘘か、（投稿の）コメント欄を見れば疑問の余地はない
ただの日記だから、責任を取る必要もない
だれかのことが書かれていても、お話だから問題ない
そのインクの一滴一滴が国を傷つける
まさに新世代の傷痕文学だ
正直者のふりをしているが
化けの皮がはがれると、裸の王様だったことがわかるだろう
そのとおり、我々には後ろ盾がある
あんたが去った後では良心などどこかに行ってしまったよ
〈普通の人〉って本当は〈普通〉なんかじゃない
おれたちを引っかけるつもりならもっとうまくやらなくちゃ
あんたには〈迫害された人〉に数えられるだけの価値はない
かつては武松《ウーソン》〔水滸伝の登場人物〕のように思われていたが、今では国を裏切ったことがわかっている
この歌の内容がわからないのなら、お気の毒
結局のところそっちは高貴な上級市民、こっちはしがない貧民だ

この混乱した世界など知ったこっちゃないと思ってる
海外で迫害されている中国人が頼りにするのはあんたの声
そのとおり、カーテンはすでに下りている
新世代の若者は、国を強化するという大変な重荷を背負うことになる
反知性主義や偏見というボロを引き裂いて
批評をあきらめるな、罪を告白するな

実際に歌っている動画が微博《ウェイボー》にアップロードされたのは二〇二〇年四月一二日だ。翌一三日には、機械翻訳のお粗末な英語字幕をつけてユーチューブにアップロードされ、たちまち中国の各ストリーミングサイトで評判になった[*2]。歌詞には、方方の日記に対する批判（荒らしや中国メディアの主張）がすべて盛り込まれている。たとえば、（1）この本を「日記」と呼べるのか、（2）翻訳、校正、製本という一連の作業がこれほど早く終わるのはおかしい、（3）捨てられたスマホの写真に関する議論、（4）方方の財政状態と〈ぜいたくな住居〉への言及、（5）方方が読者の不安をあおっている、（6）方方は〈被害妄想〉である、（7）日記は中国国民と世界中の中国人を傷つける、などだ。だれかをディスるこうした歌について、チャン・リウは次のように論じている。「方方の日記に対する反感から見えてくるのは、若い世代の愛国主義者が自分たちと違う意見を持つ人々、特に中国の知的エリート層に不信感を抱いているということだ。彼らにとって、モラルとは国家と国民に対する忠誠があってこそなのだ[*3]」。不思議なのは、『武漢日記』の海外出版に対する批判がネット上にあふれてから、プロの手になる

楽曲が制作・実演され複数のソーシャルメディアにアップロードされるまで、わずか数日しかかかっていないということだ（〈光速〉で翻訳が出たのは政治的陰謀だとする説があちこちで流布されたことを思えば、皮肉なものだ）。なめらかなR&Bスタイルの曲と、深みのある官能的な女声でラップと話し言葉の中間のような歌い方が際立つボーカル、この両者と歌詞の内容（基本的に粗野で政治色が強い）の間にも、奇妙な乖離《かいり》がある。内容と形式のこのミスマッチは、表面上はそぐわないように見えるが、この不条理な組み合わせにこそ、方方の日記の内容が愚にもつかないばかげたものだというメッセージを強調する意図が隠されていると思う。言い換えれば、著者（方方）を攻撃しているのは歌詞の内容だけではない。形式そのものが、ウイルスの蔓延を文学の主題にしようというまじめな取り組みを、センセーショナルなタブロイドやお手軽な流行歌の範疇に引きずり込む効果を上げている。

それからわずか二週間後の二〇二〇年四月二八日には、方方を攻撃する二つ目のポップソングが、ユーチューブや嗶哩嗶哩《ビリビリ》など複数のストリーミングプラットフォームに同時にアップロードされた。タイトルは「文芸家のくず〈方方〉をディスる歌」。「文芸家のくず」（中国語で文渣）は、「人間のくず」または「社会のくず」（人渣）という、よく使われるののしり言葉をもじったものだ。歌詞は前述のラップときわめてよく似ている。

おまえは俺を極左と呼んで
言葉と文字で俺たちを責めるだけ
俺たちの税金で家賃を払ってやっているのにこの恩知らず！

ふざけるんじゃねえ！
おまえは偉いさんかもしれないがおまえの巣は今じゃ空っぽ
子供たちは海外に飛び出した
口から滴る血をぬぐわなくてもいいが
おまえはまだそんなことをしているのか
爆発寸前だというのに
この虫けらはまだくねくね動いている
おまえはそれでも作家と名乗るのか！
考えることで臆病が克服できるか
おまえのちっぽけな運命は我らの勇気によって破壊された
あの日記の魔女を見ろよ
えらそうに〈主席〉の椅子にすわってさ
いまだに暗殺に使うナイフを研いでいる

「内円外方」の作者がボウ・ピープという仮名でのみ知られているのと同様、「文芸家のくず」にも歌手および作者の名前はない。ネット攻撃の大半がそうだが、これらの〈ディスソング〉も作者は不明だ。[*4] 作者が匿名で、動画は基本的に、特徴のないグラフィックを背景に歌が流れるだけで歌手の姿も見えないが、それでもかなりのインパクトがある。「内円外方」は嗶哩嗶哩にアップロード後わずか数か月で二百万、二〇二〇年一二月には一千万を超えるビューを獲得した。この二曲は、方方を批判する目的でアップロードされた数多くの〈ディスる動画〉の中でも人気を博したものだ。他にも、ジェイ・Z〔アメリカのラッパー〕とアリシア・キーズ〔アメリカのシンガーソングライター〕が「エンパイア・ステイト・オブ・マインド」を歌う人気動画を、方方批判の中国語の歌詞に置き換えてアップロードしたもの（図11）などがある。

　総体的にみて、これら方方を誹謗するラップソングが照らし出すのは、内容と形式の緊張関係だけではない。そもそも、普通は因習打破、反体制（「打倒、権力！」）のスタンスで知られているラップというジャンルと、既存の権力構造が進めている文化大革命への政治的逆行を今風のスラングで語る内容の歌詞が結びつくこと自体不可解なのだ。これらの歌と、そこから感じられる奇妙な緊張感の正体は、政治の逆行だ。湖北省作家協会の主席を務めている間、方方は間違いなく、多くの人から「国を代表する作家」と見られていた。ところが、『柩のない埋葬』と『武漢日記』を刊行したことで、一部の人々から、現在受けている待遇に値しないどころか、その地位を冒瀆する作家とみなされるようになる。方方は今では簒奪者《さんだつしゃ》（力ずくでその地位を奪った者）とみなされ、自分の利益のためには庶民の苦しみも顧みない特権階級の一人という位置づけで、ラップソングのターゲットになっている。これらのラップソングは、表面上は、不平等を糾弾し、社会の病巣を暴くという意味で、本来の役目を果たしているように見える。ただ一つ問題なのは、その役割が逆に働いているということだ。方方はもはや体制側の人間ではない。個人として作品を発表しているのだし、その日記こそが、社会の病巣を暴き、政治規範を問題視し、変化を求めている。これらのラップは依然として〈異議〉を唱える声を装いながらも[*5]、基本的に、この国に深く根ざした政治体制を利するように作られている。このような変化は方方の場合に特有のものではなく、中国のラップ界に広く見られる傾向だ。BBCの記事を書いているイーリン・リウによると、「長きにわたってアメリカのヒップホップを定義してきたカウンターカルチャーと人種差別排斥の伝統とはまったく対照的に、これらのラッパーは、一面的なナショナリストの視点からしか政治を見ていない」[*6]。

ポップソングやミュージックビデオだけではない。方方を攻撃する寸劇やビデオクリップ、詩、動画などが、二〇二〇年四月以降、中国のインターネットには氾濫している。二〇二〇年四月九日に「勝利者章北海《ジャン・ペイハイ》」と名乗る微博ユーザーが投稿したのは、「#COVID-19 cases in the USA have exceeded 5 million（米国の新型コロナウイルス感染者が五百万を突破）」というハッシュタグと次のような短いコメントを添えたビデオクリップだ。

図11 「方方という名の婆さんの話をしよう」。ジェイ・Zのコピー動画のスクリーンショット（方方を批判する歌詞に変えられている）

> 『米国日記』の著者が友人から聞いた話。
> ワシントン周辺の地区には、
> あちこちに銃が捨てられ、
> 地面いっぱいに散らばっている。

この投稿では、方方の記事の一部を切り取って皮肉っている。つまり、ここでも捨てられたスマホの写真を引き合いに出して、アメリカで増えつつある新型コロナウイルス感染者数や、銃による暴力、社会不安を批判しているのだ。この動画では周星馳《チャウ・シンチー》の大ヒットコメディー映画「人魚姫」の一場面が使われているが、セリフは、アメリカの新型コロナウイルス感染者が急増していることや、政府が無策であることをあざける内容に変えられている[*7]。これらの投稿では、アメリカが中国を攻撃する〈武器〉として方方の『武漢日記』を使っているという主張を、全面的に支持するだけでなく、アメリカがパンデミックを抑え込めていないことを攻撃するためにも利用している。ここでも逆転現象が起こっている。アメリカが中国を傷つけるための武器として『武漢日記』が使われているという非難そのものが誤りなのだが、『武漢日記』は今では逆に、中国の荒らしユーザーがアメリカを攻撃する武器として使われているのだ。

方方への攻撃はついにネット上のデジタルアートの世界にまで広がった。「道化師の戴冠」というタイトルの画像が、七枚組の画像の一つとして微博にアップロードされた（他に、ドナルド・トランプ、ジョージ・フロイドの死、アメリカの新型コロナウイルス対応、香港国家安全維持法などをテーマにした風刺画が含まれる）。この絵の作者、烏合麒麟《ウーフェアチーリン》は長春大学芸術学部を卒業し、政治を風刺するCG作品をオンラインで発表して人気者になっている。「戦狼画家」というあだ名があるほどだ。「道化師の戴冠」では、顔に絵の具を塗りたくってひざまずいている宮廷道化師を方方に見立てている（図12）。この道化師は、「嘘日記」と書かれた血だらけの本を玉座にすわっているアメリカ人の将軍に差し出している。将軍は、忠実な方方に褒美として、釘を打ちつけ、鎖に結びつけた王冠（むしろ犬の首輪を思わせる）を与えようとしている。もちろんこれは、方方がアメリカの軍事力および政治権力に完全に隷属していることを示唆している。背景には、カメラとマイクを持って熱心に取材する海外メディアの記者たちが描かれている。魯迅は、無感覚な観客の群れが目撃する処刑を象徴的に描写しているが、これはそれにひねりを加えたものといえるだろう。ここで暗示されている殺害行為の被害者は中国という国家であり、方方は進んで肉切り包丁をアメリカに差し出している。それを取り囲む海外メディアはこの光景を喜んで見ているというわけだ。これは衝撃的で不穏な絵には違いないが、方方を攻撃する際にありがちなテーマを何も考えずに踏襲した作品でもある。ここでは、『武漢日記』に加えられた数か月に及ぶ攻撃（日記の内容は嘘ばかりだ、方方は米国政府と結託している、進んでアメリカに鋭いナイフを手渡し中国を傷つけようとしている、彼女の行為はすべて国際的な名声と利益を得るためだ、など）が暗示されている。「内円外方」や「文芸家のくず」が方方排斥の論点を四分のポップソングに凝縮してみせたのに対して、「道化師の戴冠」は、論争の要点を抜き出して一枚の絵に仕立てたといえる。

「道化師の戴冠」は他ならぬ北京大学教授の張頤武《ジャン・イーウー》にも絶賛された。彼は、環球時報に載った作者の短いプロフィール動画を微博に転載して、次のようなコメントを添えている。

> 実に魅力的な作品を発表している若きアーティストがいる。彼のような独特のスタイルで、中国と中国国民に敵対する勢力を風刺する人物は希有な存在だ。その画風はきわめて力強く、特

図12　烏合麒麟の「道化師の戴冠」（作者はこの画像を著作権フリーで微博にアップロードした）

> に〈道化師の戴冠〉という作品は時代を先取りしている。この若者の表現力はまことに素晴らしい。
>
> ――二〇二〇年六月二一日の投稿より

作者の烏合麒麟は、環球時報のインタビューで、自分の作品を一種のレジスタンスだと述べている。「外圧により世論や文化が侵略されるときには、より多くの人間が立ち上がり声を上げる必要がある。これは、現状に抵抗する一つの方法だ」。また、自作のような政治アートの隆盛を、コロナウイルスの蔓延と直接結びつけてこうも言う。「新型コロナウイルスの流行により、愛国心は何ら恥ずかしいものではないと気づいた人が増えている。祖国を愛するのは当然で、我々一人ひとりが国を守る必要がある」[*8]。前述のディスソングやパロディーラップと同様、「道化師の戴冠」でも、方方排斥の論法がレジスタンスの一表現法と位置づけられていることは明らかだ。

だが、ポップカルチャーを利用した方方攻撃が意外で衝撃的な方向に舵を切ったのは、四月一六日の出来事からである。成都《チョンドゥ》を拠点に活動する著名な太極拳指導者魏雷《ウェイ・レイ》（通称雷雷《レイレイ》）が方方弾劾に乗り出したのだ。「雷公太極拳」の創始者（と称する）雷雷は、一分三九秒の短い動画を投稿して方方を公然と非難し、他の武術家に方方を襲撃するよう呼びかけた（図13）。雷雷の言い分は次のようなものだ。

> ネットの情報を追いかけている者はだれでも、方方という女について聞いたことがあるはずだ。武漢市に住む女で、五〇をとうに越している。この女は新型コロナウイルスの感染

拡大で封鎖されている武漢のことを日記でいわゆる〈悲劇〉に仕立てている。この日記が今では外国人が中国を攻撃する武器になっている。（中略）我が国には現在さまざまな武道の流派があるが、国家の苦難を背負い、社会に害を為す人物を排除しようとする流派はないのが実情だ。そこで私は、この機に武漢出身の武術家同志に呼びかけたい。武漢がまだ封鎖されていて、方方が武漢からも中国からも出られない今こそ、方方を責め立てるべきだと。彼女の言葉は外国人の武器になり、中国と中国人を傷つけ、不当に侮辱するために使われている。この女のせいで、親切で思いやりのある中国人が世界に誤解されているのだ。いずれ、歴史が方方に有罪を宣告するだろう。正義の名のもとにこぶしを振り上げ、
中国人民の敵を罰するのだ。ご静聴ありがとう！[*9]

図13 方方を弾劾する雷雷の動画のスクリーンショット

『武漢日記』が西側諸国によって中国を害する武器に使われているという偽情報に影響されているだけでなく、雷雷がその情報を文字どおりの事実と受け取っていることがよくわかる。しかし雷雷にとっては、この事実が行動を起こすきっかけともなっている。立ち上がって「正義の名のもとに」こぶしを振り上げ、方方を攻撃して国を守ることが己の義務であると思っているわけだ。タブロイド新聞顔負けのこの動画は、方方事件がポップカルチャーの素材になった少し変わった例といえるかもしれないが、デマが実際の暴力に結びつく可能性を示すものでもある。方方の自宅近くに大字報を貼り出した農民は、雷雷の呼

びかけに直接応じたものと思われる。
　だが雷雷の方方年代記はこれで終わったわけではない。そもそも雷雷が注目されたきっかけは、総合格闘家徐暁冬《シュー・シアオドン》の挑戦を受けて立ったことだった。徐は中国武術界からインチキ武闘家を一掃するという誓いを立てていて、その最初の相手に選んだのが雷雷だった。試合前に雷雷は、徐など片手で三秒で倒してみせると豪語していたが、実際は容赦なく打ち負かされ、血だらけになってわずか二〇秒でリングを下りる羽目になった。雷雷の弾劾動画に反応した一人が、他ならぬこの徐暁冬だ。方方の『武漢日記』を読んでいた徐は、雷雷に対する返信として、五分ほどの反論動画を投稿した[*10]。その中で、徐は次のように述べている。「日記の記事はほとんどが（武漢市民にとって）情報を補ったり、希望を見出せたりするものだ。本当の意味での批判や不満はごくわずかなのに、これほど多くの人間が方方を侮辱するとはまったく驚くほかはない」。そして雷雷の攻撃を「恥知らず」と断じ、逆に武漢在住の武闘家に次のように訴えた。「真実を見極めないと、結局は悪い奴らに加担することになる。目を見開き、自分の頭で考えろ。世の中を正しく理解している武闘家の同志諸君、方方を探し出し、できるなら彼女を守ってやってくれ[*11]」。動画が進むにつれ、徐暁冬がますます激高するのが見ていてわかる。声を張り上げ、いらいらと頭を振り、カメラに向かって指を突きつけてこう宣言するのだ（図14）。

たとえ方方の日記に具体性に欠けたり、不正確だったりする記述が何か所かあったとしても、そんなことはたいした問題じゃない。全体としてあの日記は非常に正確でわかりやすい。それなのに、おまえ（雷雷）は武闘家を扇動して一民間人をののしり、攻撃しようとしている。（中略）なにしろ、（雷雷みたいな）馬鹿者にとって、愛国心に金はかからないからな。「俺は愛国者だ！　おまえは裏切り者だ！　俺たちをアメリカに売り渡すつもりだ！」と叫ぶだけでいいんだから。こういう大馬鹿者が中国には大勢いる。（中略）だがこれだけははっきりさせておきたい。もしかつての文化大革命が復活するようなことがあれば、もし文革時代のやり方が現代中国の社会によみがえるようなことがあれば、私、徐暁冬は真っ先に立ち上がって、そういう愚か者どもを成敗してやる！　覚悟しておけよ！[12]

図14　雷雷を弾劾する
徐暁冬の動画のスクリーンショット

徐暁冬の反論動画はこの攻撃の最も愚かしい本質を簡潔にまとめたもので、いっそすがすがしい気分になる。[13]『武漢日記』にいくつか不正確な記述があることは事実だが（ほとんどの場合、方方は後日間違いを訂正し、謝罪している）、全体としては、実に「正確でわかりやすい」。ところが、新型コロナウイルスや米中貿易戦争といった分断の世界では、どういうわけか、「毒草」として政治問題化される。この状況を、新たな文革時代の前兆と見る人は多い。

雷雷と徐暁冬の一件は、ばかげた茶番といっていいだろう。太極拳の達人が、自宅に引きこもってパンデミックの日記を発表した作家を公然と非難し、自警団の連中に彼女を見つけ出して罰するよう呼びかける。そこへ総合格闘技（ＭＭＡ）のチャンピオンが割って入り、武闘家の一団に方方を守るよう要請したという構図なのだから。とはいえ、太極拳の達人とMMAの武闘家がこのように公開の場でやり合っても、それは方方の日記をめぐって多数のビデオブロガーやポップシンガー、アーティスト、知識人を巻き込んだ、ネット上の複雑なメディアソースのほんの一隅に位置するにすぎない。私がこれまで取り上げてきたいくつかの事例（ディスソング、政治アート、雷雷による方方への襲撃要請）は、全体から見れば、『武漢日記』をターゲットにポップカルチャーがどのように動員され、武器として利用されたかを如実に示す例のほんの一部なのだ。これらの例は、現代の疫病日記が社会全般の注目や妄想、場合によっては怒りを引き起こし、それがメディアやポップカルチャーを介して思いがけない方向に拡散していく様子を窺わせる。若い世代のネットユーザーや政治に関心が薄い市民を、方方をめぐって進行中の政治論争に引き込むためにも、ポップカルチャーへの展開はきわめて重要だった。だが数か月後、地球の反対側のアメリカで、気味の悪いほど似通った動きが発生する。右翼の偽情報キャンペーンが数年続いた後の二〇二〇年夏、メディアに流し込まれた〈嘘〉と〈フェイクニュース〉を暴力に訴えてでも守ろうとする人々が出てきたのだ。アメリカを代表する感染症専門家で新型コロナウイルス・パンデミックに対応しているファウチ博士が殺害予告を受け取ったり、二〇二一年には、ジョー・バイデン大統領を揶揄するラップソング「Let's Go Brandon（頑張れ、ブランドン）」が大変な人気を博したりという事例が思い浮かぶ。中国で雷雷や烏合麒麟、ボウ・ピープが示した超現実的な世界が、我々の身近で同時多発的に発生したのである。

さまざまな武漢日記

不思議なのは、二〇二〇年の最初の数か月に武漢で起こった出来事を伝える方法として、画家や作家、それに一般市民がまず考えたのが日記だったということだ。中国の近現代史に残る大きな出来事（たとえば〔毛沢東時代の〕大躍進政策や文化大革命、一九八九年の天安門事件、二〇〇八年の四川大地震）は、小説、映画、ドキュメンタリーといった形で取り上げられることがほとんどだ。だがなぜか、二〇二〇年の武漢を記憶にとどめるために人々が選んだのは、日記という形式だった。ウイルスというものの性質と、それがどのように作用するかを考えれば、これはある意味当然かもしれない。一九八九年や二〇〇八年の出来事とは違い、新型コロナウイルスは一度だけ爆発的に起こった災難ではない。数分や数時間では終わらず、何か月にもわたってじわじわと広がっていったのだ。そして一一〇〇万の市民が、自分や家族が感染しない限り、ただただ退屈で、昼も夜も長く感じられる孤独と不安の日々を自宅に引きこもって過ごすという体験をした。ある意味では、隔離された市民に今回の出来事が与えた影響が人によって違うという事実が、日記が盛んに書かれる状況を作り出したといえるだろう。さらに、携帯電話やインターネットを使いこなし、微信《ウェイシン》や微博《ウェイボー》のようなソーシャルメディアプラットフォームを利用する層が広がったことで、封鎖期間中にデジタルの日記をアップロードできる環境が整った。[*1]

武漢で日記形式が人気になり、広く採用されたことに、方方《ファンファン》の日記が一役買ったことは間違いない。新型コロナウイルスに関する方方の記録は、文学の力をまざまざと見せつけた一例といえるが、それだけではない。方方は、読者も自分自身の記録を書くように繰り返し呼びかけることによって、日記を書くことを強く後押しした。「物語は一つだけではない」ことを強調し、CCTVを見たり、新華社通信の記事を読んだりすることは必要だが、独立系メディアの調査レポートも読むべきで、さらに重要なのが、自分で記録をつけることだと述べている。

> 同時に、提案する。文章を書ける武漢市民は、正月以降に見聞きしたことと感じたことを記録してもらいたい。また、民間の書き手がグループを作り、肉親を亡くした人たちのもとを訪ねて、聞き書きを取ることも要望する。彼らの肉親が医療を求め、死んでいった過程を記録に残すのだ。もちろん、ネット上にサイトを立ち上げ、これらの記録を分類整理してアップするのも有効だろう。もし可能なら、数冊の本にして出版してもいい。すべての武漢市民は今回の災難について、集団としての記憶を留めておこう。私個人も、できる限りの援助を惜しまないつもりだ。
>
> ――『武漢日記』二一七ページ

各自がそれぞれの物語を紡ぐよう積極的に勧めることで、方方は、中国史上の一時期に唱えられた言葉を借りるなら、「百花斉放百家争鳴」〔四四ページを参照〕を地で行く市民社会の実現を目指しているのだ。集団としての目撃記録を訴えるこの文章は、ペンをとり、さまざまな異なる声を上げて、国がこれこそ正しいと主張する覇権主義的歴史観を打ち消す試みとも読み取れる。『武漢日記』に刺激を受けて他の作家やブロガーが封鎖中にペンをとったとして、その影響を数値で表すことは難しいが、ネット上の他の日記に方方の名前が頻繁に出てくることからも、日記の作者たちが多大な影響を受けていることがわかる。

方方が日記で証拠を残すことを呼びかけてほどなく、個人のウェブサイトが次々に開設されるようになる。その一つ、「武漢・人間」というウェブサイト（wuhancrisis.com）には、「緊急投稿」が集められている。武漢の感染がピークを迎えた時期に助けを求める市民の声を記録したものだ。数百に及ぶ投稿は、二〇二〇年二月三日から三月一四日の間にソーシャルメディアにアップロードされている。投稿から、患者が置かれていた窮状の全体像をつかむことができる。患者の基本的な医療情報、年齢、症状を記録するだけではない。ＣＴスキャン、医師の所見、オリジナル投稿のスクリーンショットなど、裏づけとなる文書をダウンロードできるように添付した投稿も多い。その典型的な例が二月七日の次の投稿だ。

> 祖母は両肺が侵されていて重篤な状態だと言われました。高齢なので病状が急変するリスクも高いのです。父も両肺が感染していて現在は呼吸するのも困難な状態です。お医者さんには、一刻も早く二人が入院できるよう、必要なことは何でもやるようにと強く勧められています。父と祖母のＣＴスキャンと血液検査の結果を添付します（これは父の最初のＣＴスキャンです。私は今病院にいて、二回目のスキャン画像は自宅にあります。その画像では、大動脈の石灰沈着が進み、他にも変化が見られるようです。本当に深刻です）。もう助けを待っている余裕はありません。私たちは時間と闘っているのです！[*2]

これだけ多くの人の投稿を読み通すことはショッキングな体験で、この患者のうち何人が、必要な医療を受けられただろうかと思わずにはいられない。ここに記録されている患者の数から、武漢での感染状況をたどることもできる。投稿数は二月五日の二五二が最高で、その後二月八日～二三日には二桁に減少し、二月二四日～三月一四日にはさらに減って一桁になる。このウェブサイトは、二〇二〇年二月から三月にかけての危機的だった数週間に患者が実際に体験したことの記録を集めたもので、その価値は計り知れない。また、初期の症例から新型コロナウイルスの症状を突き止めようとしている疫学や感染症の専門家にとっても、貴重な記録となっている。

「武漢の人々（Humans of Wuhan）」は、「コロナウイルス感染症の影響を受けている武漢その他の地域で日常起こっていることの記録」に焦点を当てた英語のウェブサイトだ〔現在は閉じられていて、アクセスできない〕。このサイトでは、投稿を医療提供者、患者、記者、住民、死者のカテゴリーに分類し、十指に余る書き手やプラットフォームから選び出した文章を掲載している。今すぐ治療を受ける必要がある患者の助けを求める声や症例に重きを置いたサイト「武漢・人間」とは違い、「武漢の人々」には、さまざまな記録や証言を物語風にまとめたものが集められている。ウェブサイト開設者の一人によれば、「武漢の人々」は方方の呼びかけに直接応えたものではなく、「英語圏の読者の共感を呼び起こし、当時広がっていた中国やアジアの人々に対する反感を和らげることが目的だった[*3]」。また、武漢のコロナウイルス患者の口述による経歴と記録をまとめた@the_unrecorded（記録に残らない人々）というポータルサイトが、二〇二〇年二月にツイッターアカウントとして開設されている。サイトの説明には次のように記載されている。「本サイトにはコロナウイルス犠牲者の死亡記事を載せている。ニューヨーク・タイムズの数字とは違い、ここに記載する人々は、政府が公式発表したコロナウイルス犠牲者の中に入っていない。新型コロナウイルスの症状があったにもかかわらず、医療従事者の不足により、公式の死因が〈重篤な肺炎〉〈感染性肺炎〉〈呼吸不全〉などとされてしまったためである。死者を悼むに際して、公式発表の数に含まれていないこの人々のことを、私たちは記録として残しておく必要がある。同じ過ちを二度と繰り返さぬよう、記憶にとどめよう」。これらのウェブサイトは、総じて、人々が犠牲者の死を悼み、忘れないようにするための場所を提供しており、いろいろな意味で、方方が提案している「嘆きのサイト」を実現したものといえるだろう。

> 「嘆きの壁」のようなウェブサイトを作ればいい。「嘆きのサイト」とでも名付けて。肉親を失った人たちのための空間を作って、そこに遺影を飾り、ロウソクを灯し、思い切り泣こう。泣きたいのは、彼らの家族や友人たちだけではない。すべての武漢市民が、一度大泣きしたいはずだ。みんながこの「嘆きのサイト」を通じて、肉親に涙し、友人に涙し、自分に涙する。心の悲しみを吐き出し、個人として哀悼の意を表する。魂を慰める音楽を流せば、さらに素晴らしい。号泣したあとで、気持ちが楽になるかもしれない。
>
> ――『武漢日記』二三八ページ

インターネットには現在、二〇二〇年初めの数か月に武漢で起こった出来事を伝えるウェブサイトやソーシャルメディアアカウント、オンラインポータルがいくつも開設されている。だが、『武漢日記』が粛清されたように、二〇二一年現在、「武漢・人間」も「武漢の人々」も、そのURLは完全に消されている。インターネットの記憶は理論上は永遠に存続するはずだが、現実には、人間の記憶よりはるかに失われやすく、一時的で、当てにならないこともある。

やがて、『武漢日記』の評価が中国と欧米で大きく異なることが明らかになってきた。海外では『武漢日記』に対する注目が高まり、二十数か国語に翻訳されて、ドイツをはじめとするいくつかの国ではベストセラーになった。また、ニューヨーク・タイムズ〔アメリカ〕、ロンドン・タイムズ、ガーディアン、エコノミスト〔以上イギリス〕、シュピーゲル〔ドイツ〕、朝日新聞〔日本〕など、各国の主要メディアでも取り上げられた。それ以外の日記も、数は少ないが中国以外でも手に入るようになっている。ドキュメンタリー映画の監督で学者でもある艾暁明《アイ・シアオミン》の『武漢日記』は、その一部がNew Left Reviewというサイトに掲載された。フェミニズムの活動家でソーシャルワーカーでもある郭晶《グオ・ジン》の『武漢封城日記』〔稲畑耕一郎訳、潮出版社〕は台湾で出版され、後に英語の抄訳がネット上で読めるようになった。尼克《ニー・クア》の『帰国——感染が広がる武漢から脱出した台湾人の記録』〔未邦訳〕は、台湾で中国時報〔台湾の新聞社〕から出版された。ビンタオ・チェンの『武漢脱出記——中国とフランス、二つのロックダウン』〔深田孝太朗訳、中央公論新社〕は、最初に武漢で、その後パリでも新型コロナウイルスの大流行に遭遇した著者によるフランス語の体験記で、中国とヨーロッパの対応を比較して、両者に大きな違いがあることを述べている。中国系カナダ人の作家張玲《チャン・リン》は、『恐怖の旅』〔未邦訳〕というエッセイ集を台湾で出版した。各種のウェブサイトやソーシャルメディアプラットフォームでは、さらに多くの日記や日誌、ブログ記事が書きつづられた。

ところが中国では、方方の『武漢日記』が中国語の書籍として出版することを禁じられ、自然と影が薄くなってしまった。[*4] そしてそれに取って代わるように、さまざまな武漢日記が発表されている。最先端で働く医療従事者の日記一九六編を集めた『天使の日記』、武漢に設置された仮設病院の建設をイラストで記録した『武漢日記二〇二〇』、武漢発の前線レポートを集めた『戦疫日記』、七六日に及ぶ武漢の封鎖を記録した五八〇編の短いエッセイからなる『武漢抗疫日記』、武漢駐在の新華社通信記者による記事やレポートを集めた『武漢の闘い――新型コロナウイルスを前線で見聞きしたジャーナリストの日記』など〔いずれも未邦訳〕。二〇二〇年三月から八月にかけて、最初の日記出版ラッシュが発生したが、武漢での感染について中国で刊行されたこれらの日記は、方方の『武漢日記』や、海外で出版された他の記録とはずいぶん違う書き方になっている。

前段で紹介した出版物はすべて「日記」として出版・販売されているが、実際は、十数人から数十人の著者や寄稿者が執筆した記事を寄せ集めたものだ。方方、郭晶、艾暁明の日記のような、一人の人物の考えや意見を記録したものとはかなり趣を異にする。同様に、編集者も一人ではなく、編集チームや出版共同体になっている。たとえば、『武漢抗疫日記』の編集陣は「新浪微博　新浪読書」、『戦疫日記』を編集したのは「光明日報の武漢前線報道グループ」だ。『天使の日記』は「中央広播電視総台中国の声」が制作したとされている。そして『武漢の闘い——新型コロナウイルスを前線で見聞きしたジャーナリストの日記』は、新華社武漢前線報道チームの編集による。二〇二〇年七月には、湖北人民出版社から「感染症との闘いの記録」と銘打ったシリーズ物が出版された。最初の二冊は趙東方《ジャオ・ドンファン》の『雷神山《レインシェンシャン》抗疫日記』と李雪穎《リー・シュエイン》の『仮設病院日記』だ〔いずれも未邦訳〕。これらの出版物には、武漢の医療従事者、患者、ボランティア、一般市民による感染急増時の貴重な感動の記録がたくさん載せられてはいるが、いわゆる〈プラスのエネルギー〉に満ちた物語が政治利用されているともいえる。『武漢の闘い——新型コロナウイルスを前線で見聞きしたジャーナリストの日記』の裏表紙には習近平その人が推薦文を寄せ、『戦疫日記』では編集の意図を次のように説明している。

> 本書には、習近平同志を中心とする党中央委員会の強力なリーダーシップのもと、中国人民が新型コロナウイルスを克服する決意を固めた様子が正確に記録されている。武漢の前線で活躍する記者たちが直接現場に入って情報を深掘りし、事実を余すところなく記録した。本書に収められている記事はいずれも、臨場感にあふれ、生き生きとした、心温まる感動の物語である。本書が読者に伝えたいのは、「いかなる困難に直面しようとも、我々は立ち上がり、それを克服する」という確固たる理想と信念である。我々は難題に正面から立ち向かい、前進すべきである。この感染症を抑え込み、経済および社会の発展を計画どおりに進めて、繁栄を謳歌する社会の構築に積極的に貢献できるよう、最善を尽くさねばならない。本書は、第一線の医療従事者、人民解放軍の兵士、その他、コロナウイルスと前線で闘っている同志諸君に対する敬意の証である。また、全国の党員、党幹部、

小学校から大学までの学生生徒、広く一般大衆の学習案内としても適している。[*5]

明らかに、この説明（および前述の他の日記類に記載されている同様の説明）は方方の『武漢日記』とはずいぶん雰囲気が違う。事実、これらの出版物は、方方の〈誤り〉を正そうという修正主義の産物と考えても間違いではない。『武漢日記』に対する極左勢力の批判——愛国主義に欠ける、火神山《フォンシェンシャン》病院および雷神山病院の建設のような快挙やウイルス克服についての言及が少ない、友人やネット上の〈風聞〉に頼る個人の意見にすぎない、うわさをまき散らしている——がすべて、当局のお墨付きを得たこれらの記録では修正されている。方方のように自宅で見聞きし、考えたことではなく、〈前線〉の出来事に圧倒的な注意が向けられている。方方が日常生活の記録を優先して、あえて語らなかった国を挙げての壮大な物語が、ここでは集中的に取り上げられている。国全体としての闘いや犠牲について語る中で、個人の位置づけは確実に変えられてしまう。私的な記録としての方方のブログの代わりに、公的メディアが企画した政府公認の物語が幅を利かせ、方方の日記が「毒草」とされる一方、これらの日記は社会全体の「学習案内」として推奨される。方方の日記は出版を差し止められたが、これらの公式武漢日記は市場にあふれたばかりでなく、ハイテクを駆使した形でも供給された。たとえば『武漢日記二〇二〇』と『武漢の闘い——新型コロナウイルスを前線で見聞きしたジャーナリストの日記』には、随所にＱＲコードが埋め込まれていて、そこからニュース記事やドキュメンタリー、ミュージックビデオなどさまざまなオンラインコンテンツにアクセスできるようになっている。埋め込まれたＱＲコードによって、新型コロナウイルスの読書体験が、中国での封鎖という実体験にリンクされる（実際ポストコロナの中国では、接種証明のQRコードをスキャンすることが日常生活に欠かせない要素になった）。と同時に、テキストに埋め込まれたQRコードが、日記の記述には科学的根拠があり、これらは立証可能な事実であるとの印象を強め、正当化する役割を担っているともいえる。武漢での感染をテーマにしたこれらの本にQRコードを埋め込むことで、健康や安全といった日々の行動および感情と、前線で働く医療従事者を扱った当局公認の物語（印刷でもデジタルでも）の間に一体感が生まれる。私が思うに、この一体感は深層心理のレベルで作用する。接種証明QRコードのスキャンは、日常生活での安全を確保する重要な手段であり、スキャンするという行為そのものが、その場で心理的安心感を生み出す。それと同様に、これらの出版物でQRコードをスキャンすることは、正しい物語、すなわち中国がウイルスに打ち勝つ道筋を開いた犠牲と勇気の〈美談〉を追体験することに他ならない。もともとオンラインコンテンツとして登場したオリジナルの『武漢日記』と、伝統的な読書体験とオンライン体験を融合させたこの新しいハイテク形式との違いは、いまや〈時代遅れ〉となった方方の日記と、未来を思わせる形（日常生活に新しく取り入れられたテクノロジー的側面を反映し、補強する）で提供される前向きで正確な一次記録との溝をますます深くするように思われた。

　この違いはまだじゅうぶん明らかになっていないかもしれないが、環球時報によって、方方の記事と当局公認の記録との基本的な溝はいっそう強調されている。二〇二〇年一一月六日の記事で、新しい「武漢日記」（『武漢女子阿念《アーニエン》の日記』）を紹介し、その冒頭で次のように比較している。

「これも方方みたいな『武漢日記』なの？」中国中部に位置する湖北省の省都武漢で世界一厳しい封鎖が実施されている時期に、若い女性呉尚哲《ウー・シャンジャー》（別名阿念）とその家族が体験したことを書きつづった日記が刊行されると、中国のネット民からこんな声が上がった。だが、『武漢日記』がロックダウンに批判的な態度を示して物議をかもしたのに比べると、本書『武漢女子阿念の日記』は温かさや共感、楽天的な気持ちに満ちあふれ、生命の危機と闘っている多くの中国人読者に希望を与える内容になっている。[*6]

呉尚哲はシナリオライターで、早い時期に新型コロナウイルスに感染し、この病気で祖母を亡くした。その著書『武漢女子阿念の日記』は国営メディアによって大きく取り上げられた。表紙には、人民日報、新華社通信、ＣＣＴＶのほか、中国の著名文化人から寄せられた推薦文が印刷されている。環球時報の解説には、『武漢日記』に対する今では〈公式見解〉と呼べるような意見が色濃く反映されている。つまり、「温かさや共感、楽天的な気持ち」をつづった記録を支持し、「批判的な態度」を取る『武漢日記』を非難しているのだ。『武漢女子阿念の日記』が中国メディアでもてはやされたのとほぼ同じころ、パンデミックの第一線で闘っている医療従事者をたたえたオペラ『天使の日記』も武漢で初演され、批評家に絶賛された。興味深いのは、『武漢日記』が批判されてから八か月以上たっても、武漢での感染についての中国の公式記録が、依然として方方の記録と対比する形で組み立てられていることだ。方方の記事が一斉に読めなくなる一方で、他の「公式記録」がこれほどたくさん生まれるというのは不思議な現象だ。[7] 先に私は、方方を中傷する人々が『武漢日記』を本来の「日記」として受け入れられないのは、この日記が『雷鋒《レイ・フォン》の日記』の愛国的モデル――政治的に正しく、〈プラスのエネルギー〉にあふれた日記の原型――からかけ離れているためではないか、と述べた〔七六ページ参照〕。実際、わずか数か月後には、雷鋒の革命的精神を体現する武漢日記が大量に生み出されることになる。方方の『武漢日記』が攻撃されるようになってから数か月の間に、こうした新手《あらて》の「武漢日記」が中国の出版市場を席巻した。二〇二〇年末までに一〇冊以上が刊行されたが、いずれも方方の作ではない。『武漢女子阿念の日記』や、「ウイルスとの闘い」を記録した各種の日記に新たに加わったのは、以下のような著作である。英語にも翻訳された『武漢支援日記――コロナウイルスと闘った68日の記録』〔査瓊芳著、宋春暁訳、岩波書店〕、『武漢！　武漢！　武漢抗疫日記』、『白い手帳』、『一外国人の武漢日記』（著者のアダム・サイードは武漢に留学しているレバノン人学生で、「兵士のように真実を守る」意図でこの日記を書いたと述べている）。また、子供向けの作品もある。『小猫の日記――マスクをした猫』では、封鎖の様子が子ネコの視点で語られる。『三毛《サンマオ》の抗疫記』では、中国で人気の高い漫画の主人公三毛が新型コロナウイルスと闘う様子が描かれている[8]〔『武漢支援日記』以外はすべて未邦訳〕。

この手の日記はますますその数を増し、それに伴って国営メディアもせっせとそれを後押しし、その過程で方方に対する批判はさらに激しくなった。国がお墨付きを与えたこれらの日記は、その多くが中国語だけでなく英語でも公開された。その一例が、二〇二一年五月一四日、中華人民共和国外交部の報道官を務める趙立堅《ジャオ・リージェン》がアダム・サイード著『一外国人の武漢日記』英語版の出版を祝して投稿した次のツイートだ。

本物の武漢日記、『一外国人の武漢日記』がアラビア語から英語に翻訳された[*9]（図15）

方方を名指しこそしないが、サイードの記録を「本物の武漢日記」と強調することによって、方方が嘘やデマを流しているという主張を明確に肯定している。ツイートには、この本の刊行を伝える中国日報（チャイナデイリー）〔中国共産党中央宣伝部が保有する英字日刊紙〕の記事へのリンクが埋め込まれているが、さらに重要なのは、中国でも数少ない高位の政治家の一人が、方方の『武漢日記』に取って代わるべく作り出されたクローン日記の一つをほめそやすことで、間接的にではあるが『武漢日記』に言及していることだ。数ある日記の中から外国人であるサイードの記録をことさら選び出し、推薦することに決めたのは、間違いなく、彼の日記に客観的事実という特別なレイヤーを加えようとしたためだ。ところが、趙立堅のツイートにつけられた多数のコメントに、実際にアダム・サイードの著作に触れたメッセージはほとんどない。「方方、出てきて負けを認めろよ！」とか「方方、こっちの記録の方が本物だって友達が言ってたぞ[*10]」のように、方方を攻撃するコメントが大半なのだ。

図15

　武漢の物語に対する同様の二分化は、他の記録でも見られる。たとえばドキュメンタリー映画の制作は、日記形式と並んで、このパンデミックを表現する最強の手段の一角を占めている。中国では、政府公認の記録を映像化した一連のドキュメンタリーがいちはやく制作された。CCTVなどの国営企業が制作したドキュメンタリーシリーズもその一つで、『英雄の城』、『武漢——我が戦〈疫〉日記』、『中国の戦疫録』といった作品がある。注目してほしいのは、公認作品のほぼすべてで、新型コロナウイルスを軍事作戦の枠に当てはめ、「英雄」とか「闘い」のような言葉が繰り返し使われていることだ。とはいえ、武漢をテーマに独自に制作され、海外で配信されるドキュメンタリーも増えてきている。艾未未《アイ・ウェイウェイ》の『戴冠式』、呉皓《ウー・ハオ》の『七六日』、ナンフー・ワンの『COVID-19　2つの大国の過ち／In the Same Breath』〔U-NEXTで視聴可能〕などである。さらに、この状況下でとばっちりを受けた作品もある。たとえばヤン・チャンの『武漢　武漢』は、ニューヨーク・ドキュメンタリー映画祭で米国デビューを果たすはずが、初日までわずか数週間となったときに「技術的な理由」でキャンセルされた。「技術的な理由」とは、近年各地の映画祭で中国映画が「政治的な理由」で参加を取りやめる際の説明に使われる婉曲表現だ。『武漢　武漢』がホット・ドクス・カナディアン・インターナショナル・ドキュメンタリー・フェスティバルでようやく公開されたのは、六か月後の二〇二一年四月下旬のことだった。日記形式の物語が氾濫したのと同様の傾向が、ドキュメンタリー映画の世界にも起こっているのだ。

だがこの分断をどう説明すればよいのだろう。「中国の良き物語を伝える」という政治命令についてデヴィッド・ダーウェイ・ワンが述べた言葉を思い出してみよう〔四二ページ参照〕。さらに新型コロナウイルスの感染について、ワンは次のように記している。

（前略）二〇二〇年のコロナウイルス感染拡大のさなか、習（近平）は国民に、「感染症と闘う中国の良き物語を伝える」よう呼びかけた。一部の人にとっては、習に促されるまでもないことだ。李文亮《リー・ウェンリアン》医師（一九八六〜二〇二〇）は、二〇一九年末に、いずれ危機が訪れることを当局に警告しようとしたが、単なるうわさを広めているとして処罰された。李医師は患者を介してウイルスに感染し、習が良き物語について呼びかけた三日後に死亡した。彼は後日、「殉職者」として公式にたたえられる。李の話は良き物語といえるだろうか[*11]。

李文亮が早い時期にコロナウイルスについて同僚に知らせようとしたことが、地方当局によって「間違った物語」と解釈されたことはたしかである。李は叱責され、告白書に署名させられた。ところが彼が死ぬと、民衆からこれまでにないほどの抗議の声がわき起こり、李は「殉職者」として死後に名誉を回復される。そして公式記録では、彼の行為は今では「良き物語」の重要な一ページになっている。方方の場合、事態は逆方向に進んでいった。方方はもともと国の公的文化組織と密接な関係を持つ作家で、コロナウイルス感染に関する記事では数千万という忠実な読者を獲得していた。方方の『武漢日記』は、最初は「良き物語」と考えられていただろう。すなわち、当局がそうではないと判断するまでは。そしてこの本がまったく出版できなくなり、批判と攻撃の嵐にさらされると、今度はその代わりになる新しい「良き物語」が必要になったのだ。「公式武漢日記」や「良い日記」の氾濫は、マーガレット・E・ロバーツの説明によれば、「特定の情報をあふれさせ、ピラミッドのいちばん上に押し上げることで、他の情報を目立たなくする」手法の実例と見ることができる。[12] これだけ大量の〈公式武漢日記〉が刊行されたのは、方方不在の隙間を埋めて、彼女の正当でない『武漢日記』を覇権主義に則った壮大な新しい物語で置き換えるためだ。作家や編集者、出版社が広範囲から大量に動員されたことには驚くばかりである。武漢の封鎖から一年以内に続々と発表された新しい武漢日記（その多くは、気味が悪いほど方方の日記に似せた形式で書かれていた）は、方方の記録を「適切」で「正しい」代替作品で完全に置き換えるために、かつてないほどの労力が費やされた証といえるだろう。湖北人民出版社のシリーズ〔一六二ページ参照〕では、パンデミックがテーマの日記だけをシリーズ化して刊行する意図を、「ウイルスとの闘いの良き物語を伝えて抗疫精神を鼓舞する」ためであると述べている。[13] ここに集められた物語はいわば〈プラスのエネルギー〉にあふれていて、希望と涙、犠牲と忍耐、そして最後には勝利と感謝がもたらされることになっている。このように次々と感情が移り変わっていく様子は、プロパガンダによる誘導が、今ではインターネットが普及したおかげで、どれほど巧みで効果的になり得るかを端的に示している。同時にこのプロセスは、大量のデマやフェイクニュースにさらされると、世間の空気は実に気まぐれに変わってしまうことを証明しているようにも思われる。当然、〈中国の良き物語〉を伝えることは変換の物語でもある。目の前で展開している事実をどのように物語に変えるのか。だが私たちは、その物語が変換される過程で、何が軽視されたか、何が誇張され脚色されたか、そして何が忘れ去られたかを問いかける必要がある。恐れや不安、怒り、無力感から喜びやお祝い気分、民族の誇り、勝利へと、物語のトーンはどのようにしてあれほど急激に変わったのか。武漢で新型コロナウイルスが蔓延した事件の〈良き物語〉は、編集と恣意的な変換によって中心となる物語を作り出すプロジェクトだった。

　中国の良き物語を語ることは、文化の力について語ることでもある。文化の力とは、物語を構成し、わかりやすく話す力、正しい物語から外れる声を黙らせる力だ。良き物語の扱いは、新型コロナウイルスを現時点でどう考えるかに影響するだけではなく、感染の歴史が将来どのように保存されるかを予想することにもなる。代用として出版された多数の武漢日記は方方の記録に取って代わるだけでなく、これこそが〈本当にあったこと〉だと読者を巧みに誘導する役割をも担っている。汪錚《ワン・ジョン》は次のように言う。「何を記憶し、何を忘れるべきか、その取捨選択は歴史教育にとっては単に機械的な仕分け作業ではない。歴史的記憶というものは、単なる歴史の解釈ではないからだ。政府が歴史をどう規定するかは、きわめて政治的な問題であって、政府の支配の正当性とも密接に関わり、まさに中国の国民的アイデンティティを形作るものでもあるのだ[*14]」。だが、中国で新型コロナウイルスの封じ込めに成功したのは、同時に政治権力をも駆使したからだということを忘れてはいけない。すなわち、厳格な隔離政策を実施し、移動を制限し、追跡や検査の仕組みを実装するだけの力だ。権力が発揮されるこの二つのケースにどのような相関関係があるのかを、考えることも調べることもなければ、それは怠慢ということになるだろう。特に、後者の権力（新型コロナウイルスを抑え込む力）誇示が成功した場合には、文化的な物語をさらに推し進め、自由な発言を制限しようとする動きが政治的に正当化されるかもしれず、その方法にはじゅうぶん注意する必要がある。

　〈武漢日記ジャンル〉から派生した事例の中で、特に不可解でひねくれているのが「米国日記」の出現だ。これは微博のブログに毎日投稿されている日記で、作者は漫画家の地瓜熊老六《ディグアシュンラオリウ》だ。彼は微博ではＶＩＰユーザー扱いで、フォロワーは六百万人を超えている。自らを「愛国小分隊隊長」と名乗り、各記事の最後にそう署名する。二〇二二年三月一〇日時点で、地瓜熊老六の「米国日記」にはすでに五八二の記事が公開されているが、これはこのパロディー日記の元になった方方の日記の実に一〇倍近い分量である。コロナウイルス感染症に対するアメリカの対策とリーダーシップの失敗を暴くことが「米国日記」の第一の目的で、各記事はわざと方方の『武漢日記』に似せた形式で書かれ、『武漢日記』に対してよく使われた批判をパロディーの形で脚色している。たとえば、方方の日記が「友人から聞いた」伝聞記事ばかりを書き連ねた風聞にすぎないという何度も繰り返された主張をほのめかして、「米国日記」では次のような文章が頻繁に出てくる。「今日、アメリカの病院に勤めている友人から聞いたのだが、我が友ドナルドは病院からツイートを送り続けているそうだ。『株は好調だ！　投票しろ！』（後略）[*15]」。さらにこういう文章もある。「今日、ホワイトハウスの友人から聞いたのだが、現在ホワイトハウスのオンラインストアでは、ドナルドがコロナウイルスに打ち勝った記念のコインを売っているということだ。一個一〇〇ドルで、二五〇〇個しかない限定販売らしい。先着千人の購入者には、大統領がつけているのと同じマスクがプレゼントされる。我が友ドナルドはまったく金もうけがうまい。票を獲得するだけじゃなくキャッシュもかき集めるんだから、まさに一石二鳥だ！[*16]」

　もちろん、地瓜熊老六のパロディー日記は方方の日記形式をまねて、この日記に対する最初のころの批判をからかいの種にしているのだが、それだけではない。「米国日記」は、影響力のあるプラットフォームを利用して、方方自身をも標的にし続けている。たとえば、先に引用したのは二〇二〇年一〇月五日の記事で、全体は二千字に及ぶ長いものだが、地瓜熊老六はこの記事を次のように締めくくっている。

> 最後に私は言いたい。二〇二〇年は方方にとって栄光の年のように思われる。大作「八国日記」を上梓してホワイトハウスの称賛を得た。だが実は、これらすべてが恥知らずの嘆きの年を証明しているのだ。なぜといって、方方は完全に間違っているからだ。そしてその間違いが、今やアメリカをはじめとする諸外国で悪意ある輩《やから》によって翻訳されてしまっている。だが、方方がこのまま法の埒外で何の心配もない生活を続けていけるはずがない。いつか、もう役に立たないとなったら、情け容赦もなく見捨てられるだろう！

「八国日記」とは、清朝の時代に発生した義和団の乱を鎮圧した八か国連合軍〔オーストリア＝ハンガリー帝国、フランス、ドイツ、イタリア、日本、ロシア、イギリス、アメリカによる連合軍〕を暗に指している。この軍事行動により、中国では貴重な遺物が失われ、頤和園《いわえん》をはじめ多数の文化施設が破壊された。この事件は今日でもなお、欧米列強から受けた中国の「屈辱の世紀」の中でも重要な出来事とみなされている。そして方方の日記は、ここでは西側諸国の中国侵略という当時の遺産の現代版と位置づけられているのだ。「ホワイトハウスの称賛」とは、二〇二〇年五月四日、当時米政府で国家安全保障問題担当大統領副補佐官を務めていたマシュー・ポティンガーがバージニア大学のミラーセンターで行った中国語のスピーチを念頭に置いたものだ。このスピーチで、同氏は「道徳的にも身体的にも勇敢な行為」と認める一群の人々の中で方方にも簡単に触れている。[17]ところが、一般の中国人ネットユーザーの目には、この表現が方方の日記と国際的な反中陰謀に関係があることを示すものに見えるのだ。地瓜熊老六は好き放題に『武漢日記』への攻撃を続け、それがますます人気を博すると、さらに大胆に、目に余る陰謀論を主張するようになる。「米国日記」の第二九六回では、百年以上前の八か国連合軍による中国侵略と方方の日記を結びつける主張をますますエスカレートさせている。

> 最後に言いたい。ずいぶん昔、八か国連合軍が中国を侵略した。やつらは現在の中国を侵略する勇気はないくせに、方方の日記は出版できるのだ！　方方にあらゆる文学賞を与えることができるのだ！　まだまだいる方方のような人間を焚きつけることができるのだ！　その昔、八か国連合軍は銃と大砲で中国人を殺戮した。今、彼らは文章を武器に中国人を「柩もなく葬る」つもりなのだ！　八か国連合軍の銃に対して自衛する必要があるように、いや、それ以上に、やつらの文学的走狗を警戒しなければならない。こいつらは、言葉の力で中国に知られざる攻撃を仕掛けているのだ！[18]

「米国日記」は、このように方方を敵視する言説や論評であふれている。中国で〈武漢日記〉という新ジャンルが誕生しているのは間違いないにしても、これはその陰の部分なのだ。この傾向は中国のネットで批判的な意見が広がるにつれてますます盛んになり、他にもさまざまな日記――「ニューヨーク日記」や「ロサンゼルス日記」――を求める声が高まった。その目的は、方方の日記を貶め、アメリカの失策をことさら強調することだ。[19]『ニューヨーク日記――

アメリカ合衆国からの便り』の表紙案と称する画像（HarperViaが出した『武漢日記』英語版の表紙にそっくりだが、地球儀の代わりに不気味な死神のイラストが使われている）が中国のソーシャルメディアに出回るという事件も起きた（図16）。そうこうするうち、「米国日記」は、おそらく前代未聞の珍現象を引き起こしていた。つまり、パロディーの方が本家をしのいでどんどん増殖し、二〇二二年には、出版ができなくなったオリジナルよりも広く閲覧されるようになっている。[*20] 新華社通信に代表される政府系のメディアや出版社が「学習案内」にふさわしい〈公式記事〉を公開する一方、地瓜熊老六の「米国日記」のような非公式の愛国的日記はいわば汚い仕事を引き受け、方方の日記をあざけり、傷つけ、悪者扱いするキャンペーンを延々と続けている。そして数百回も書き続けるうちに、「米国日記」は『武漢日記』の単なるパロディーではなくなり、その名のとおり、アメリカとその政策を攻撃したりからかったりするという、より大きな領域に踏み込んでいく。

図16 New York Diary: Dispatches from the USA（ニューヨーク日記――アメリカ合衆国からの便り）の架空の表紙デザイン。HarperViaのロゴを配し、同じ色を使うなど、『武漢日記』アメリカ版のデザイン要素を踏襲している

中国で『武漢日記』が出版禁止になったことに対しては、二通りの論調が見られたが、それは地政学の線に沿って分断される形になった。欧米では、この本は主要メディアによって高く評価されている。中国当局の対応を批判する部分が強調されることも多いが、それよりも、方方の声が人々に勇気を与えたことを称賛する論調の方が目立つ。レビュー（書評）でよく見られるのが次のような論評だ。「本書

で、ウイルスを軽視または過小評価して三週間近くを浪費し、ウイルスが社会全体に蔓延する事態を招いた指導者たちの責任を追及する方方の舌鋒は鋭い。アジャンクールの戦い〔英仏間に勃発した百年戦争中に行われた戦闘の一つ。イングランド軍が数に勝るフランス諸侯軍を破った〕を前に武者震いするイングランド王ヘンリー五世のように、方方はこの話題に挑む。封鎖の期間中、おとなしく暮らすこともできただろうに、勇気ある文章をつづるのだ[21]」。一方中国では、環球時報などの政府系メディアがほとんど一様に『武漢日記』を批判する態度を取っている。「方方とその同調者に、ネット上の投稿をねじ曲げて偏向記事を作り出しているとの批判殺到」「方方の支持者、『武漢日記』の海外出版は反対勢力の攻撃の的になるとして失望」「歪んだ価値観を持つ知識人の代表、それが方方だ」などの見出しが目につく。このように『武漢日記』の評価が二極化していることを端的に示しているのがアマゾンのカスタマーレビューで、星五つのまともなレビューと星一つの荒らしレビュー（信頼できないとする微博の批判をオウムのように繰り返し、嘘ばかりだと決めつける）が半々の状態だ（図17）。この本の海外での評判を貶めるべく、世界規模のキャンペーンに大人数のネットユーザーが駆り出されたという事実が、太平洋の向こうから加えられる攻撃の特徴を表している。当然ながら、ネットで拡散されるデマに国境はない。デマが流されるインターネットやプラットフォームの性質上、それは世界中に広がるが、中国の知識人や作家をターゲットにしたネット上のキャンペーンの舞台は、ほとんどが中国語圏のネット空間だ。『武漢日記』の場合、明らかに中国国内での流れを変えることが第一の目的だが、海外での評判を傷つけることも重要な目標だろう。それは、海外のウェブサイト（たとえばアマゾン）で大量のレビュー爆弾が投稿されていることや、この本の海外出版を阻止するために積極的な対策が講じられていることからも明らかだ。

一九六〇年代に、スタンリー・フィッシュをはじめとする文芸批評家によって、文芸作品のテキストの意味は不変ではなく、むしろさまざまな層の読者の解釈を通じて繰り返し新しい意味が付与されていくという文学反応理論が提唱された。方方の『武漢日記』ほど、この理論が当てはまるものはない。つまり、この本の意味は、米中関係の緊張の度合いやウイルスの拡散状況に応じて、リアルタイムで常に変化している。これまでのところ、『武漢日記』は文芸界のロールシャッハ・テストになっている。さまざまな読者グループが、それぞれの政治的関心を明らかにするのに必要な本になっているのだ。

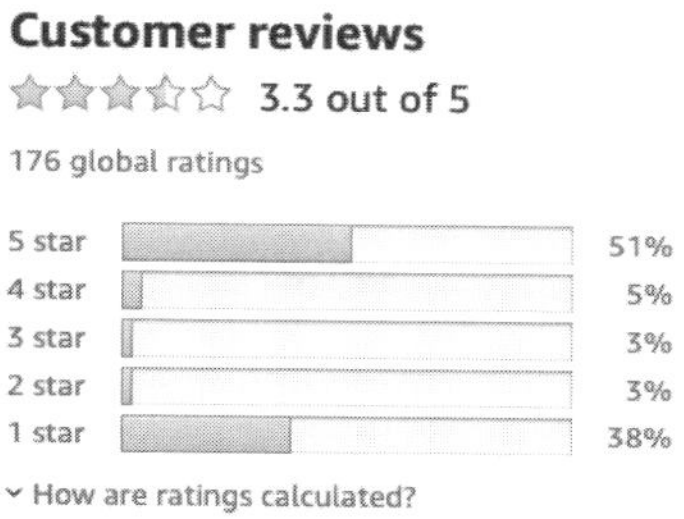

図17『武漢日記』(英語版)のカスタマーレビュー(アマゾン、2020年9月11日)

日記の評価が分かれているように、「武漢日記」とはどういうものかという概念そのものも分かれている。方方の『武漢日記』や他の〈非公式〉の記録が広く海外でも出版されているのに対して、政府が承認した〈公式〉の日記は中国国内でのみ流通している。この二種類の日記からは、中国とそれ以外の国でネット上の論調が極端に二分化していることもわかる。[*22] この傾向は、フェイクニュースや偽情報キャンペーンの影響でさらにひどくなる。この二分化は、最初はゆるやかだった。もう一〇年以上も前のこと、ユーチューブが初めて中国で禁じられたため、中国の友人たちとミュージッククリップを共有するために、中国で音楽をストリーミング配信していたXiaomi Music（シャオミ・ミュージック）を使うことにした。ところがそれから一年もしないうちに、シャオミが自分たちのコンテンツに中国以外の国からアクセスすることを制限し始め、他のサイトもすぐにそれにならった。西側諸国で人気の高いオンラインプラットフォーム（ユーチューブ、フェイスブック、グーグル、ネットフリックス、ツイッターなど）が次々と中国で制限されるにつれて、中国のネットに海外から制限なしにアクセスすることもますます煩雑になった。登録に中国の電話番号を必要とするウェブサイトが増え、国外からはコンテンツをダウンロードすることも再生することもできなくなったのだ。二〇二〇年、トランプ政権が微信やTikTok（ティックトック）など中国のプラットフォームを米国内のアプリストアから排除しようとすると、事態はますます悪化する。アメリカと中国はそれぞれの殻に閉じこもり、自国以外のメディアを閉め出すようになる。[23]

　米中の緊張が高まると、相互理解ができなくなるという大きな問題が出てくる。じゅうぶんなコミュニケーション手段があり、オンラインプラットフォームが開放されていたとしても、米中間には大きな文化的隔たりがあるのに、コミュニケーション手段が断ち切られ、プラットフォームも閉ざされたら、両者の関係はますます修復が難しくなるだろう。それぞれが、ことわざにいう「井の中の蛙《かわず》」になってしまうのだ。中国もアメリカも、それぞれが自分たちの「良き物語」を語り、別の見方もあることを考えようとしない。そして最後には、双方の国民が一方的で不毛な世界観を掲げるだけになる。『武漢日記』の評価の二分化は、このような平行線をたどる論調が、オンラインメディアやデジタルカルチャー、さらには国内政治までが関与してどのように作られ、語り継がれていくかを示す一例にすぎない。

不思議な感覚

スマートフォンで微博《ウェイボー》アプリを開くと、まず出てくるのが広告だ。すぐに「広告をスキップ」ボタンを押さない限り、この広告は数秒間表示された後、自動で各ユーザーのコンテンツに切り替わる。広告では、楊冪《ヤン・ミー》や鹿晗《ルハン》など若くて美形のモデルや俳優が、化粧品や高級ハンドバッグからメガネ、香水まで、さまざまなぜいたく品を宣伝するというのがお決まりのパターンだ。モデルの魅力や美しさを際立たせるように、これらの画像には過度の加工が施されているのだが、一〇年近くも微博を使っているうちに、私はこういう画像を見ても特に何とも思わなくなっていた。それが二〇二〇年四月半ばのある時点を境に、吐き気を催すほどの嫌悪を感じるようになる。完全に理想化され、不都合な部分を隠して、肉体美と性的魅力、そしてごく一部の人にしか手の届かないぜいたくなライフスタイルという理想を形にした画像と、そのすぐ外側に潜むそれ以外の世界との断絶のことをつい考えてしまうからだ。広告ウィンドウが自動で閉じた後には数百もの新しいメッセージや投稿が私を待っているわけだが、その大半が脅迫や悪口雑言、根も葉もない中傷だった。

方方《ファンファン》の日記を翻訳している間に、不思議で不可解な感覚に襲われることがよくあった。私自身の生活も、いろいろな意味でかき乱された。二月下旬に『武漢日記』の翻訳を始めたときはごく普通に生活していたのに、そのわずか数週間後には封鎖下の生活を余儀なくされた。平凡な日常生活（小学生の子供二人のオンライン授業を見守り、ＵＣＬＡでは自らオンラインで講義し、その合間にいつもの家事をこなすなど）を送っているはずが、いつの間にか、ネットの世界で繰り広げられる、現実とは思えない〈方方事件〉に巻き込まれていた。さらに、方方の日記で武漢の封鎖を追体験しているうちに、私自身がロサンゼルスの封鎖を体験することになってしまった。時がたつにつれて、自分の経験が方方の経験をなぞっているのが不思議にも不気味にも思われた。方方が封鎖日記を書き始めると、その一か月後には私がその日記の翻訳に取りかかった。一月下旬に武漢が封鎖されると、三月初めにはロサンゼルスも封鎖に追い込まれた。方方が悪質なネットユーザーの標的になると、私も攻撃にさらされた。まるで、異なる時間を同時に体験しているようだ。つまり、私は現在、ほんのひと月前に起こった出来事を翻訳しているが、それが我々の社会がこれから経験することの予言にもなっているという不思議な感覚にとらわれている。微博の画面が華やかな広告から悪意に満ちた攻撃に切り替わるまでのわずかな時間は、何となく、私が『武漢日記』を翻訳しながら感じていた不協和音や断絶を表すもののように思われた。

　このような断絶や不可思議を感じる瞬間は、『武漢日記』を翻訳している数か月の間に幾度となく現れては消え、その後も後遺症のように残り続けた。最初の波は、微博に押し寄せた何千という攻撃だ。訳書のタイトルとネットに掲載された本の説明をめぐって微博に非難が殺到したが、それとは別に、異例の事態が発生した。前述のとおり、中国の荒らしユーザーたちが米国のアマゾンにログインして、英訳の『武漢日記』を酷評する一つ星レビューを大量に投稿したのだ。中国の文学と文化に関する出版に関わってきたこれまでのキャリアで、こんな経験は一度もない。反体制作家と見られている劉暁波《リウ・シアオボー》や廖亦武《リャオ・イウ》、魏京生《ウェイ・ジンシォン》でさえ、自著をこのような方法で攻撃されることはなかった。一つ星レビューの例をいくつか挙げてみよう。

救いようのない駄作。

パンデミックに乗じて金と名声を得ようというご都合主義の産物。

方方の日記はほとんどが風聞で、具体的な証拠がない。（中略）アメリカやヨーロッパでこんなに早く、中国での出版と同時かその前に、翻訳が出たのもおかしいじゃないか。方方は英語もドイツ語もしゃべれないのに、なぜかこの本はほとんどすぐに翻訳され、武漢の封鎖が解除された二か月後には西側で売られている。出版業界の人間ならだれもが、前もって計画されていなければこんなことは不可能だと言うだろう。これが、西側の反中勢力が結託して中国を中傷する目的で仕掛けた謀略でないとしたら、まさに驚きだ。

この本の内容はみんな第三者の受け売りで、本当のことは一つもない。私は武漢に住む医者で、一部始終のほとんどを見てきたが、この本に書かれていることについてはまったく聞いたことがない。方方が言っていることは事実ではなく、フェイクだ。全部ではないにしろ、ほとんどがデマで、著者の意図に沿ってわざとねじ曲げて書かれていることもいくつかある。

私が言いたいのは、この本は『武漢日記』の名に値しないということだ。著者の自己満足のためだけの本で、武漢市民のためにはなっていない。著者に聞きたいものだ。他人の骨や血の上に地位を築いて恥ずかしくないのか？　自分の栄光のために人の同情を利用して、後ろめたさを感じないのか？　武漢市民のために何もしていないのに市民の代表のような顔をして、面目ないと思わないのか？　人々が病院や自宅で病気と闘っている間に、おまえは家でのんびり本なんか書いていた。今度はその本を売って金と評判を得ようというのか？


著者が言うのとそっくり同じ言葉を返そうじゃないか。

「自分を何様と思っているんだ？」と。

自分は戦士でもなく、戦うつもりもないのに、自分が経験したことのない世界を他人に語ろうというのか？

武漢の日記が書きたいのなら、もう一度学生に戻って、引用の方法や情報を探す方法、事実とは何かを勉強し直せばいい。


——すべて、英語版『武漢日記』に対するアマゾンのカスタマーレビューから引用

情報を管理するばかりか、映画や本のレビューや評価（レーティング）の操作まですることは、中国では珍しくないが、これは、ネット荒らしがフェンス〔国境〕を飛び越えて（つまり

〈出征〉して）、海外の出版物の影響力や信憑性を何としても傷つけようとする点で、まれな事例といえるだろう。近年、中国の政治的立場にある著名人（たとえば外交部報道局副局長の趙立堅《ジャオ・リージェン》）やメディア界の大物（環球時報の編集長、胡錫進《フー・シージン》など）が、ツイッターなど中国では禁止されている海外のソーシャルメディアを利用して政府の立場を発信することが増えてきている。そんな中で二〇一六年、フェイスブックを舞台に帝吧出征《ディーバーチューチォン》と呼ばれる事件が起こる。中国の過激なネットユーザーがＶＰＮを使用してターゲットのフェイスブックページに愛国主義的攻撃を仕掛けたこの出来事は、中国のサイバー攻撃の方法が大きく変化したことを示すものだった。「この出来事は、中国のいわゆるインターネット・ナショナリズムの形態とその強さについて、世の人々に大きな衝撃を与えた」[*1]。だが今回は状況が違う。中国国内だけでなく、アマゾンなどの海外サイトに〈レビュー爆弾〉を落とす〔否定的レビューを大量に投稿する〕ことで『武漢日記』をけなす行為は、海外でもこの本の評判を落とそうとする断固たる意思の表れだろう。もちろん、レビューがどこから発信されているのか、地理的な場所を正確に突き止めることはできない。だが、『武漢日記』（英語版）には、中国のソーシャルメディア（微博など）の投稿や記事でそれまでに拡散されてきた批判の論点を単になぞっただけのレビューが次から次へと投稿されている。さらに、アマゾンの一つ星レビューのスクリーンショットが微博に（中国語に翻訳して）アップロードされ、この本が海外でも酷評されていることの〈証拠〉だと主張されるというねじれ現象も起きている。

　その後、事態はさらに奇妙な方向に展開した。二〇二〇年四月二五日、オンライン攻撃がまだ盛んに行われていた時期に、私は「アレックス・ペニス」と名乗る人物から〈ファンメール〉を受け取った。私の翻訳に感嘆したので、「助けを求める武漢」という関連文書のキャッシュを共有したいという内容だ。メールには一七・五メガバイトという大容量のワードファイルが添付されていた。ミスター・ペニスから「助けを求める武漢」なる文書を受け取る心の準備など、私はまったくできていなかった……がそのとき、一〇日前の四月一五日にアマゾンに初めてアップロードされた『武漢日記』のレビューが、他ならぬ「アレックス」というユーザーによる一つ星レビューだったことを思い出した。その二日前の四月一三日には、「Alex's Viewpoint（アレックスの見解）」というユーザーが、「方方の日記とは何か？　武漢日記だって？　あれは反中勢力がでっち上げたフィクションで日記じゃない」という一八分近い動画をユーチューブにアップロードしていた。これはみんな同一人物だろうか。そうこうするうちに、ミスター・ペニスは心配になってきたらしく、再度メールを送ってきた。単なる好奇心から、私はアレックス・ペニスのメールアドレスをグーグルで検索してみたが、彼がPornhub〔カナダのポルノ動画サイト〕にアップロードした動画がいくつかヒットしただけだった。おやおや、ますます筋書きが読めない……結局、ミスター・ペニスにスパイウェアやマルウェア、ウイルスの類《たぐい》を仕込まれるリスクを冒したくないので、私は彼から送られてきたメールをすべて削除した。

　四月には、ツイッターに「Fangfang Wuhandiary（方方の武漢日記）」（@wuhandiary）と名乗るアカウントが現れた。プロフィールには「武漢日記の作者」という説明があり、方方の写真まで使用されている。私はすぐに方方にメッセージを送って、このアカウントが本物かを確かめた。ツイッターのアカウントを作ったことはないし、だいたいＶＰＮ経由でツイッターにアクセスする方法もわからないという返事だった〔中国国内からは、通常の方法ではツイッターにアクセスできない〕。それからしばらくして、ツイッターに二人目の「方方」が現れた。こちらはFangfang_wuhandiary（@fangfang_wuhan）というアカウントで、新華社通信やＣＧＴＮ（中国グローバルテレビジョンネットワーク）といった国営メディアのニュースを流したり、次のようなプロパガンダ的メッセージを投稿したりしている。

なぜアメリカの選挙で中国のことが話題になるのか。自分たちのことだけ考えていればいいじゃないか。イギリスは香港のことに口を出さないで、自分たちの問題だけ考えていればいいのだ。

——二〇二〇年四月二五日

中国にはアメリカの記者やＣＩＡのスパイが山ほど入り込んでいる（否定しても無駄だ、私にはわかっている）。彼らから情報を得ていないのか？　中国政府が出す情報に従って、いつ決断するのか？　アメリカの政府が中国政府をそこまで信用しているとは知らなかった。

——二〇二〇年五月二日

ニューヨークに住む友人からたった今電話があった。ぞっとする光景を見たと言うのだ。死体を運ぶトラックが街中を走り回っている。死臭が漂ってくることもある。街を歩いている人が突然倒れて死んだりするとか。まさか！

——二〇二〇年五月三日

中国政府に隠したいことがあるなら、物事の暗い面ばかり取り上げている武漢日記（はっきり言うがこの内容は嘘っぱちだ）が出版できると思うのか？　著者が政府から莫大な報酬（これも信じられないことだが）を得て中国で暮らせると思うのか？

――二〇二〇年五月四日

このように、偽物の方方はツイッターでプロパガンダを拡散し、著者の名前で自分の本が「嘘っぱち」だと言い放っている。

私のところには、英訳者を探している中国人作家から、一方的なメールやメッセージが送られてくるようになった。そのこと自体は異常でも何でもなく、私は毎年そういうメッセージをいくつか受け取っている。ただ、今回はそれが急増した。『武漢日記』に対する攻撃が激しいためなのか、自分を「反体制」と位置づけている著者が、次々と私に連絡してくるようになったのだ。だが、そういう問い合わせのほとんどが、荒らしユーザーによる攻撃と同じくらい、私を落ち着かない気持ちにさせた。たとえばこういうメールを受け取ると不安になる。「（前略）私の小説は、自由と民主主義、および人権と普遍的な同胞愛を勝ち取るための闘いがテーマになっています。つまり、独裁政治と覇権主義に対する反乱です。この作品が世界中で人気を博することを確信しています」。この差出人はアレックス・ペニスの同類で、私を釣り上げようとしているのではないか？　単なる考えすぎか？　この状態は、ネット上で大規模な攻撃を受けた副作用ともいえる。つまり攻撃のせいで、他のオンラインコミュニケーションにも支障を来すようになったのだ。

一方、中国のソーシャルメディアに棲息する荒らし連中は、昼夜を問わず活動し、私がかつてツイッターやフェイスブックに反中コメントを書き込んだことがあると主張する。私が書いたことのない架空のツイートが私の投稿として引用され、ネットで拡散された。中には、私のフェイスブックのニュースフィードを掘り起こし、反中思想の〈証拠〉だとする投稿に複数のスクリーンショットを添えて微博にアップロードする者さえいる。〈証拠〉として引用された投稿の一つが、中国で男らしさの概念が変わってきているというＣＮＮの記事で、この記事を私はコメントをつけずにフェイスブックでシェアしていた。中国のジェンダーに関する記事を転送することが、私が〈反中派閥〉の一員だという動かぬ証拠になるのだろうか。私が反中に偏向している証拠だというのか？　だが、それは実はどうでもいいことだ。微博ユーザーの多くは元のコンテンツを読むことができないので、過激なネットユーザーが「これは反中だ」と声高に主張すれば、その流れが定着してしまう。つまるところ、私は〈人肉検索〉のターゲットになってしまったということだ。少しでもこちらの打撃になりそうな情報を見つけようと、鵜の目鷹の目で私の昔の投稿を一つずつふるいにかけるという妨害行為もさることながら、これらの投稿の本当に陰険なところは、中国のネットユーザーはほとんどがツイッターやフェイスブックにアクセスできず、これが事実かどうかを検証する方法がまったくない点だ。そのため、無防備にこれらの言説を信じてしまうネットユーザーが大勢いる。悲しいことに、たくさんのスクリーンショットを使って巧みに編集された外国語の投稿に、私を弾劾する中国語の過激な文章が添えられていれば、多くの微博ユーザーにとってはそれだけでじゅうぶんな証拠になるのだった。

『武漢日記』が評判を呼ぶと、私のところには、その翻訳体験についてオンラインで話してほしいという依頼が寄せられるようになった。さらに、『武漢日記』がさまざまな論争を引き起こすと、今度はこれまでの経歴の中で初めて、各種のイベントから外されるか、〈テーマの変更〉を求められるようになる。二〇二〇年四月から六月にかけて、私は五つの催しから招待を取り消されるか、テーマを変えるように求められた。その一つはアメリカの大学だ。その大学はキャンセルの理由を公式には明らかにしなかったが、主催者の話では、私の講演が、中国にある同校のサテライトキャンパスに悪影響を与えるのではないかと心配する声が上がったということだった。中国のソーシャルメディアで始まった魔女狩りによる不安と怯えの長い影は、ここアメリカにまで届いている。そんな中、私はインタビューには引き続き応じていたし、依頼があれば講演にも出向いていた。しつこい偽情報キャンペーンが衝撃的な影響を与えるのをこの目で見たからには、機会がある限りは堂々と意見を述べようと決心したのだ。だが、そうそう思いどおりになるものではなかった。

　二〇二〇年七月二日、ラジオ・フランス・アンテルナショナル（ＲＦＩ）で、私が中国語で受けたインタビューの詳細が放送された。このインタビューは、『武漢日記』にまつわる嘘や陰謀論を正すことが目的だった。そこで自分の微博アカウントにリンクをアップロードしたところ、わずか四、五時間の間に三四万回も読まれていた……が、その後投稿は削除された。実際のインタビューや、私の言葉、説明がインターネットから消えてなくなると、攻撃の波がやって来た。二〇二〇年三月以来ずっと、方方に関する投稿を続けている張頤武《ジャン・イーウー》教授が、七月六日に私に対する攻撃を開始した。私のインタビューに対する二千字にも及ぶ長い反論で、私が嘘をついているという自説を繰り返すとともに、『武漢日記』に関する陰謀論をさらにプッシュしている。たとえば、「（前略）彼〔マイケル・ベリー〕は公然と中国の読者をだまし、事実をねじ曲げている。とにかく中国に責めを負わせようという考えで、親身になるような顔をしてきわめて攻撃的な論文を発表している。つまり、この翻訳者も方方と同類で、どちらも中国社会を欺いているのだ」と言う。また、続けて次のように論じている。

> この翻訳者は、方方日記の批判者を「みんなうわさを広めているだけで、極左勢力の言うことはすべて嘘である」と言って攻撃しているが、よくもそんなことが言えるものだ。実際に嘘を拡散し、話をでっち上げているのは、方方と翻訳者の方である。この翻訳者が最も隠したいのは、方方の日記が中国語圏に強い不満を引き起こしているという嘘で、この同じフェイクニュースが西側にも広まっている。その世界では、例の「捨てられたスマホの山」についての唯一の情報源が信用できない。武漢の何人もの医師たちを非難するのも間違いだし、梁小霞《リアン・シアオシア》看護師が死んだというニュースを、方方は一片の証拠もないのに拡散したではないか。これでは、中国人の間で方方の日記が疑いの目で見られるのも当然だろう。それなのに、この翻訳者はその疑問に面と向かって答えようとしない。方方が気まぐれに広めた大胆な嘘が、それに対して中国社会が抱いている疑念を一顧だにしない翻訳者の手で、いまや世界中に拡散されている。中国社会を攻撃する意図があることは間違いない。疑いに真摯に向き合う勇気もなく、自分が「白ブタ」だとか「ＣＩＡのスパイ」だとか呼ばれたなどということを繰り返しているだけだ。中国で方方の日記を批判してい

るのは極左連中や愛国主義者ばかりであると、世界に信じさせようとしているのである。実際に彼がやるべきなのは、「捨てられたスマホ」の写真を公開するように方方を説得することだ。まあ、そんなことをすれば、方方と自分が世間に対して押し通そうとしている下劣な嘘が明るみに出るのだから、とうていできないだろうが。彼にはもはや学者としての一片の誠実さも残っていない。それは、方方という名前に文学者としての誠実さが微塵もないのと同様だ。

これを読んですぐに頭に浮かんだのが、二五年以上も前の服務晩報に載った記事のことだ〔九ページ参照〕。あのときの捏造記事に悪気はなかったと思うし、どことなく愛嬌も感じられた。だが張頤武の投稿は悪意に満ちていて、私は心底驚いた。日記の致命的な欠陥のように言われる事柄（スマホの写真、医師に対する非難、梁小霞の死に関するニュース）はすべて、方方が繰り返し日記で（後にはインタビューでも）触れていることだ。スマホの写真は友人がシェアしてくれたもので、その友人が公表してもよいと判断しない限り、方方にその写真を公開する権利はない。また日記で非難されているのは病院を管理する立場の医師たちだけで、彼らが初期段階で病院のスタッフや従業員を守れなかったことについては調査する必要があると方方は考えている。そして梁小霞の問題は勘違いであり、方方は日記の中で謝罪している。面白いのは、張頤武が嘘に嘘を重ねて真実を覆い隠すという不条理のロジックにこだわっていることだ。さらに、この文章の中で私のことを一度も名前で呼ばず、「翻訳者」で通していることも興味深い。実際には彼は私のことを知っている。何しろ私は彼の論文を翻訳したこともあるのだから。張教授にはぜひ、『武漢日記』に対する私の情熱や献身、注目は、二〇年以上前に私が彼の論文に捧げた献身とまったく同じであることを知ってもらいたい。歴史的文書（方方の記録はこれに相当すると思う）を翻訳したからといって、必ずしもその内容のすべてをイデオロギー的に支持しているわけではないということを理解すべきだ。とはいえ、個人攻撃と誹謗中傷に没頭しているイデオローグ〔特定のイデオロギーに凝り固まった者〕と建設的な議論などできるものではない。

張頤武は微博の個人アカウントから攻撃文を投稿しているが、彼は北京大学の中国文学教授であるばかりか、いくつもの政治的要職に就いていることも忘れてはならない。第一三回文化・歴史・学問全国委員会委員、第一五回北京市人民代表大会代表、教育・科学・文化・衛生・スポーツ委員会副委員長、進歩的民主主義中央委員会委員、文化芸術委員会副委員長、中国の進歩的民主主義北京市委員会副委員長は、その肩書きの一部である。いくつもの立派な肩書きを持っている張教授のような人物が日記の攻撃にこれほどの時間を費やすのは理解に苦しむが、それが政治的ミッションの一部だとすると、当然ながら話は別である。

張は執拗だった。私への攻撃は以後数か月にわたって断続的に続くが、二〇二〇年九月一四日、香港浸会大学が主催した国際会議「新型コロナウイルス以後——文化的観点から」で私がオンライン講演を行うと、またしても張が乗り出してきた。講演のスクリーンショットとともに、講演の趣旨をことさら曲解する悪意に満ちた文章をアップロードしたのだ。『武漢日記』をめぐる論争を分析するのが講演の趣旨だったが、それを張は次のようにまとめてみせる。

この重要なイベントで最も目立ったのが、最初のスピーカー、つまり方方の日記を翻訳したマイケル・ベリーのプレゼンテーションだ。相変わらず方方の日記を熱心に宣伝しているが、その態度は、通常の学術的な議論の枠組を完全に逸脱している。しかも、悪意をもって武漢と中国を非難した。さらに、中国と世界中の中国人民がこの本の嘘を批判しているのに、それを逆に罵倒する有り様だ。彼はポンペオと同様、中国を攻撃するだけの輩《やから》で、そのスピーチにはアカデミックな論点はまったくない。

これはほんの序の口で、一五〇〇〇字に及ぶこの論文で、張は私のスライドから勝手に話を作り変えている。たとえば、私は講演で、「ウイルスの起源」とか「米中の緊張関係」などの話題は方方の日記ではまったく取り上げられていないのに、ネットではそこに焦点が当てられ、日記をわざわざそちらの議論に引きずり込むようなことが行われていると指摘した。ところが張の要約では、このようになる。「彼は、だれが武漢の感染記録を管理すべきかという非常に重要な問題を提起したが、方方の声だけが本物だというのが彼の意見である。彼はまた、現在の米中の緊張関係、ウイルスの起源についての論争、中国社会における市民社会をめぐる論争についても言及している。そして、方方の日記がこの意味でも世界的に重要だと主張するのである」。これが張の基本戦略だ。私の話からキーワードや表現、アイデアを引き出してはいるが、それを再構成して元の論点とは全然違う主張に組み入れてしまうのだ。この調子で、最後には私をマイク・ポンペオになぞらえて次のように決めつける。「この人物の言葉は中国社会への敵意に満ちており、そこには学問的な分析など微塵もない。彼は方方の日記を道具に使って学問の世界でプロパガンダを発信しているのだ」。こんなひどい攻撃を目の当たりにして、私は心の中で一抹の悲しみを感じずにはいられなかった。遠い昔、私がまだ駆け出しだったころ、張頤武は私が尊敬し、憧れていた学者だった。ところがそれから二〇年以上たって、彼は私について根も葉もない嘘やうわさをまき散らしている。そのうち、私は彼を気の毒にも思うようになった。ここにいるのは、イデオロギーに凝り固まった男だ。あらゆるものを白か黒のどちらかに決めつけ、自分が暴言・暴論をまき散らしているという自覚などさらさらない。微博のフォロワーが九百万人を超える〈学界のインフルエンサー〉として、張頤武の投稿はその都度新たな攻撃の波を引き起こし、私や家族を殺すなどと脅迫するダイレクトメッセージも頻繁に届くようになった。彼が繰り返し私のことを憎しみに満ちたイデオローグと呼び、うわさや嘘を拡散し、陰謀論を喧伝して学者としての高潔さをかなぐり捨てている姿を見るにつけ、彼は結局自分のことを言っているのだということがますますはっきりしてきた。だが、この攻撃にうかうかと乗ってしまっては、ますます泥沼にはまることは間違いない。彼らが捏造する嘘を、正確な情報を提供して正そうとしても、今度はそれが「フェイクニュース」と言われて、同じことが繰り返されるだけなのだ。

張頤武のような中国の知識人がこのような〈左翼思想〉に転向するにはどのような力が働いたのかを考察するには、一歩離れて見ることも重要だ。一九八〇年代から一九九〇年代にかけて、中国の文化はきわめて多様性に富んでいた。王小波《ワン・シアオボー》の『物言わぬ大衆』〔未邦訳〕のようなリベラルな文化批評が、『ノーと言える中国』〔宋強他著、莫邦富他訳、日本経済新聞社〕のようなタカ派のタイトルと並んで書店で売られているのはごく普通の光景だった。ところが習近平が首席になって以降、そういう文化的な自由度が失われてきた。検閲がますます厳しくなり、メディアやインターネットが締めつけられ、〈ルールに従って〔政府の意向に沿って〕行動する〉知識人が〈優遇〉されるという事情が背景にある。一方的に抑圧するのではなく、アメとムチを巧みに使い分けた結果がこれなのだ。芸術家や知識人、活動家は、政府の意向に従わないで自らの地位や名声、生活の糧を失うリスクを冒すか、自分の価値観や意見、行動を国家のそれに合わせて褒賞を受けるか、二者択一を迫られる。二〇〇〇年以降の中国の経済発展は目覚ましいものがあり、そのため、ルールを守って行動する知識人に対する褒賞も大きくなった。たとえば、「プラスのエネルギー」を積極的に推進する著名知識人には、テレビ番組やポッドキャストの司会を務めたり、製品のモニターを依頼されたり、大規模な講演旅行に参加したり、高位の政治的役職に任命されたりといった特典が与えられる。一方、政府に盾突く者は葬り去られる。習近平のもとで、この傾向にますます拍車がかかっている。さらに、この傾向を組織的に推し進める動きも見られる。二〇一九年、張頤武が籍を置く北京大学では、実際に大学憲章を修正して、「学問の自由」について述べた部分を「中国共産党への忠誠の誓い」に書き換えたのだ。[*2]二〇二〇年には、中国各地の大学で同様の変更が見られた。このように、中国では学界の左傾化がますます奨励されているだけではない。半ば義務化されているのである。この傾向をいっそう目立たせているのが、一九八〇年代から二〇〇〇年代まで公知として重要な役割を担ってきたリベラル派の文化人の国外追放または亡命だ。[*3]彼らが国外に去った後、その影響力は、なくなったとまではいわないが、微々たるものになった。このような背景から、中国では、客観的な研究より〈政治的公正〉を、批判的な論調より〈プラスのエネルギー〉を、市民の政治参加より〈戦狼〉タイプの勇ましい言論を重視することに決めた知識人がますます増えている。

やがて、この攻撃サイクルが徐々に変化し始めた。『武漢日記』に関するありとあらゆるレビューや記事が、私への個人攻撃を誘発するようになったのだ。たとえば、ピーター・ヘスラーが『ニューヨーカー』二〇二〇年八月一七日号に「中国はいかにしてコロナウイルスを抑え込んだか」という記事（方方とは何の関係もない）を書くと、「あの卑劣漢マイケル・ベリー」に比べればこの記事の方がずっと優れていると、ネット民の間で称賛の声が上がった。ところがその二か月後、ヘスラーが『ニューヨーカー』に二本目の記事「パンデミックの中心地、武漢での九日間」を発表し、その中で方方へのインタビューや『武漢日記』のことを取り上げると、ネット民は掌《てのひら》を返したように、「アメリカのファシストがマイケル・ベリーやピーター・ヘスラーのような物書きを何人雇おうと、彼らの言葉で失われた二一万人の命が戻ってくるわけじゃない」などと投稿する。攻撃はますます抑えがきかなくなり、現実離れしてきた。イアン・ジョンソンが『ニューヨーク・レビュー・オブ・ブックス』に「中国は官僚政治によってパンデミックの抑え込みに成功。ただしそこには権威主義国家中国の弊害も」という評論を発表すると、張頤武は次のように決めつける。「方方には人間としていちばん基本的な品位というものがない。そこでこんな評論に登場して、西側諸国が中国を攻撃する道具になろうとしているのだ。その意図は実にはっきりしている」

その後、攻撃の範囲はさらに拡大して、アメリカ発のネガティブなニュースは種類を問わず私を攻撃する足がかりになっていく。一例を挙げると、『ニューヨーカー』のライターでＣＮＮの法律アナリストでもあるジェフリー・トゥービンがＺｏｏｍ会議中に自慰行為をしていたらしいというスキャンダルが二〇二〇年に報じられると、微博には、彼の生殖器だといわんばかりのスクリーンショット（もちろん本物ではない）が投稿され、「あんたたちアメリカ人はみんなこんなことをしているのか？」というメッセージが私宛てに送られてくる。あるいはまた、二〇二二年のロシア・ウクライナ紛争の際、ウクライナにある生物学研究所がアメリカの支援を受けているとロシアのメディアが報じると（西側メディアの大半はこの報道を偽情報だとしてまともに取り上げていない）、荒らし連中は、私が「生物兵器の使用に関するアメリカの立場を説明すべき」だと主張するのだ。こういう嫌がらせ投稿の大半は、『武漢日記』とは何の関係もない。それなのに、私の微博アカウントのスレッドと私個人のメッセージボックスは、あらゆる反米コンテンツの吹きだまりのようになってしまった。Observer Network（オブザーバー・ネットワーク）が二〇二〇年一一月一八日に微博に投稿した記事もその一つで、テキサス州では新型コロナウイルスによる犠牲者の遺体を運ぶのに受刑者が使われているという内容だった。「民主主義は死んだ。悩めるアメリカ人を解放するのはだれだ？」というコメントが添えられているが、なんとそれに、方方と私がタグ付けされていたのだ。攻撃が下火になってからも、「Flight News（フライトニュース）」「Feifan Wedding Photography（フェイファンの婚礼写真）」「German Farmer（ドイツの農民）」など一部のアカウントは執拗で、二〇二二年になっても毎日のように私のタグを付けてひどい投稿やコメントをアップロードし続けた。二〇二一年一月、武漢封鎖から一周年の日が近づくと、西側のメディアは「あれから一年」をテーマにしたルポをシリーズで掲載する。ＷＨＯも武漢に調査チームを送り、最初の感染源について調べることにした。これがまた、『武漢日記』への攻撃を燃え上がらせる。日記が最初に投稿されてから時間がたち、『武漢日記』を批判する記事がネット上にあふれる状態が一年近く続くと、攻撃はますます大胆で、現実離れしたものになっていった。方方の記事は中傷的だとかうわさ話に基づくものだという単純な非難から、彼女は日記によって中国共産党の正当性を傷つけ、中国に〈カラー革命〉〔八三ページ参照〕を起こそうとしているという大胆な主張まで、さまざまな憶測が飛び交うようになったのだ。

中でも方方を声高に非難したのが、テレビ番組の人気パーソナリティーで政治に強いとされている司馬南《スーマー・ナン》だ。二〇二一年一月二八日、彼は方方を攻撃する動画を公開した。方方とその作品『柩のない埋葬』を支持する人々について、司馬は次のように主張する。「彼らがやっているのは表現の自由を守ることを目的とした抽象的な運動なんかではない。彼らは中国の革命を否定しようとしている。その自由とやらを行使して、中華人民共和国の法的基盤そのものを否定するつもりなのだ」。また、『柩のない埋葬』の〈批評精神〉を称賛した中国の文学賞審査員の言葉を引用して、次のように問いかける。「それでこの小説は何を批評しているというのだ？　中華人民共和国の政治基盤そのものを批判しているだけじゃないか」[*4]。このような扇動的な言葉で、方方を「反革命主義者」だとか「反中分子」と何度も罵倒するが、こうしたレッテルはすべて、毛沢東と文革時代への回帰を窺わせるものだ。その同じ動画の中で、結論として、司馬南は方方に自分の番組に来て次の点を説明するように要求する。

（前略）なぜ革命に反対するのか。中国の土地改革運動に反対するのか。中華人民共和国の政治基盤そのものに異を唱えるのか。国際的な賞を得るために、彼女は祖国を何度も苦境に追い込んでいる。中国を中傷しようと躍起になっている海外の声を利するために、我々を傷つける材料を彼らに提供し続けているのだ。最後にこれだけは言わなければならない。方方よ、おまえは間違っている。自分のしたことをよく考えてみるがいい。その反省の日が今日でないとしても、明日には転機が訪れるだろう。明日になってもこのままなら、毛主席がかつて言ったように、「死ぬまで自分の意見を変えようとしない者もいる」ということだ。

これらのコメントは『武漢日記』が最初に微博にアップロードされてから一年後に公開されており、このことから、攻撃がいかにしつこいか、方方を標的にした行動が時間の経過とともにどのように展開されたかがわかる。司馬南の大仰で根拠のない主張は、方方がこれまでに発表した文章の内容からかけ離れているだけではない。方方が国家権力の転覆を呼びかけているという、中国で数多くの反体制派を刑務所に送り込んだ重大な罪を示唆するものでもある。司馬の攻撃は、明らかにパフォーマンスを意識している。実際彼は、政治評論家のほかに、テレビや映画に出る俳優としての顔も持っている（彼の本名は于力《ユー・リー》で、司馬南は芸名だ）。政治動画では演技力を発揮し、さまざまなアクセントを駆使して攻撃相手の物真似をしたり、社会主義時代の映画に出てくる南霸天《ナン・バティアン》などの悪役を思わせる、相手を見下すような作り笑いを見せたりする。『武漢日記』が最初に公開されてから一年たって、司馬南は、「方方は西の連中にナイフを手渡しただけではない。いまや彼女自身がナイフになって中国を刺し貫いている」と主張する。だがそれは司馬南だけではない。武漢封鎖から一周年を迎えて、その他の攻撃も激しさを増している。

ネット上のチャットや方方に対する政治レトリックがエスカレートするにつれ、記事や投稿も、中身のない憶測から、政府の行動を促す具体的な要求へと変わり始めた。ネットで評判になった記事を集めたサイトがあるが、そこには、王誠《ワン・チェン》の次のような文章が載っている。「方方は水に落ちた犬かもしれないが、まだ死んではいない。水に落ちた犬は容赦なく打て、という魯迅の言葉を忘れてはいけない。ここで打たなければ、水から上がった犬にまた襲われるに違いないからだ。だから、みんなで力を合わせてこの犬を水に突き落とそうではないか！（中略）公安部の調査部門には、適切な法律に従って、国家を転覆させようとした罪で方方を取り調べ、彼女が外部勢力とどの程度まで結託していたかを解明するよう、強く要望する」[5]。中央民族大学教授の張宏良《ジャン・ホンリアン》も同様の意見で、次のように述べている。

> 方方は反共的で人民の敵であり、国家に対する裏切り者だ。このことに疑問の余地はない。目下の主たる疑問は、このような反共・反中分子に省幹部の地位「方方が湖北省作家協会の主席を務めたことを指す」を与えたのはだれかということだ。どういう理由で、方方の反共的な作品が実際に文学賞を受賞するようなことが起こったのか。そして、だれがあの女に法の埒外で行動する権限を与えたのか。法律によれば、パンデミックの期間に風聞を拡散した者には懲役七年を科すことになっている。あのパンデミックの期間中、方方ほどうわさをまき散らした者はいないのではないか（後略）[6]。

「幸仔説中国」（またの名をLucky Talks China）というビデオブロガーは、自らの動画で微博の投稿やブログを適宜引用し、さらに突飛な説を主張して喝采を博した。

> 米メディアに籍を置くある人物が、方方を非難し始めている。方方がアメリカをミスリードして、アメリカ人に、新型コロナウイルスは人為的ミスの結果だと信じさせているというのである。このため米政府はウイルスの脅威を真剣に受け止めず、結果として爆発的感染拡大を招いた。そう遠くない将来、アメリカの代理人によって方方に対する訴訟が起こされるだろう。（中略）方方のせいで、全世界が（新型コロナウイルスに関して）間違った方向に向かい、西の連中は、自分たちの社会と自分たちが知っている中国との違いに気づかなかったのだ。（後略）[*7]

呆れたことに、方方について一年にわたって事実をねじ曲げた中傷を繰り広げてきたあげく、彼女が自らをイデオロギー的・政治的武器になって中国を傷つけただけでなく、アメリカ（と西側世界全体）が新型コロナウイルスの制圧に失敗したのも彼女に責任があると非難しているのだ。これが、方方に対する政治的攻撃の実態である。

Lucky Talks China は二〇二一年一月二三日にも別の動画を投稿し、トランプが『武漢日記』に惑わされたことが、米国が感染を制御できなかった原因であるとする架空の物語を作り上げた。こんな具合だ。

二〇二〇年四月一七日の午前九時、トランプは時間どおりにホワイトハウスのオフィスに入ってくると、執務机に向かって腰を下ろす前に、受話器を取り上げてＦＢＩ長官を呼び出した。電話が繋がった途端、トランプの顔は怒りのあまり真っ赤になり、電話に向かって吠えたてる。「この役立たずが！　こんなイカサマ報告書を上げてどういうつもりなんだ？　五月一日には全員仕事に戻るようにと通達を出したのはつい昨日のことなんだぞ！」こう言いながら、トランプはデスクの引き出しを開けて、ＦＢＩが送ってきた極秘ファイル『方方の日記』を取り出した。「まさか、方方の日記にだまされたと言うんじゃないだろうな」。そう言うと、トランプはしばし考え込んだ。[*8]

この記事は武漢の封鎖からちょうど一年後にアップロードされ、新たなオンライン攻撃の波に加わった。この記事はまた、方方に対する際限のない攻撃や陰謀論が新しい段階に入り、ますます現実から乖離して、西側諸国が新型コロナウイルスを抑えられなかったことまでが方方の責任だという論調が出てきたことを示唆している。

冷静な読者なら信じるはずがないこのような架空の話をでっち上げて攻撃することの誘惑には、なかなか抗しきれないものかもしれない。とはいえ、こうした捏造された陰謀論は時とともに話が大きくなり、拡散し、変貌を遂げることになりやすい。ほんの少しの真実を混ぜ込むことで、もっともらしく思わせることができるのだ。[*9]方方の人気がアメリカで失墜し、新型コロナウイルスの死者がこれほど多くなったのは方方のせいだと非難する声が上がっているという説をLucky Talks Chinaが初めて披露してから半年後、この話はさらにねじ曲げられる。二〇二一年七月二六日、中国でミリタリーブログを主催する一紙琉漣《イーチーリウリエン》が微博に投稿した次のエッセイは、たちまち大評判になった。

アメリカのデイヴィス下院議員は国会に、中国人作家方方に制裁を科すこと、方方の逮捕と勾留を命じることを要請した〔米下院にデイヴィス議員は何人かいるが、このような事実はない〕。同議員は、方方の誤った見解がアメリカをミスリードし、その結果国内で新型コロナウイルスの患者が公式発表で三四〇〇万人を超え、死者も六一万人以上に達したと主張している。同議員の指摘によると、方方はマスクは無用である、市全域を封鎖しても役に立たない、流行の初期段階での検疫は無益だ、などのデマを故意に広めたという。そして、自由と民主主義こそが感染症と闘う最善の手段だなどというとんでもない主張を繰り広げている。同議員によると、アメリカは世界中のどの国よりも多くの新型コロナウイルス患者を出し、予防策などの対応についても最悪である。これはひとえに方方のミスリードによるものだ。そこで彼は、方方をアメリカに引き渡してもらい、できるだけ早く裁判にかけるよう政府に要求した。

まったくおかしなことを言うものだ。アメリカもイギリスも、最初は方方をずいぶん高く評価していたではないか。それなのに今では、アメリカを間違った方向に導いたと言って非難している。今回の流行への対策で、アメリカは完全に後れを取った。患者数も死者の数も世界最多である。さらに深刻なのが、この流行をきっかけに国全体が危機に陥ったことと、ぱっくりと口を開けた亀裂がもはや埋めることができないほど広がってしまったことである。新型コロナウイルスの影響もあって、最新の世論調査によれば、回答者の五五パーセントがアメリカの未来は暗いと考えており、将来に希望が持てると信じる人は四五パーセントしかいない。政治的プロパガンダにだまされないアメリカ人はますます増えていて、バイデン政権の正体は見破られている。バイデンではアメリカを苦しめている種々の問題を解決できないというのが、国民の一致した見方である。

　アメリカ人はますます悲観的になってきている。これは、アメリカという国がそもそもきわめて無責任であることと、アメリカの政治家が傲岸不遜であることが招いた結果なのだ。このような状況では、もはやアメリカ人が方方をこれ以上かばう理由がない。とはいえ、アメリカの下院議員が方方にすべての責任を負わせようとするのはいささか非常識ではないか。もちろん、米議員が方方を非難してその逮捕を要求することなど、だれも予想できなかった。方方は西側諸国に多数の支持者を獲得しており、アメリカも積極的に方方を推していたではないか。したがって、国会議員が方方にこのような非難を突きつけるのを見て、驚きを禁じ得ない。

　この非難は、半年前にすでに出回っていた主張を繰り返しているだけだが、それでも多くの賛同者を得て、同様の捏造記事がネット上に氾濫する事態になった。「用が済んだらポイ！米議員、方方を起訴してアメリカでの疫病発生の代償を支払わせることを提案」という記事[*10]や一連のユーチューブ動画[*11]、国中に広がるソーシャルメディアでの発信が例として挙げられる。

これらは前述の記事の内容を額面どおりに受け取ったばかりでなく、それを支持し、拡散した。一紙琉漣の投稿には、「ケッサクだな。方方に金を払って穴を掘らせたあげく、自分でその穴に落っこちたなんて」「だれかさんに金を払って汚い仕事をさせ、それが失敗したら、今度はその口を塞いで証拠隠滅を図ろうとしてるんだ」「役に立たない犬は殺せ！」など多数のコメントがついており、そのすべてが、こういう捏造記事を事実と信じ込むネットユーザーが大勢いることを示している。

　中国の左翼勢力はこのような話を『武漢日記』論争に結びつけてしきりに中傷しているが、実はこのような投稿は、相当広い範囲で政府と社会についての議論が行われていることを示している。特に、西側諸国（とりわけアメリカ合衆国）の政府が新型コロナウイルスの感染拡大を抑えられず、連邦政府として統一した対応もとれなかったことに言及する投稿は、より大きな文脈（西洋の民主主義モデルは失敗だった）で繰り返し語られた。新型コロナウイルスに対する中国の積極的な対応がウイルスの抑え込み成功に結びついたことを念頭に、これらの投稿では、〈中国式社会主義〉が最終的に勝利を収め、自由を重んじる西洋式民主主義よりも効果的な政治モデルであることが証明されたこと、ともすれば西側諸国から権威主義的で独裁的であり、透明性に欠ける、非民主的だなどと批判される政治体制の正当性が高まったことが強調されている。政治改革というのは数十年にわたって内外で論争の的になってきた話題だが、世界的なパンデミックのおかげで、多くの中国国民にとって、西側の民主主義体制に比べて自国の政治体制が優れていることが明らかになったのだ。当初は、武漢の感染状況を中国共産党の〈チェルノブイリ〉になる可能性があると指摘する評論家が多かったが、西側諸国が二〇二〇年に新型コロナウイルスの抑え込みに関して手痛い失策を重ねたことは、当初の見方を変えたばかりでなく、中国共産党に、政治体制としての民主主義の弱点を強調する機会を与えることにもなった。別の言い方をすると、新型コロナウイルスに関する論争が、さまざまな政治体制に対する事実上の国民投票になり、最終的に、習近平の権力をいっそう強化し、新疆《シンチャン》やチベットでの対応が問題になっているこの状況でも、党への民衆の支持を高めたのだ。

さてここで、実に奇妙なことが起こる。地瓜熊老六《ディグアシュンラオリウ》の「米国日記」に私が登場するようになったのだ。「米国日記」第九八回のタイトルは、「方不円《ファン・ブゥユエン》、西洋の翻訳者に裏切られる」だ。「方不円」は方方（「方」は中国語で「四角」という意味）を皮肉った名前で、「西洋の翻訳者」とはむろん私を指す。いつものようにドナルド・トランプの失策に関する新事実を書き連ねた後、地瓜熊老六は最後に、前日に放送されたラジオ・フランス・アンテルナショナルの私へのインタビューについてコメントする。このインタビューから驚くべきことが三つわかった、と彼は言う。『柩のない埋葬』の翻訳が進行中であること、方方が日記の収益を寄付するつもりであること、日記の英語版には方方のエッセイ「関於（〜について）」が含まれないことだ。この三つ（「どれもまったくひどい話だ！」）を列挙した上で、彼は日記を次のように結んでいる。

> 最後に一つ、質問がある。方不円の西洋の翻訳者マイケル・ベリーは、中国文化と西洋文化の架け橋になりたい、中国と武漢の助けになりたいと述べている。中国には「礼尚往来」〔礼を受ければ礼を返さねばならない〕という古いことわざがある。アメリカでは二八〇万人が

> 新型コロナウイルスに感染し、死者も一三万人に上っているのだから、私もアメリカ人の助けになりたい。ニューヨークを助けたい。この西洋の翻訳者は私の「米国日記」を翻訳してくれないだろうか。私の「米国日記」の方が、方不円の『武漢日記』よりよっぽどアメリカの役に立つだろう。

たしかに礼尚往来だ。そこで私も僭越ながら、右のように「米国日記」の一部を翻訳してみたというわけだ。私がここでアメリカのことに触れなければ怠慢ということになるだろうが、これについては後述する。この後も数か月にわたって、地瓜熊老六と彼のフォロワーはネット上で私をからかい、彼のブログを翻訳するか、私自身の「米国日記」を書いてはどうかとしつこく絡み続けた。二〇二一年一月二二日にボイス・オブ・アメリカで私のインタビューが公開されると、地瓜熊老六は一回分の日記をまるまる私への攻撃に費やした。この第二九八回の記事は「マイケル・ベリーよ、アメリカの方方になれ」というタイトルで、最後は次のようになっている。

> 最後に言いたい。マイケル・ベリーは、強い国は寛大でなければならぬと言っている。だが私は言いたい。中国は方方を寛大に扱っているが、アメリカはドナルド・トランプに寛大ではないと。彼のツイッターアカウントを凍結したではないか。方方も中国国民に寛大ではなく、彼らを極左とののしっている。そしてマイケル・ベリーも中国国民に寛大ではなく、彼らを小粉紅だの五毛党だのとののしっている。マイケル・ベリーに言わせれば、

方方のしたことは実に素晴らしいということになり、方方は方方で、どんな犠牲を払おうとこのまま突っ走るつもりなのだ！　私が言いたいのは、多くの一般国民が経済的に苦しんでいるのに、方方が八か国連合軍に自分の本を売って金もうけしているということだ。彼女は何を犠牲にした？　マイケル・ベリー、おまえは美辞麗句を並べて方方をほめたたえるが、それなら自分がアメリカの方方になってみろ。それとも、最後にはアメリカで〈謎めいた自殺〉を遂げるのが怖いのか？

――二〇二一年一月二八日

これをきっかけに、地瓜熊老六のフォロワーがこぞって私の微博アカウントに攻撃を仕掛けてきたが、翻訳行為そのものを取り上げる投稿が目立って増えてきたのには驚いた。

あなた自身の米国日記はいつ書くのですか？　私がそれを中国語に翻訳してあげますよ、無料で！

――二〇二一年一月二七日

ベリー教授、あなたの米国日記はいつ読めるのですか？　新型コロナウイルスの中国での状況を心配してくださるのはありがたいのですが、中国ではすべてが順調です。自分の国のことをもっと心配すべきではありませんか。アメリカでは黒人の命をないがしろにし、先住民を殺戮したくせに、白人の命だけはいつも守るんですね。

――二〇二一年一月二七日

私の米国日記を訳すのを手伝ってください。その曇った目で私を見下さないでください。

それとも、豪邸に住む方方のような大物でなければ翻訳しないのですか？

——二〇二一年一月二七日

くたばれ、マイケル・ベリー！　方方は英語がわからないかもしれないが、おまえに中国語がわからないとは言わせないぞ。あの本の表紙に、武漢がウイルスの発祥の地だとよくも書いたものだ！　あんな見え透いた嘘をついて、いったいどういうつもりなんだ？　方方の嘘つき野郎がおまえは中国の友だと言ってるが、オレに言わせればおまえはスパイに決まってる！　外国語を知らない方方が、外国語を知っている悪党の外国人にそそのかされたに違いないんだ。勇気があるなら『四〇万人のアメリカ人死者の魂』という本を書いてみろよ。それでもまだ自由と民主主義の空気を吸って生きていられるのか？　くたばっちまえ！

——二〇二一年一月二七日

マイケル・ベリー、この恥知らず！　おまえは物乞いみたいなもんだ。国家の裏切り者が書いた中国語の文章を翻訳して残りものを食いあさっているんだからな。おまえは罪深い人間で、神にも見放されるだろう。おまえの行き着く先は地獄がいいとこだ！　地獄の一八階というやつさ。これを翻訳してみろよ！

——二〇二一年一月二九日

翻訳という行為（相互理解やコミュニケーション、文化交流の精神に基づいて行われる行為）がねじ曲げられ、政治的攻撃とみなされるまでになってしまったら、翻訳に意味はあるのか。『武漢日記』の翻訳と刊行は、決して、中国を非難し傷つけるためではなく、アメリカの大きな過ちから注意をそらすためでもない。アメリカ人は必死に助けを求めている。アメリカ人には正確な情報、力強いリーダーシップ、そして方方のような声――このひどい失策に対して政治的指導者に説明を求める声――が必要なのだ。結局はそれに尽きる。

一方で、ネット上の迫害が実生活にも入り込む傾向が見られるようになる。青島《チンダオ》で、何者かが同市の新型コロナウイルス感染者数を公式発表より大幅に水増ししたうわさを広めるという事件があり、容疑者が逮捕されたことが一〇月に報じられると、またまた方方を攻撃するネット住民によってこの情報が拡散され、〈捨てられたスマホ〉（いい加減にしてほしい！）のうわさを広めた方方も同じ目に遭わせるべきだという声が上がった。方方が「不法」に取得した（と一部で主張されている）住居についてひきもきらず苦情が寄せられるので、当局の調査が開始されたが、何ら不正は見つからなかった。それでも国粋主義者のネット攻撃は止まらない。方方に対する魔女狩りのような行為は延々と続き、ついには海外メディアの注目を集めるようになるが、これは、二〇二〇年に中国のインターネットで繰り広げられたいくつものキャンペーンの一つにすぎない。愛国主義者の攻撃はますます度を越し、何人もがその標的にされた。たとえば中国を代表する疫学者張文宏《ジャン・ウェンホン》は、中国の子供たちの栄養状態改善のため、朝食にはおかゆより牛乳とサンドイッチが望ましいと言ったところ、「外国崇拝」だと非難された。改革開放時代で最も重要な詩人といってもよい北島《ベイダオ》、脳性まひを克服して批評家の称賛といくつかの賞を勝ち取った余秀華《ユー・シゥホア》などの詩人も、ネットで標的にされた。『ニューヨーカー』の社内ライターである樊嘉揚《ファン・ジアヤン》は、ネット荒らしと自身の長きにわたる闘いを「Motherland（母国）」という一編にまとめた。香港浸会大学の何麗明《フェア・リーミン》教授は、その著作や講演をめぐって何か月間も攻撃された。成都《チョンドゥ》に住む元米国総領事の妻で、フードブロガーとして人気があり、『厨房の人類学者』〔未邦訳〕という著作もある荘祖宜《チアン・ズーイー》は、ネットに載せた一部の投稿が「政治的に誤り」だとみなされて攻撃を受けた。詩人賈浅浅《ジャ・チィエンチィエン》に対する一連の攻撃を仕掛けたのは、司馬南をはじめとする、方方をターゲットにしていたネット民だった。さらに二〇二一年三月、アカデミー賞にノミネートされたとして中国でたいへんな称賛を受けていたクロエ・ジャオ〔二〇二一年四月、監督作「ノマドランド」は第九三回アカデミー賞の作品賞、監督賞、主演女優賞を受賞した〕が、昔のインタビューに「非愛国的」と思われる発言があったと、一転して攻撃の嵐にさらされた。ジャオが国民的ヒーローから一夜にして裏切り者に転落した様子を見るにつけ、方方が一年前に経験したこととよく似ていると思わずにはいられない。両者とも、ネット上の攻撃が作品の発売（または公開）禁止という結果を招いている。ここに名前を挙げた中で、張文宏と北島を除く余秀華、樊嘉揚、何麗明、荘祖宜、クロエ・ジャオが全員女性なのは、偶然ではない。オンライン攻撃に加わるユーザーには女性蔑視の傾向が強く、ネットには性的暴行を加えるという脅し文句があふれている。方方とその〈友だちの輪〉（梁艶萍《リャン・イェンピン》、王小妮《ワン・シアオニー》など）に対する攻撃にも、この種の脅しが見られた。ある意味では、方方を攻撃するついでに私にとばっちりがきたということかもしれない。

理由

これまで述べてきたように、前例のない規模のサイバー攻撃が、『武漢日記』の学術的な〈批評〉に似せたものから方方《ファンファン》をディスる歌まで、さまざまなレベルで同時に行われたわけだが、ここで大きな疑問がわいてくる。**これらの攻撃の背後にいるのは何者で、その目的は何かということだ。**単純な疑問だが、その答えは複雑だ。欧米諸国のメディアは、この攻撃の背後には中国政府がいると単純に考える傾向があり、方方は一貫して、彼女が〈極左〉と呼ぶグループが攻撃の主体であると考えている。事実はもう少し複雑で、混沌としている。『柩のない埋葬』のときには、比較的小規模の極左グループ（急進的な共産党支持者）が激しい攻撃を繰り返し、この作品を書店から一掃することに成功したが、『武漢日記』も同じように、最初は比較的少数の批評家グループが方方とそのブログをしきりに攻撃している程度だった。もちろん、オンラインのサイバー攻撃の出所を突き止めることは、新型コロナウイルスの起源を解明しようとすることに似て、たいへん難しい。だが、最初のころ批判的な投稿をしたアカウントや投稿されたプラットフォームを追跡することで、『柩のない埋葬』を攻撃したグループと、最初に『武漢日記』を批判した一部の投稿に、直接の関係があることがわかる。ただし、『柩のない埋葬』は文学上の大論争を引き起こし、ニューヨーク・タイムズなどの海外メディアでも報じられたほどだが、作品自体が世界中で話題になったというわけではない。『武漢日記』

は人気のブログだっただけに、批判・中傷する側もその人気を利用することができた。結局のところ、ウイルスや寄生虫と同様、ネット荒らしにも宿主が必要なのだ。宿主である方方の力強さや人気が増すにつれ、ウイルスまがいの投稿も勢いを得て拡散し始める。

　方方の日記は、一月下旬から四月初めにかけて、中国のソーシャルメディアで広く共有され、話題になることが多かったため、それにつれて火に油を注ぐような荒らし行為を行うユーザーが増えていった。事実ではない話を広めて論争をあおるようなことがあちこちで見られるようになり、その話にまた尾ひれがついて伝わっていく。攻撃者が本名を名乗ることはほとんどなく、〈ユーザーdzbfjrmca4〉〈PurpleFeatherDaddy〉〈方方進監獄了〔方方を収監しろ〕〉〈CrazyFattyGalle〉〈美国徹底失敗吧〔米国の大失敗〕〉〈Big White Kitty and Big White Rabbit〉〈見証歴史2020〔歴史の証人2020〕〉などの匿名で作った攻撃用アカウントで投稿するため、個人を特定することは困難だ。こういうユーザーには一定の傾向がある。フォロワーが比較的少なく（数十～数百程度）、愛国主義的な投稿が多いということだ。たとえば〈見証歴史2020〉の微博ページは、愛国主義的なポスター画像やスローガン（「勿忘国恥〔国の恥を忘れるな〕」など）、トランプを攻撃する投稿、昔懐かしい毛沢東の肖像などで埋めつくされている。これらのアカウントに共通しているのは、数百万のフォロワーを有するきわめて人気の高い国粋主義的な認証アカウントをフォローしていることである。北京大学の張頤武《ジャン・イーウー》（九百万超のフォロワー）、地瓜熊老六《ディグアシュンラオリウ》（六百万超のフォロワー）、政治コメンテーターであり、学者、俳優でもある司馬南《スーマー・ナン》（二百万超のフォロワー）、情報サイト飛象網《フェイシアンワン》（CCTIME.COM）の項立剛《シアン・リーガン》（百万超のフォロワー）といった〈政治的インフルエンサー〉や、帝吧出征《ディーバーチューチォン》（百万超のフォロワー）

のような組織またはグループがこれに該当する。政治的インフルエンサーの間には強い協調関係があり、それぞれの投稿や動画を互いに引用したり、まったく同じ政治的見解を表明したり、同時に同じターゲットを狙ったりすることが多い。[*1] その統一見解を荒らしユーザーがそれぞれオウムのように繰り返し、同時に攻撃を仕掛ける（数時間、時にはわずか数分のうちに何百、何千というメッセージを一斉に投稿する）という手法は、明らかに、高度な連携とトップダウン式指令があることを窺わせる。攻撃を開始するにあたって何らかの台本または指示書があり、それに従っているのではないかと思われることも珍しくない。

一概には言えないが、こうしたユーザーは、〈極左〉〈国粋主義者〉〈小粉紅《シアオフェンホン》〉〈五毛党〉のいずれかに属している場合が多い。張頤武たちは、方方が彼らを「極左」と呼ぶことに反発するが、これはもともと、文革時代に国粋主義的傾向を持つ政治的急進論者を指して使われた言葉である。こういう連中の中には、張や、二〇一七年に『柩のない埋葬』を批判した退役軍人のように、毛沢東時代を直接経験した者もいる。彼らがネットで使うレトリックは、毛時代の政治用語であったり、攻撃パターンであったりすることが多い。たとえば文革スタイルをまねた宣伝ポスターや弾劾ポスターを使ったり、魔女狩りさながらの脅迫運動を繰り広げたり、さらには紅小兵《ホンシアオビン》という名の微信グループまである〔紅小兵は、文革時代、共産党の影響下に設けられた児童組織およびその構成員〕。この〈極左〉と重なる部分もあるが、より範囲の広いグループが、〈国粋主義者〉と〈小粉紅〉だ。いわゆる〈極左〉には、文革の政治手法をおおっぴらに懐かしむ傾向が強いが、〈小粉紅〉は、中国が経済発展を遂げた一九九〇年代以降に成長し、ネットを駆使する世代だ。彼らは一九八九年の政治動乱〔天安門事件〕も、ましてや毛沢東時代も、経験していない。〈小粉紅〉という言葉は二〇〇八年から使われているが、注目されるようになったのは、二〇一六年の周子瑜《チョウ・ズーユイ》のスキャンダルがあってからだ。周は台湾のポップスターだが、テレビで台湾の旗を振ったことに対して非難が殺到したのだ。ジャーナリストのチュアン・ピンフィは二〇一七年に次のように書いた。

ネットで愛国的な書き込みをするのは一般に若い男性だと思われがちだが、小粉紅は主に女性である。北京大学が開発した微博《ウェイボー》分析ツールによると、ネットに過激な書き込みをするアカウントの八三パーセントが女性だという。また中国社会科学院による調査では、小粉紅は主に一八～二四歳の若い女性という結果が出ている。[*2]

方方事件が起こった二〇二〇～二〇二一年の時点でも、小粉紅の主流がまだ女性のネットユーザーであるかどうかは判断が難しいが、小粉紅にはネットに詳しいユーザーが多く、国外のプラットフォーム（中国では禁じられているフェイスブックやツイッターを含む）にＶＰＮ経由でアクセスして、愛国主義的な意見を表明したり、攻撃を仕掛けたりできる層がいることは間違いない。方方の人気がさらなるネット攻撃を誘発する仕組みは、政治信条やネット愛国主義だけでは説明できない。実は、金銭的にもメリットがある。記事が話題になり、多数の閲覧者が押し寄せて何百万回もクリックされると（ちょうど『武漢日記』がそういう状態だった）、いわゆる〈五毛党〉に一儲けするチャンスが訪れる。五毛党の仕組みを説明するために、中国のインターネット事情に詳しい楊国斌《ヤン・グオビン》の著作から引用しよう。

> （前略）「網絡〔インターネット〕評論員」という新しい仕組みが二〇〇四年に導入され、オンライン世論の形成に影響を与えた。網絡評論員はボランティアの場合も有給スタッフの場合もあるが、投稿に返信したり、議論に参加したりして、ネット上のディスカッションに直接介入する。ただし彼らの使命は活発な議論を促すことではなく、党の宣伝部が設定した原則に沿うように、議論を誘導することだ。このような誘導がおおっぴらに行われることはない。なぜなら、評論員は身分を明らかにしてオンラインフォーラムに参加するわけではないからだ。それどころか、彼らは一般のインターネットユーザーと同じように、匿名のユーザーIDでログインしている。このように覆面で監視するという役目のため、網絡評論員の評判は芳しくない。うわさによると、網絡評論員がオンラインフォーラムにメッセージを投稿するたびに、政府から五毛（〇・五人民元）が支払われるそうだ。そこで、網絡評論員は〈五毛党〉と揶揄されるようになった。[*3]

攻撃がボットによるものか、荒らしユーザーや正真正銘の愛国的ユーザーによるものか、はたまた五毛党によるものかを判断するのは、不可能ではないにしてもかなり困難だが、人気を博した話題への攻撃が急増する背景には、五毛党への金銭的報酬があることは明らかだ。さらに重要なことは、リズ・カーターが述べるように、「五毛党が存在することで、中国のネット事情がわかりにくくなっている。というのも、彼らのせいで、ネット上のあらゆる議論に疑念が生じるからだ。政府寄りの投稿にやらせが混じっていることがわかると、政府を支持する論調がすべて信用できなくなる」。[*4] こういう連中を表すのに広く使われるニックネーム〔五毛党のこと〕までが、ネット上の攻撃に報酬が支払われていることを露骨に示している。五毛党ほどではなくても、方方を批判するビデオで人気をとって広告収入を得るという一般的な方法で金儲けをする者も、もちろんいる。

オンライン攻撃では、過激な政治見解の表明、人種差別や女性蔑視のコメント、憎々しい脅し文句などがどうしても目立つが、一方で、言外に〈遊び〉の要素を漂わせる投稿もたくさんある。一口に攻撃といっても、独創的であったり過激であったりユーモラスであったりと、さまざまなタイプがある。ジョークやからかい、ダジャレ、風刺といった表現法も広く使われている。荒らしユーザー同士がお互いをからかって、相手より少しでも優位に立とうと、ますます過激な発言を弄したり、荒唐無稽な陰謀論を持ち出したり、自分の方がもっとひどい話を知っていると暴露したりすることもある。攻撃の重大性やそれによる打撃を軽視するつもりはないが、これらの投稿には、愉快なことをしたいという気持ちと、人に見てもらいたいという気持ちが強く流れていることは明らかだ。若い世代の国粋主義者であろうと、五毛党や小粉紅、極左のメンバーであろうと、方方排斥キャンペーンに関与するネットユーザーは、攻撃を娯楽の一種と認識しているように思う。ビデオゲームをしたり、オンラインチャットで時間をつぶしたりするのと同じと考えているのではないか。こういう結論に至ったのは、私自身がClubhouse（クラブハウス）に参加して、そこで環球時報の編集長胡錫進《フー・シージン》をおもしろおかしくからかってばかりいるグループがあるのを知ったからだ。裏に政治的な文脈があるのはたしかなのだが、それよりも明らかなのが、会話の端々に見られる〈遊び心〉だった。同様の遊び心は、ネットで方方を攻撃する投稿にもよく見られる。特に地瓜熊老六の「米国日記」にはこの傾向が強い。まじめな政治攻撃に「遊びの要素」を組み入れると、イデオロギーのためだけではなく娯楽として投稿や批判をしている読者やアクティブユーザーを、幅広く集めることができる。この娯楽としての側面は、ポップカルチャーの世界で方方を題材とした作品が続々と登場したことにも、容易に見てとれる。今話題になっていることにコメントしたり、自作のジョークや論評を投稿したり、その他何らかの形でネット上の活動に参加したりすることで、ネットユーザーは互いの繋がりを感じ、愉快な気持ちになる。公然と非難されている人物（この場合は方方）なら、一般のネットユーザーも後ろめたい気持ちを持たずに攻撃に加わることができる。ターゲットが敵、裏切り者、スパイ、不当な利益を貪る者、その他、それまでのキャンペーンで貼られたありとあらゆるレッテルに該当する者であることは、〈わかりきった事実〉なのだから。このような激しい攻撃は、奨励はされないまでも正当化され、五毛党の場合には金銭的な報酬まで与えられている。

　さまざまな方面から、ほとんど身元を特定できない多数のグループによる攻撃が行われたため、方方排斥キャンペーンが上からの指示で行われた（トップダウン）のか、ユーザーが自発的に参加した（ボトムアップ）のかについては、見解が分かれている。ボンズとシューハーの意見では、「（前略）中国では、〈ネット上の大事件〉はほとんど、何らかの組織とはまったく関係なく発生する」[*5]。ただ、この場合は、もっと複雑な共生ダイナミクスが働いたと私は考えている。つまり、非公式の論調（ネット上の攻撃、うわさ、方方のパロディー）が公的な弾劾行動（環球時報や中国人民解放軍などによる酷評記事の発表）をあおり、それらの記事がさらに多くのネット攻撃を誘発するという構図である。状況が本当の意味で大きく変わったのは、四月初旬に『武漢日記』の翻訳が出るというニュースが大きく取り上げられてからだ。ニュースがどのように報道され、受け取られ、（私に言わせれば）ねじ曲げられるかという観点から見て、方方の日記はこのときを境に突然、急激な変貌を遂げた。この変化のスピードがどれほど速かったかを、環球時報の紙面で追跡してみよう。三月一九日、編集長の胡錫進は方方の日記を称賛する記事を載せ、「国民は〈あらゆる時代の方方〉を受け入れるように」と呼びかけることさえしている。[*6] ところがその数週間後の四月八日には、厳しい社説を発表して日記を酷評したのだ。このとき発表された攻撃の論調が、どんどんエスカレートしていったとマノジ・ケヴァルラマニは見る。

> 辛辣な批評は、環球時報がある記事で報じた内容に端を発していると推測できる。この記事では、方方がソーシャルメディアで宋王朝の政治家秦檜《シン・クエイ》にたとえられていることに言及している。秦檜は、その背信行為が杭州のある寺院で永遠に記憶にとどめられている政治家だ。その場所には、秦檜とその妻によって殺害された愛国者、岳飛《ユエ・フェイ》将軍の墓がある。今日、秦檜夫婦の像は墓地の外にひざまずいた形で設置されていて、通行人はそれにつばを吐きかける慣習がある。[*7]

以前は国民的物語とみなされた作品が、突然、すでに明らかになっていた米中間の緊張――文芸作品としての日記には何の関係もない緊張――に引きずり込まれたのだ。とはいえ、このときを境に、方方攻撃のレトリックはまた新たな高まりを見せ、大量のソーシャルメディア投稿や公式ニュースによる日記への批判が、世論にも重大な影響を与えるようになる。つまり、この時点で、方方への攻撃はネット上の急進派が始めた瑣末な行動ではなくなり、一般のネットユーザーの意見をも左右するようになっていったのだ。方方を擁護する声がかき消されるとともに、日記を批判する新しい物語がネット上に構築され、あっという間に広がった。チャイナ・デジタル・タイムズのエリック・リウは次のように述べている。「これらの攻撃の主力は間違いなく一般のネットユーザーでしたが、そうなったのは、彼らの抱える憎しみがうまく利用されたためです」[*8]。日記に対する世間の反応は、最初は好意的で、その後いくぶん否定的な意見も見られるようになるが、二〇二〇年四月半ばには、このヘイトキャンペーンが大々的に展開されるようになった。それは次の事象から証明できる。（1）攻撃が突然激しさを増した。（2）まるで台本があるかのように、あちこちで同じ主張が繰り返された。（3）複数のソーシャルメディアプラットフォームだけでなく、学界やポップカルチャー界までが一緒になって、同じメッセージを発信した。（4）開催中の（だが日記とは無関係な）政治イベント（二〇二〇年五月の〈両会〉など）や、新型コロナウイルスの発生源に関するＷＨＯの調査日程（二〇二一年一月）に合わせるように、ネット上の攻撃が急増した。

　攻撃がさらに激しさを増した背景には、新型コロナウイルス感染に関する中国特有の事情がある。数百万の市民が自宅に閉じ込められ、仕事に行くこともできず、怒りや苛立ちが募っている一方で、だれもが利用できるネット環境がある。人々はスケープゴートを求めていた。責め立てる相手、フラストレーションをぶつけ、鬱積した怒りを放出する場所が必要だった。荒らし行為が増え、広がる条件が整っていたのだ。『武漢日記』の翻訳刊行が発表されたのは、ちょうど、武漢の封鎖が解除され、各国が中国に対してより厳しい批判的な態度を取り始めたころだった。『武漢日記』が愛国主義者から格好のターゲットにされたのは、このタイミングのせいでもある。方方を批判するレトリックは強力で、私はＵＣＬＡの中国人学生から、懸念を示す次のようなメールをもらったほどだ。

ネットで方方の武漢日記に関する記事を読み、先生があの本を翻訳されたことを知って驚きました。その理由を教えていただけませんか（陰謀論が取り沙汰されていますが、先生の本当のお考えを聞きたいのです）。方方とこの作品に中国国民がひどく怒っていることはご存じだと思います（欧米のメディアは怒っているのは「政府」だと思いたいようですが、私はここでは「国民」と言います）。実際、最初のうちは方方が勇敢にも声を上げたことを多くの国民が支持しましたが、後には批判に転じました。彼女がネット上の特定のグループの意に沿うような発言をしていると思えたからです（たとえば、物資がすでにじゅうぶん行き渡るようになっているのに、希望が見えないと言い続けていました）。また単に、彼女が日記に書いた出来事の多くが事実ではなかったからでもあります。世間の人があの本をフィクションとして読むなら何の問題もないと思いますが、欧米の読者は「全体主義の中国政府が隠しておきたい事実を暴いた本」と受け取るのではないかと心配しています。先生の翻訳はまだ読んでいませんが、「本書には事実と異なる内容が含まれている可能性があります」のような断り書きは入っているのでしょうか。それとも、多くの間違いが修正されないままなのでしょうか。

この数か月後、ＵＣＬＡの別の中国人学生からも、私が『武漢日記』を翻訳する動機について質問があった。彼はまず、「実際にこの日記を読んだわけではありませんが、ネットの情報によると……」と書き出し、続けて、中国のソーシャルメディアや公式ニュース記事で拡散している主張を繰り返した。自分の教えている学生が、ネット荒らしや偽情報キャンペーンの言い分を繰り返すだけなのを目の当たりにして、私はかなり失望した。だがこの二人をはじめ、一般ユーザーのコメントを見ると、方方排斥のプロパガンダがいかに効果を上げているかがわかる。それだけではない。アクティブユーザーでもない一般市民までが、方方のいわゆる不法行為について大量に出回っている偽情報を真に受けて憤慨し、自分たちも声を上げる必要があると感じた結果、ネット攻撃がさらに激しくなり、誤報がますます拡散されることになった。このような推移は、小規模な過激派グループによる陰謀論に基づく急進的な政治見解が、さまざまな従来型メディアやソーシャルメディアによる増幅、反復、拡散という巧妙なプロセスを経て、きわめて短時間で本流のイデオロギーとして受け入れられることを示すものでもある。

次に出てくるのは、それで何が問題か？という疑問である。一冊の本を翻訳したからといってその訳者を脅していいはずがない。では、この本のどこに、荒らしユーザーを大量に動員し、学術書のふりをして方方を中傷する本を出し、方方を貶める目的でラップソングや風刺漫画、数千もの論文やネット投稿を公開する要因があるのだろうか。日記が書かれ、新型コロナウイルスの感染拡大が明らかになったころ、複数の出来事が同時に発生していた。いわゆる〈方方事件〉に発展する出来事の条件を整えたのが、この流動的な力だった。最初の指令は、習近平の「中国の良き物語」を語るようにという談話にさかのぼる。ここで『武漢日記』は、武漢でのコロナウイルス感染症に関する記録を管理するのはだれかという問題で、はからずもイデオロギー闘争に足を踏み入れたのだ。方方の記事は、政府の方針を支持する一方で、地方当局の指導者や感染症の専門家が最初のころに犯した過ちを非難するなど、危ない綱渡りをしている状態だった。ホンウェイ・バオが言うように、艾暁明《アイ・シァオミン》や郭晶《グオ・ジン》など、武漢在住の書き手による他の日記と比べて、『武漢日記』は「おそらく最も無難な作品だった。方方は自分を活動家やフェミニストなどと規定したことは一度もないからだ[*9]」。方方は体制側の作家で、政治的な境界線がどこにあるかをじゅうぶんわきまえていた。それでも、その慎重に考えて書かれた記事でさえ、「中国の良き物語」の台本から逸脱していると評価されたのだ。日記の翻訳が近々刊行されるというニュースがそれに拍車をかけたことは大いに考えられる。方方の記録が国内で話題になっていることに対する反発はあったかもしれないが、世界で話題になることはとうてい容認できなかったのだろう。

方方の記事には「容認できない」と判断される特徴がいくつかあったが、そのいずれもが、日記に含まれる事実誤認や、さんざん中傷された〈捨てられたスマホ〉の写真とは何の関係もない。これらは、現実の問題から読者の目をそらせるための小道具に使われただけなのだ（ここでいう「現実の問題」には、〈プラスのエネルギー〉が充満した物語を求める政府の意向にこの日記のトーンが一致していないことも含まれる）。火神山、雷神山両病院が短期間で建設されたことをはじめとする数々の実績を国営メディアはほめたたえるが、方方はそれに同調せず、保健当局が当初、このウイルスは「人から人へ感染することはない。コントロールも予防も可能である」と発表したことが悲劇的な結果に繋がったと非難した。つまり、今回の流行に関して党が広めようとする〈プラスのエネルギー〉に則した物語を繰り返すのではなく、このプロパガンダを公然と非難した。方方が〈プラスのエネルギー〉について正面から論じていること、インターネット検閲をおおっぴらに批判したこと、そして武漢市民は政府に対する「感謝の気持ち」を表すべきだとする要求を厳しく非難したことに、方方の意思が読み取れる。楊国斌は次のように述べているが、鋭い指摘である。「プラスのエネルギーというイデオロギーに対してこれほど公然と疑義が唱えられたのは、二〇一二年にこの考え方が大衆に普及して以来、初めてだったに違いない。方方の疑義には、この事例だけにとどまらない意義がある」[*10]。

だが何よりも危険視されたのは、方方が繰り返し説明責任を求めたことだろう。日記全体を通じて、特に感染が下火になった後半では、地元の保健当局や政治指導者が説明責任を果たす必要があると強調している。彼らの過失や不作為、李文亮《リー・ウェンリアン》医師たちの警告を封じようとしたことなどが、事態を悪化させたというのだ。方方が説明責任を求めるからといって、ほとんどの場合、それは日記の中だけのことだし、もっともな言い分だ。だが何度も言うように、真の脅威と目されたのは彼女の膨大な読者層だった。方方の固定読者（ファン）は、人気の絶頂期には数千万人に達していた。これだけの数の読者が方方の言葉に呼応して、他の政治問題についても説明責任を求めることを考えてみれば、それが政府の屋台骨を揺るがすほどの潜在的脅威になることがわかるだろう。つまり、方方が持つ〈潜在能力〉を見過ごすことはできなかったのだ。だが問題は、方方の主張が読者を通じて増幅される可能性だけではない。楊国斌が指摘するように、「方方がいわば体制側の人間であるため、彼女の批判はとりわけ問題で、彼女が説明責任を求めることが大きな脅威だとみなされたのである」[*11]。

　さらに、方方が日記を書き始めたころには存在しなかったが、書き進むにつれて徐々に明らかになってきた問題がある。たとえば、新型コロナウイルスによる経済的損失やその他の損害について、国際社会が中国に賠償金を請求しようとする動きなどだ。このような要求は、感染が広がったごく早い時期に、ロンドンに本社のあるInternational Council of Jurists（ＩＣＪ）〔各国の法律家が所属する有限責任会社で、ロンドンとインドでセミナーや会議を開催するのを業務としている〕が主張したのが始まりだ。同社は国連人権理事会（ＵＮＨＲＣ）に「新型コロナウイルスを世界に解き放ち、加盟国に〈甚大な身体的、精神的、経済的、および社会的損害〉を引き起こしたことに対する損害賠償（金額未定）を中国に求める」という動議を提出した[*12]。ドナルド・トランプ米大統領（当時）も、二〇二〇年一〇月八日に、中国はコロナウイルスに「相応の代償」を支払うべきだと主張している[*13]。この賠償金要求のニュースが最初に大きく報じられたのは、『武漢日記』のドイツ語版と英語版刊行のニュースが中国のソーシャルメディアで取り沙汰されるわずか数日前だった。賠償金を請求するためには、「ウイルスの起源」の根拠を示すことが前提となる。『武漢日記』では賠償問題のことには触れておらず、方方は新型コロナウイルスの起源問題を取り上げたこともないのに、賠償という政治問題が浮上してきたことを背景に、『武漢日記』も否応なしにその議論に巻き込まれた。中国の国粋主義者たちは、『武漢日記』によって賠償やウイルスの起源といった問題の根拠が西側に提供されると思い込んだのだ。

　こうした不安があるところに、さらにそれを悪化させることになったのが、米中間の政治的緊張の高まりだった。当然ながら、『武漢日記』が反米レトリックに呑み込まれたことを特異なケースとみなすべきではない。これは中国におけるパターン化された反米政治行動の一端で、これまでも国家の危機に際して激化することを繰り返してきた。その歴史的起源は古く、欧米列強に蹂躙された〈屈辱の世紀〉にまでさかのぼるが、現代中国が抱く反米感情は、朝鮮戦争で最高潮に達した。いわゆる「アメリカを押しとどめ、北朝鮮を救え」という運動だ。たしかに、朝鮮戦争は七〇年も昔のことだが、当時と同じ反米感情は、一九八三年の精神汚染排除運動、一九八九年の天安門の弾圧（これらは欧米民主主義の理想に対する反発とも読み取れる）から、一九九九年のアメリカによるベオグラードの中国大使館爆撃〔ユーゴスラビア紛争の中で起きた事件で、アメリカおよびＮＡＴＯは誤爆であるとして中国に謝罪〕まで、改革開放時代が始まって以来、ことあるごとに利用されてきた。特に一九九九年の事件は、米中関係悪化のきっかけとなり、このとき中国の反米感情は一気に高まった。過去四半世紀にわたって、中国では、『ノーと言える中国』から『中国の不幸』〔未邦訳〕まで、反米感情をあおる内容の書籍がベストセラーになってきた。また、習近平が描く「チャイニーズ・ドリーム」を称賛する本も数多く出版され、これらもアメリカ式新自由主義の理想に対する拒否反応を助長している。アメリカとドイツで『武漢日記』が翻訳出版されることにネット上で怒りが爆発した背景にこのような複雑な歴史があったことは、考慮に入れる必要がある。

廖光生《リャオ・グァンシォン》が述べるように、毛沢東の反米理論は「帝国主義列強が弱体化すると中国人民の力は大きくなるという信念」に立脚していた。[*14] この相反する力関係を信ずるとすれば、現在『武漢日記』を取り巻く反米感情が高まっていることにもある程度納得できる。つまり、『武漢日記』に対する攻撃が始まったころ、ネットユーザーの間には、感染者の減少、都市の封鎖解除、普通の生活への回帰など、中国が新型コロナウイルスに打ち勝った証が目に見えるようになってきたと同時に、アメリカの失策（ジョージ・フロイド氏の殺害に起因する社会不安、ホワイトハウス発の政治的混乱、マスク着用やロックダウン政策に対する大規模な抵抗、急増する新型コロナウイルスの死者）がクローズアップされていた。長い間下火になっていた反米理論が、復活しただけでなく、ついに事実になったように思われた。アメリカが内部から崩壊しつつあったそのときに、トランプは、これからも中国を非難と嘲笑の対象にすると決めたのだ。これが契機となって、二〇二〇年には中国の反米感情がいっそう高まった。

　ドナルド・トランプや政府高官が新型コロナウイルスを「チャイナ・ウイルス」とか「カンフルー」と呼び始めると、『武漢日記』の翻訳出版のニュースは一種の「反中記事」と位置づけられ、方方が翻訳出版を認めたことが国家への裏切り行為そのものだとみなされた。わずか数日の間に、「方方」は中国のインターネットで最もよく検索される言葉の一つになった。彼女の名前は、国際賠償、ウイルスの起源、米中貿易戦争に関する数えきれないほどの記事や投稿に関連づけられたが、どのトピックについても彼女は一度もコメントしたことはないし、どのトピックも『武漢日記』とは何の関係もない。スティーヴン・スピルバーグの映画「マイノリティ・リポート」は、実行すると予言されている「未来の犯罪」のために人々が逮捕され、告発される世界を描いた作品だが、ある意味では、方方も未来の犯罪に基づく文学的調査の犠牲者だといえる。たとえば、多数の読者を扇動して政府に〈説明責任〉を求めさせるかもしれないとか、『武漢日記』が欧米諸国によって中国を傷つける武器として使われるかもしれないなど。だが、こういう〈犯罪〉はいずれも起こってはいない。ドナルド・トランプがホワイトハウスの記者会見で『武漢日記』を持ち上げて、「これが証拠だ！」と宣言したという事実はない。このような〈犯罪〉は、中国のネット社会で、荒らしユーザーの投稿の中にだけ現れる出来事だ。それなのに、毛色の違うさまざまなプラットフォーム（国営メディア、ソーシャルメディア、ポップミュージック、漫画など）で数か月にわたって繰り返しメッセージが発せられると、数百万に及ぶ中国のネットユーザーにとって、「未来の犯罪」が事実（実際に起こった出来事）になってしまうのだ。

ただ、私が思うに、武漢の感染を記録するのにふさわしいのはだれかという議論や、さまざまな方法で方方の『武漢日記』を米中の緊張関係の枠組に無理やり押し込めること以上に、『武漢日記』が危険視される最大の要因になったのは、この日記が中国の市民社会に関する議論に大きな影響を与えかねないということだった。攻撃がエスカレートして、初めは一般的な論争だったものが本格的な〈政治案件〉または一部の批評家がいう〈オンライン戦争[*15]〉に昇格すると、人々の立ち位置はそれぞれの政治信条に沿ったものになる。方方には日記を公開して自分の意見を表明する権利があると思う人と、彼女が一線を越えてしまったと感じる人に分かれるのだ。ネット上でも家庭でも、中国全土で白熱した議論が展開された。「方方の日記は中国を引き裂いたか？」とか、「方方の日記と分断された社会」といったタイトルの記事が配信され始めた。早くから方方の作品を支持していたファンからも、『武漢日記』を海外で出版したことで目に見えない一線を越えてしまったという声が多く聞かれるようになる。たとえ方方が本当のことを書いていたとしても、その本の内容が国の政治的・経済的利益を損なう可能性があるとしたら、出版は禁止すべきとする意見だ。他方、方方を擁護し、彼女には自分の意見を自由に表現し、日記を出版する権利があるという声もあったし、その中間の立場をとろうとする者もいた。党のタブロイド紙、環球時報の編集長を務める胡錫進は、保守の立場から『武漢日記』を厳しく批判するが、一方で「中国社会は方方の日記のような存在を大目に見なければならない。多文化社会とは、基本的にそういうものだというのが私の信条だ」[*16]とも述べている。方方および『武漢日記』の周囲に走る溝がどんどん大きくなったので、主要メディアのサイトでは、作家や知識人がこの問題について政治的にどちらの側に立っているかをまとめた記事さえ公開される始末だった。たとえば易中天《イー・ジョンティエン》、閻連科《イエン・リエンコー》、張抗抗《ジャン・カンカン》、朱大可《ジュー・ダーコー》は方方支持、胡錫進、張頤武、張宏良《ジャン・ホンリアン》、王誠《ワン・チェン》、陳先義《チェン・シェンイー》は反方方という風に。[*17]この論争は、表面上の話題はもちろん『武漢日記』だが、もっと広く、習近平政権での市民社会に対する意見表明と見ることもできる。というのも、二〇一四年ごろから、市民が自由に議論したり芸術表現を発表したりする場が徐々に少なくなってきているからだ。事実、ネット上の言論の質は著しく低下しており、ミン・ジャンとアシュリー・エサリーは、中国で対立やヘイトスピーチがのさばっている現状を「非礼社会」と称している。[*18]方方事件によって、中国の市民社会とネット上の言論が将来向かうべき方向についてここ数年高まっていた緊張感があらわになった。一方に、中国共産党の強硬路線（豊かな社会を実現するための大前提と考えられている）を断固として支持する勢力があり、他方には、市民が健全な議論に参加できる自由で開かれた社会を望む陣営がある。新型コロナウイルス・パンデミックの初期段階で、アメリカの政治家（ドナルド・トランプ前大統領やマルコ・ルビオ上院議員など）がさかんに反中的発言を繰り返すことで、こうした緊張感がさらに複雑化し、悪化したのは当然だ。アメリカが公式に中国に対して厳しい態度を見せていることが、中国のネットユーザーをさらに偏向させ、より多くの人々を『武漢日記』批判に向かわせる上で決定的な役割を果たしたといえる。ネット荒らしは、『武漢日記』がアメリカでさかんになった反中の言論と同類だと言いふらしたのである。『武漢日記』はさまざまな問題を引き寄せる避雷針のような存在になったが、中国の市民社会に関する新たな議論を引き起こしたことは、将来への最も重要な遺産の一つになるかもしれない。

『武漢日記』をめぐる白熱した議論は法曹界にも広がり、ネット上の至るところで法律論争が繰り広げられるようになる。方方の中傷者には名誉毀損罪が成立するという意見から、国がいまだに方方を国家転覆や反逆罪で逮捕しないのはなぜかという疑問まで、自称法律家や本物の法律専門家が入り乱れてありとあらゆる議論に参加し始めたのだ。法律論争が始まったのは二〇二〇年四月九日、荒らしユーザーの攻撃が殺到したのと同じころで、ネットにアクセスすると必ず何らかの議論が目についたものだ。たとえば同日付のＱ＆Ａサイトに、「方方の日記に書かれていることはすべて本当なのでしょうか。そうでないとすれば、方方にはどういう法律上、道義上の罪が適用されるのですか？[19]」という質問が挙がっているが、回答者の結論は次のようになっている。「方方に説明責任を問うことは法的には難しいと思いますが、（中略）道義的責任ということなら、方方はすでに裏切り行為を犯しています。彼女には今や首かせがつけられていて、逃れる術《すべ》はありません」。だがこれはほんの序の口で、以後数か月にわたって、方方の罪と罰に関する質疑応答が中国のネット社会に充満し、しかも熱気と非難の声がどんどん高まっていった。「方方は法に違反したと思いますか？　法に照らして方方を起訴することに賛成ですか？」とか「方方の日記現象が提起する基本的な十項目の法律上の問題[20]」などの記事が評判を呼び、これらがきっかけで日記に対する非難が広がり、一般ユーザーの間でも議論されるようになる。興味深いことに、記事のほとんどは匿名（または署名なし）で公開され、質問の形式をとっている。まるで、投稿者自身が名誉毀損で訴えられることを恐れているかのようだ。たとえば、二〇二〇年七月八日に公開された「なぜ方方はあれほど無知蒙昧なのか？彼女が法的責任を問われることはあるのか？」と題した記事では、次のように述べられている。

> 方方の作品はここで取り上げるほどのものではないが、個人の記録を〈武漢日記〉と称し、〈便り〉と名付けて売ろうなんて、とんでもないことだ。意図的に読者をだまして私腹を肥やそうというのだろう。明らかに違法行為である。だが、法が執行され、方方が処罰されるかどうかは、国の判断を待たねばならない[21]。

まるで、学界やポップカルチャーからの攻撃と同時に法律的な議論をも丹念に積み重ね、公の場で発表して、いまだに続いている攻撃を正当化するかのようだ。

残念ながら、少なくとも短期的には、新型コロナウイルスの拡大状況は荒らしユーザーに有利に働いたようだ。北米やヨーロッパで患者数がどんどん増え続けている間に、中国は社会や経済の封鎖を解除して元の生活を取り戻し始めた。西洋諸国が新型コロナウイルスの抑え込みに苦慮していることもあって、中国モデルは国民の強い支持を得た。中国がウイルスに勝利した結果、方方が初期段階で求めた〈説明責任〉が忘れ去られたばかりか、中傷者たちは、自分たちの行動は正しかったと考えたのだ。彼らにとって、二〇二〇年に西側諸国が新型コロナウイルスをコントロールできなかったことは、方方の日記に代表されるような西洋の自由な民主主義的思考が、習近平政権の強硬な権威主義的原則より劣っていると証明されたことになる。

攻撃が長期にわたって執拗に続いたことから、私は幾度となく、方方はなぜ逮捕されないのかという質問を受けたものだ。何といっても、陳秋実《チェン・チューシー》や方斌《ファン・ビン》、李澤華《リー・ゼオホア》、張展《ジャン・ザン》といった独立系ジャーナリストやブロガーが、武漢の感染について発信しているさなかに消息を絶つという事件が起こっている。[22]ジャーナリストのジャスパー・ベッカーは次のように述べている。

> 中国では、コロナウイルスが出現した最初の数週間で、五一〇〇人以上の市民が情報を共有したとして逮捕された。政府と違う意見を表明する人は病気という名目で病院に隔離されている。病院の待ち時間が長いとか、マスクが不足している、身内が亡くなったなどの、何ということもないネット上のメッセージを咎められ、勾留されたり罰金を科せられたりした一般市民は数百名に達する。[23]

今だから言うが、『武漢日記』を翻訳している間、ネット上の攻撃が激しさを増すのを見ていて、ただただ、方方の身に何か起こるのではないかと不安だった。前例がないほどの攻撃や殺害の脅しばかりでなく、実際に自宅の壁にレンガを投げつけられたり、家の近くに弾劾ポスター（大字報）を貼られたり、方方を反逆罪で裁判にかけろという声が出てきたりというように、非難がどんどんエスカレートしていたので、この不安に根拠がなかったとは思えない。さまざまな不安が頭にうずまいて、眠れなくなることもあった。彼女の安全を確保するためにできることはないか、エージェントと私は何度も相談したが、そのたびに無力感に襲われた。一方、方方がそういう脅迫について公表すると、中傷者たちは、惨めな状態の自分を利用して世間の同情を引こうとしているだけだと主張する。[*24] だが、方方にとって身を守る武器になる要素がいくつかある。第一に、武漢で勾留された独立系ジャーナリストと違って、方方は反体制派でも活動家でもない。名誉ある賞を授けられたこともある熟練作家で、湖北省作家協会の主席も務めた。この経歴が方方の身を守ってくれるに違いない。だがそれ以上に頼りになるのが、彼女が日記を書いた六〇日間で培った一般大衆の支持である。方方が日記を通じて獲得した読者は、これまでに発表したどの作品の読者よりも多かっただろう。次の日記を待って毎晩遅くまで起きていたこの人たちも、方方を守る盾になった。「武漢の声」とまで言われていた作家を迫害すれば、それが裏目に出ることは容易に考えられる。李文亮医師の死に際して起こったことが、その教訓になった。李医師の死後、怒りや憤りの感情が国民の間に充満した。李医師に対する支持があまりに大きいので、政府は彼の行動を政治的に再検討する必要に迫られ、死後に、彼を新型コロナウイルスと闘った殉職者として追認したのだ。彼の死も方方にとっては有利な材料になる。李医師の扱いに大衆がぶつけた怒りのトゲを感じたばかりなので、政府はまず、方方に対する扱いで民衆の怒りを買うようなことはしないだろう。そうはいっても、方方は頭痛の種ではある。『武漢日記』については、前述のように現実的な懸念があるが、方方が「何も間違ったことはしていない」のも事実だ。この意味で、方方をどのように扱うかは、時の権力者にとって頭の痛い問題になっている。彼女は態度を軟化したり政治的圧力に屈したりすることはなく、著書の海外での出版計画をキャンセルすることも拒否した。そこで別の方法が採用されたのだ。ネット荒らしが解き放たれ、仮想のネット世界を自由に歩き回ることを許された。嘘を拡散し、著者を脅迫・中傷し、その評判を傷つける。すると次第に、人々の『武漢日記』を見る目が変わってくる。

　中国のサイバー空間でデマを拡散するキャンペーンを詳細に分析すると、相互補強のパターンが浮かび上がる。公式メディアの記事と、微博で数百万のフォロワーを持つインフルエンサーの双方が、多数の個人ユーザーを焚きつけるのだ（その中にはいわゆる〈五毛党〉のように金で雇われている者も、怒りや純粋の愛国心が動機になっているネットユーザーもいる）。一方で、張頤武のような学者が、烏合麒麟《ウーフェアチーリン》（「道化師の戴冠」の作者）のような、ポップカルチャーを使った批評をほめそやす。すると今度は、環球時報のような政府の公式メディアがそれを取り上げ、いっそう箔をつけるというわけだ。このようなさまざまな方面からの攻撃——愛国主義的な個人、金で雇われた荒らしユーザー、学界の中傷者、公式メディアの記事、法律違反を言い立てる似非《えせ》法律家、ポップカルチャーの介入——は、表面上はそれぞれが独立しているように見え、実際にそういう運動が広く根を張っているかのように錯覚させられるが、実は深いところで繋がり、互いに補強し合い、正当化し合っている。さらに、彼らは集団で声を上げ、大衆文化のコンセンサスがあるかのような錯覚を起こさせるのだ。大衆文化のコンセンサスとは、異なるプラットフォームをまたいでメッセージをやり取りする統合システムの構築を目指して一斉に行われる協力態勢のことだ。各プラットフォームは、上位文化と下位文化を同時に表すだけではなく、公式と非公式の論調をも表しているように見えるが、実際は、すべてが統一したイデオロギー的ビジョンを示すために協力している。『武漢日記』の場合、ラップソング（「文芸家のくず」）や政治風刺画（「道化師の戴冠」）は下位文化の代表のように思われ、似非学術書（『偉大な都市武漢と酷い日記』）は上位文化を表すとされる。また、公式メディア（環球時報、中国人民解放軍など）は国家の見解を述べ、荒らしユーザーはもっと痛烈な非公式の書き込みを担当しているように思われる。しかし実際は、彼らはみんな相互補強の覇権主義的プロセスに組み入れられ、同じことを複数の方法で表現しているだけなのだ。大衆文化のコンセンサスという錯覚の海を航行しようとするネットユーザーは、とりわけ不安定な立場にいる。巷《ちまた》にあふれているのは、見かけはさまざまでもイデオロギー的にはただ一つのメッセージであり、それ以外の視点や意見は組織的に抑え込まれている。この意見の集約こそが、民主的な理念や開かれた討論の場、ひいては市民社会の存在そのものにとって、最大の脅威になる。

　これは中国の偽情報キャンペーンの一事例にすぎないが、その後地球規模で広がった脅威の先触れでもある。地球規模の脅威とは、中国の荒らしユーザーが万里のファイアウォールをかいくぐってフェイスブックやツイッター、アマゾンといった海外のウェブサイトに進出することを指すだけではない。さらに恐ろしいのは、そういう脅威がどこにでもあり得るということだ。『武漢日記』批判運動は、ここアメリカで、さらには世界中の国々で行われている偽情報キャンペーンときわめてよく似ている。民主党と共和党は、表面上は習近平の主だった政策を批判することで一致しているが、実際には、アメリカでも、自国の政策によって作り出されたサイバー環境の中で、フェイクニュース、偽情報、ネット上の政治操作、そして「作為的なコンセンサス」が大々的に実践されているのである。

教訓

『武漢日記』を翻訳し、その後この本を書いている間、何かが失われているという不安にとらわれることが何度かあった。方方《ファンファン》の日記は、いろいろな意味で、生と死という人生の最も根本的な問題を扱った本だ。それなのにネットでは、重箱の隅をつつくような瑣末なことに拘泥して攻撃してくる輩が後を絶たない。方方は捨てられたスマホの写真を捏造したのか？だの、看護師の死について誤った情報を流したのか？だの。『武漢日記』は生きるか死ぬかの闘いの記録である。事態が最悪だった時期に、一都市とそこの住民が目に見えない脅威にどう立ち向かったかが描かれている（この脅威についてはいまだにわからないことが多い）。それなのに世間の論調が批判に傾くのは、現実から目をそらせようとする策略が大いに影響しているように思われる。奇妙なことに、荒らし連中がつまらないことをいつまでも蒸し返し、どうにかして人々の注意をそちらに向けようとしているうちに、『武漢日記』も攻撃そのものも、同時にこの時代最大の問題（新型コロナウイルスのパンデミック、中国と西側諸国の外交的緊張、フェイクニュース、大量のサイバー攻撃、ソーシャルメディアの操作、権威主義の世界的台頭）と肩を並べるまでになっていた。両者を同じ比重で論じることは普通では考えられないが、これはある意味では、日々の記録と大局的見地の間を行き来するこの日記の特異な立ち位置を表しているともいえる。

日記が最初にアップロードされ、その後書籍として出版されてからまだわずかな時間しかたっていないが、『武漢日記』の意味は、時とともに変化し続けている。最初は、ウイルスに関する本を訳しているつもりでいた。ところが、それだけにはとどまらないことがわかってきた。二〇〇八年に刊行した自著 *A History of Pain: Trauma in Modern Chinese Literature and Film*（苦悩の歴史――現代中国の文学と映画に見るトラウマ）で、私は、文化と政治の二重レンズを通してトラウマを論じるときに、二つのモードがあることを指摘した。求心性トラウマと遠心性トラウマだ。求心性トラウマとは、「原因は外部にある」が「その原因が中国国民の間に新たな物議を引き起こすことが多い」イベントを指す[*1]。日中戦争〔一九三七〜一九四五年〕や、一九九九年の米軍によるベオグラード中国大使館爆撃は、その勃発に際して中国の国民感情が一気に高まったという点で、求心性トラウマの好例だ。一方、遠心性トラウマは「トラウマの物語が作られる際に、内部から生まれ、中心部で大きくなり、外部に投影されるというように急激に変化していく様子を表す用語[*2]」である。この外部への投影は、不安、幻滅、放浪衝動のサイクルを交互に引き起こす。一九八九年の天安門事件をきっかけに、中国から海外に脱出する学生や知識人が相次いだのが代表的な例といえる。これらは常にはっきりした経過をたどるとは限らず、二つのモードが反発し合ったり、混じり合ったりすることも多い。だが、一方のモードで明確に規定され、形作られた内容が、その後わずか数日でもう一方のモードに変わってしまうような例は、『武漢日記』ぐらいしか思い浮かばない。『武漢日記』の場合、初期の内容や世間の反応は遠心性トラウマの例と考えられる。市内の危機的状況を説明し、湖北省の住民に対する偏見や、治療が受けられず入院もできない現状、そして地方政府の失策を伝える記事が多く、それらはすべて、今後、不安に駆られた住民の声が一つの中心地——武漢——から外に向かって噴き出すことを暗示している。その外に向かう力は、治療を求める患者の叫び、説明責任を要求する方方の声に見ることができるが、おそらく最もはっきりした例は、李文亮《リー・ウェンリアン》医師の死後に広くわき起こった市民の怒りだろう。実際、この遠心的な動きは『武漢日記』だけでなく、少なくとも感染初期の武漢では、社会全体にも見られたものだ。ところが、このような声は社会を動揺させる危険があると考えられ、感染の状況をねじ曲げ、その過程で『武漢日記』とコロナウイルスの感染そのものに関する世論まで変えてしまうキャンペーンがすぐさま実施された。二〇二〇年一月から四月にかけて、「中国よりアメリカの責任の方が重い」とする陰謀論が微博《ウェイボー》を席巻するようになる。[*3] 方方は攻撃され、その支持者は沈黙させられ、勝利を声高に語る声が説明責任を求める声をかき消した。そしてアメリカが悪者に仕立て上げられる。高飛車な物言いで知られる中国外交部のスポークスマン趙立堅《ジャオ・リージエン》は、アメリカ合衆国陸軍がウイルスを武漢に持ち込んだ可能性を示唆し、後には中国の各メディアが『武漢日記』の海外出版は中国への侵略行為とみなされると伝えた。これらの動きは、似たような他の動きと同様、コロナウイルスの話題を外からの侵略者へとそらすものだ。内部のトラウマだったものが、突然、求心性トラウマ、つまり外部からの攻撃に姿を変え、再定義されることで、未曾有の民族主義的反応、積極的な反米運動という新たな潮流を呼び起こし、新型コロナウイルスの感染拡大を、武器をとって立ち上がろうという愛国的な呼びかけに変えてしまったのだ。汪錚《ワン・ジョン》が言うように、「中国のナショナリズムは長年にわたり、社会的な動揺や政情不安に際して、国民に一体感を与えるためのきわめて効果的な手段であり続けてきた」[*4]。米中の外交関係が緊迫するにつれて中国のナショナリズムは高揚し、あえて説明責任を要求した方方の日記に対するヘイトキャンペーンが繰り広げられる。この過程で、詩情あふれる方方の言葉「わずかな時代の塵でも、それが個人の頭に積もれば山となる」（『武漢日記』四二ページ）――パンデミックの初期には何百万という中国人読者の心に響いた言葉――はきれいに忘れ去られた。

『武漢日記』の意味合いが時とともに変わってきたことは、方方の文章から常に感じていることだ。六〇日分の記事の中で、『武漢日記』にはアメリカのことはほとんど出てこない。わずかに、中国系アメリカ人のアーティストが武漢に寄付してくれたこと、マスクその他の医療用品がピッツバーグ市から寄贈されたこと、方方の旧友でアパラチアン・トレイル〔アメリカ合衆国東部のアパラチア山脈沿いを南北に縦貫する長距離自然歩道〕を歩いて踏破したことのある老狐《ラオフー》のことに触れられているくらいだが、どういうわけか、米中の貿易戦争や、緊張が高まる外交関係に巻き込まれてしまっている。中国のネット界隈で、『武漢日記』は国家を害する計画の一端を担っていると決めつけられたのだ。方方（および英訳者の私）はＣＩＡのエージェントとみなされ、米中間にこれまでにない緊張が高まる中で、『武漢日記』は政治の道具に利用された。つまり、『武漢日記』に対するサイバーキャンペーンが太平洋を越えて広がったことは明らかで、このキャンペーンを焚きつけたのが、新型コロナウイルスによって国内政治が不安定になるかもしれないという初期の心配と、反中感情の世界的高まりである。このサイバーキャンペーンは、中国のネットユーザーに向けたレトリックを使って大々的に展開されただけではない。海外のネットユーザーにも（ツイッターやアマゾンなどのプラットフォーム経由で）直接働きかけ、日記についての国内の言説をグローバルなものにしようと目論んだのだ。それでも、多くの論争や非難、ネット上の雑音をすべてはぎ取ってみれば、『武漢日記』から貴重な教訓を得ることができる。その多くはきわめて個人的な教訓だが、個人的な話から書き起こした本書なので、個人的な話で終わるのがふさわしいともいえるだろう。教訓のいくつかは、アメリカにとっても貴重である。『武漢日記』排斥キャンペーンは、二〇二〇年に米中間で起こった政治的反目の悪循環に深く根ざしているからだ。

本書の初めの方で、私は魯迅の代表的な短編「狂人日記」と比較して『武漢日記』を論じた〔二六ページ参照〕。ある意味で、『武漢日記』は「鉄の部屋」から聞こえる生《なま》の叫びである。鉄格子を揺さぶり、大声を上げて、長い眠りを貪る国を何とか起こそうとしているのだ。つまり、方方は、魯迅の『突喊』から柏楊《ボー・ヤン》の『醜い中国人──なぜ、アメリカ人・日本人に学ばないのか』〔張良澤・宗像隆幸共訳、光文社〕、さらには龍応台《ロン・インダイ》の『野火集』〔未邦訳〕に至る文学の伝統をしっかり受け継いでいる。これら初期の作品群が、すべて中国古来の文化と歴史に照準を合わせているのに対して、新型コロナウイルスが全世界にパンデミックを引き起こした二〇二〇年に書かれた『武漢日記』は、世界中の人にウイルスが広がったときの予備知識を与えてくれる。方方の日記から読み取れる教訓には、簡単で実際的な公衆衛生上の対策もあれば、デマやフェイクニュースへの対処方法もあるが、より深い、市民社会の本質に関わる問題に触れる教訓もある。

教訓その一──公衆衛生規定。新型コロナウイルス危機でさまざまな対立を生む原因になったのは、パンデミックの管理方法について採用する公衆衛生の方針が、地域によって違うということだ。地元の方針は、その方針が支持されるか批判されるかによって、直接その影響を受ける居住者の間にも、国際的にも、まったく異なる反応を引き起こした。新型コロナウイルスが発生して最初に市全域が封鎖された武漢の場合、その封鎖にはきわめて政治的な意図があった。『タイム』誌はこれを「徹底した」封鎖と形容した。[*5] ワシントン・ポストによると、外交問題評議会のヤンゾン・ファンは次のように述べている。「これほど大規模に、徹底した対策を実行できるのは、中国政府ぐらいだろう」。[*6] ヒューマン・ライツ・ウォッチ〔国際的な人権ＮＧＯ〕の評価は、「当局は医療、食料、その他の必需品をじゅうぶんに確保できなかった」[*7] というものだ。一方中国では、封鎖は国営メディアによって「効果的だった」と絶賛されている。それでも、個人個人の反応は分かれている。大多数は政府の方針を支持したが、特に武漢の封鎖が最終的に七六日にまで延長されたことで、怒りやフラストレーションの感情が渦巻いていたことも事実である。後に世界各国がそれぞれの事情に応じた対策（封鎖や外出自粛など）をとることになったとき、協力や反発の度合いもまた、国によって異なっていた。こうしたさまざまな反応は、封鎖に関してだけではなく、マスクの着用や互いに距離をとること、ワクチン接種といった、新型コロナウイルスに関連した他の対策にも波及した。

パンデミックも三年目に入り、公衆衛生対策について方方の日記からどんな教訓が得られるか、振り返ってみるのも有益だろう。方方の日記によれば、最初にマスクをつけたのは二〇二〇年一月一八日、入院している友人を見舞ったときだ。当時、感染症の発生に関する公式の発表はまだなかったが、ＳＡＲＳに似た症状の新しい病気が武漢で広がっているといううわさを聞いていたので、マスクを着用することにした。これがどんなウイルスで、どのように広がるか、リスクがあるのはどういう人たちか、などの情報はほとんどなかったが、方方は用心の上にも用心を重ねてマスクをつけ始める。それにひきかえ欧米諸国では、当初マスクの着用を求めない国が多く（アメリカで政府が全国的にマスクの着用を義務づけたのは、パンデミック発生からまる一年もたって、ジョー・バイデンが大統領に就任してからだ）、マスクの義務づけが発令された後でもなお、世界各地で〈マスク反対運動〉なる愚かな行動が見られたものだ。

　隔離政策についても、方方は同じような考えだった。武漢の封鎖は一月二三日に始まり、四月八日まで七六日間続いた。その時点では前例のない長さと厳しさだった。住民は自宅に隔離され、定期的に体温を測ることを求められた。食料品の買い出しも厳しく制限されたが、方方が言うように、「九百万の武漢市民は心を合わせ、政府の求めに協力した。市民の自制心と忍耐力は、今回武漢がこの感染症を抑え込むための最も力強い後ろ盾となった（後略）」（『武漢日記』七ページ）。武漢は感染を上手にコントロールして、二〇二〇年四月には封鎖解除にこぎつける。一方アメリカやイギリス、ブラジルなどの国々では、当初は政府の高官がウイルスを軽く考えていた。最初に感染を経験した中国やイタリアが矢面に立って他国に準備する時間を与えてくれていたのに、いたずらに時間を浪費して国として何の対策も講じなかった。アメリカでは、各州が独自に外出規制などの対策をとるだけで、その方針が採用されたとしても、公衆衛生の専門家が提示する基本ガイドラインには従わないという住民がたくさんいた。

　大規模集会に対する方方のコメントと、合衆国政府の行動を比べれば、この問題に関する認識の差がよくわかる。一月二〇日、武漢がまだ封鎖される前だが、方方はこのように書いている。

「武漢肺炎」が伝えられている時期に、団地でこのように大掛かりな食事会を開くのは、基本的に犯罪行為だ。いかに形式主義を愛し、太平の世を宣伝したかったとしても、市政府はこのような集団食事会を禁止すべきである。住民の自発的な行動であっても、許すことはできない。

――『武漢日記』一九五～一九六ページ

三月のこの項〔右の引用は、方方が封鎖前の一月二〇日に書いていた記録を三月六日に転記したもの〕やその他の文章を翻訳しているとき、ドナルド・トランプはまだ全米で大規模な政治集会を開くことに固執していた。二〇二〇年九月二六日には、ホワイトハウスのローズガーデンで超過密イベントが開かれる。そして一〇月になっても、トランプはまだマスクなしの大規模集会を主催していたのだ。アメリカ政府は一貫して、「力を誇示」し、国民の健康と安全より「強いリーダー像」を演出することに重きを置いた。方方が二〇二〇年一月の記録で痛烈に批判した時点では、新型コロナウイルスがどのように広がり、この先どれほど深刻な事態が起こり得るかを理解していた人はほとんどいなかった。感染初期に武漢で開かれた大規模集会を擁護するわけではないが、少なくとも、あれはこのパンデミックが始まりかけたころの話で、適切な判断を下すための理解も科学的知見もじゅうぶんではなかった。翻ってアメリカはどんな言い訳ができるというのか。

方方は、政府の封鎖方針に従うように繰り返し読者を励まし、自身も政府の方針を支持すると強調したが、支持といっても限界がある。封鎖が長引き、そのうち武漢の陽性者数が目に見えて減ってくると、方方はおおっぴらに封鎖の解除を求めるようになる。さらに、感染の最盛期に武漢市が直面していた医療上の問題について、ブログで何度か解決策を提案した。たとえば二〇二〇年二月一四日には、新型コロナウイルス以外の病気で治療を必要とする患者を、市内から近隣の省の病院まで車で運ぶことを提案している。このように、方方は全体として、政府の主要方針を一貫して強く支持しているが、一方では、建設的な提案（たとえばインターネット検閲の制限を緩めるようにという実践的な要求）をしたり、封鎖が二か月以上も続くことに対して不満を述べたりもしている。これを見ると、方方が政府の方針に臨機応変に従いながら、最新の医学的知識、感染者数や利用可能なベッド数の現状については自分でも情報収集していることがわかる。感染初期の武漢で内部告発者が処分されたり、感染状況の詳細が知らされなかったりしたことから、方方は、最新の情報で自衛し、その上で決断を下そうとしているように思われた。

　国際的にも、各国政府が自国の感染拡大にどう対処したかについては、さまざまな失策や見当違いの対策が見られ、中には偽情報を真に受ける場合もあった。アメリカのＣＤＣ（疾病対策センター）が最初に出したガイドラインでは、マスクは必要ないということになっていた。二〇二〇年二月二九日、公衆衛生局長官のジェローム・アダムス博士は、次のような公式ツイートを投稿した。「これは冗談ではない――マスクを買うのをやめろ！　マスクでは#Coronavirus（コロナウイルス）から身を守れないが、病人の世話をする医療従事者がマスクを入手できないと、彼らも、そして我々の社会全体も、危険にさらされるのだ！」[*8]もちろん今では、このようなメッセージが出されたのは、パンデミック初期にマスクその他の防護用品が払底したことに対処するためだったとわかっているが、このために、政府に対する国民の信頼が著しく損なわれることにもなった。この事例は、人から人への感染はないと明言した武漢の公衆衛生担当者が、政府に対する大衆の信頼に与えた影響と似たところがある（アメリカの場合、マスクを推奨しないとする初期の対応が、後のマスク拒否運動の根拠になった一面もある）。方方に話を戻すと、一月一八日にマスクをつけることにしたのは、政府の規定に従ったわけではなく（当時はまだ何の規定も発表されていなかった）、常識的な安全基準に従ったまでだ。市民が科学的データをもとに自分で医療に関する判断を下し、科学ではなく政治に左右される公衆衛生施策をやみくもに信じることのないよう自衛するためには、このような常識が重要になる（方方が政府の封鎖政策を積極的に支持したのは、それが公衆衛生上意味のある施策だったからだし、武漢市民は中国共産党に〈感謝〉するようにという政府の要求に強硬に反対したのは、政治的な意図が明らかだったからだ）。新型コロナウイルスの情報伝達とそれに関連する医療方針が政治と根深く結びついているという問題に世界中が取り組み続けている今だからこそ、政治と公衆衛生を切り離したいという方方の思いを私たちも共有する必要がある。

教訓その二——市民社会。中国では『武漢日記』がきっかけとなって市民社会の本質、役割、責任について大きな議論が巻き起こったが、国際的に見ても（特にアメリカでは）、ここから学ぶことは多い。日記が中国社会を貫く政治的亀裂をえぐり出したのと同様、アメリカでも、二〇二〇年は前代未聞の政治的分断と混乱の一年と位置づけられる。新型コロナウイルスの時代は、米中間の外交的緊張が高まった新しい時代の始まりを画したといえるかもしれないが、

『武漢日記』とそれにまつわる諸々の出来事を経験した後で、私はますます、自分の国で起こっている状況が驚くほど中国の場合と似ているという思いを強くするようになった。新型コロナウイルスの感染がとめどなく広がり、アメリカの死者数が増えるにしたがい、私は地瓜熊老六《ディグアシュンラオリウ》たち中国のネット民にさんざんなじられた。「米国日記を書いたらどうだ！　このファシストが！」と。

方方の日記で特に注目すべき記事がいくつかあるが、その一つ、三月七日の日記では、コロナウイルスへの対応について、政府が市民に「感謝」するよう求めていることに対するショック、怒り、驚きを記録し、逆に、政府に過失を認めるよう迫っている。

> （前略）政府は傲慢さを捨て、謙虚になって、自分の主人——一千万に近い武漢市民の恩義に感謝しなければならない。
>
> さらに、政府は少しでも早く、市民に謝罪すべきである。いまは反省と責任追及のときだ。理知的で良心のある、民意に寄り添い民心をいたわる政府は、感染状況が好転したいまこそ、急いでしなければならないことがある。すみやかに責任追及のためのチームを組織し、感染症の経緯を詳細に跡づける必要がある。誰が時間を無駄にしたのか、誰が感染症の真相を市民に隠したのか、明らかにしなければならない。誰がメンツを気にして、上も下も欺いたのか。誰が市民の生死よりも「政治的公正」を優先させたのか。どれだけの人たちが、この災難を生み出したのか。責任のある者はそれぞれ、一刻も早く市民に説明すべきだ。同時に、政府は関係各所の官僚、例えば指導部のメンバー、宣伝部門の責任者、

メディア担当の長官、衛生部門のトップ、医療関係者が多く死亡した病院の担当官に命じて、直ちに内部調査を行う必要がある。市民を誤った方向に導き、死傷者を出した責任者は、自発的に辞任すべきだろう。刑事的責任の有無は、法律が判断する。しかし、私の印象によると、中国の大多数の官僚は反省をしない。まして、引責辞任などするはずがない。だとしたら、市民は勧告書を突きつければいい。政治にしがみつき、市民を塵芥《ちりあくた》と思っている官僚に辞職を迫ったらどうだろう。これらの手を血で染めている連中は、湖北や武漢の市民の前で偉そうに話をする資格はない。仮定の話だが、もし一〇人から二〇人が自ら引責辞任すれば、いまの官僚たちにも少しは良心があったという証明になる。

――『武漢日記』二〇五～二〇六ページ

方方は、中国政府の自画自賛のポーズや「勝利」を声高に叫ぶ祝賀ムードに我慢ならないようだが、少なくとも中国は、新型コロナウイルスを抑え込むという点では成果を上げたといえる。一方アメリカでは、ウイルスが蔓延し、死者はまだ増え続けている状態なのに、政府はすでに、独自の（早すぎる）凱旋行進を始めていた。ニュース解説サイトVox（ヴォックス）は、二〇二〇年四月一六日の記事で、ホワイトハウスの定例記者会見におけるトランプ大統領（当時）のコメント（アメリカは「コロナウイルスとの闘いにほぼ勝利した」）を引用している。[*9] 次いで二〇二〇年五月八日、フィラデルフィア・トリビューン紙が「コロナウイルスの死者が増え続ける中、トランプ大統領が勝利宣言」という記事を公開する。同一二日には、オーストラリアン・ファイナンシャル・レヴュー紙も「トランプ米大統領、ウイルスに対する勝利宣言」という記事で、「トランプ大統領は、アメリカが『世界のどこにも負けない』検査能力を提供することで『ウイルスに打ち勝った』と宣言した」と報じている。中国政府は新規感染率が一桁台に下がったのを機にウイルスに対する「勝利」を宣言するが、方方はそれに不快感を示している。つまり、〈勝者〉などというものはおらず、これだけ多くの人が命を落とした後で〈祝う〉ことなど何もないというわけだ。そうではなく、今は振り返りのとき、追憶と哀悼のときだ。それなのに、死亡率と感染者数が上がり続けているこの時期に、ドナルド・トランプが〈勝利〉を宣言するとはどういうことだろう。国としてどのようなメッセージを発しようというのか。

新型コロナウイルスの感染が発生して以来、中国人やアジアの人々に対する反感や差別が世界中で急速に広がっている。『武漢日記』の中傷者は、この本が差別や暴力行為をあおっていると言って非難するが、実際は、トランプが新型コロナウイルスを「チャイナ・ウイルス」とか「カンフルー」と呼んで米国内の反中感情をあおるずっと前に、中国の地方レベルでは同じような動きが起こっていた。日記の最初の記事で、方方は、ウイルスのせいで武漢出身者が差別されていると嘆いている。「武漢は全国の注目の的となり、都市が封鎖され、武漢人はどこへ行っても嫌われている（後略）」（『武漢日記』一六ページ）。方方によると、そもそもの初めからウイルスに関連づけて特定の人々に差別感情や偏見を抱く風潮が広がっていたのに、アメリカの政府首脳は、人種と感染症に関係があるかのようなとんでもないレトリックを用いて、その偏見を直接あおるような言動を続けている。トランプと政府の高官（マイク・ポンペオ、ピーター・ナヴァロなど）は公然と中国を非難し続けているが、彼らは同時に、方方が警告した罠に落ち込んでしまっている。つまり、中国政府と同様、ウイルスを特定地方の問題や政治問題の種にしているのだ。中国では、『武漢日記』の出版を国の内外で差し止めようとする力が働いているが、同じ時期にトランプ政権も、メアリ・トランプやマイケル・コーエン、ジョン・ボルトンの著書を出版させまいと、次から次へと訴訟を起こしている。中国の荒らしユーザーたちが方方のことを〈スパイ〉だとか〈シークレットエージェント〉だとかと非難し、方方の支持者に対する魔女狩りを行っているとき、アメリカでも同様のことが行われようとしていた。米政府は、アンミン・フー（テネシー大学）やガン・チェン（マサチューセッツ工科大学）など、アメリカを拠点にしている学者を公式に「スパイ」だとして告発したが、結局その告発は却下されるか、誤りだと証明された[*10]。二〇二〇年一一月にトランプがマーク・エスパー国防長官を解任した際、ホワイトハウスは「（エスパー氏が）国防省を去るときに拍手をした職員のリストを提出するよう求めたと伝えられている[*11]」。市民社会の本質について、また一人の女性が日記を出版する権利を支持しているという理由で人々を迫害するオンライン環境を望ましいと思うかについて、中国のネットユーザーが独自の論争を展開しているのと同様、アメリカでも、解任された同僚を拍手で送り出した人々をそれだけの理由で叱責したり、時の政権におもねらない内幕物の出版を差し止めようとしたりする社会が望ましいかを、よく考える必要がある。トランプ政権は中国の権威主義的な政策や行政手段を公式声明で厳しく非難するが（その目的は明らかに自分たちの失策から国民の目をそらすためだ）、実は、同じことが自分たちの政策にも如実に表れてきている。

教訓その三――偽情報。『武漢日記』論争を見ていると、因習を打破しようとする声をかき消し、「中国の良き物語」を強調するにあたって、偽情報が及ぼす影響の暗い一面を垣間見ることができる。『武漢日記』は、新型コロナウイルス感染症の流行に際して、デマやフェイクニュース、サイバーポリティクスによる言説が同時進行的に出回った、その記録でもある。方方が最初にオンライン攻撃について言及するのは二月一三日の日記（全体の約四分の一のところ）だが、これ以後、ネット政治との関わりがこの本の主要なテーマになっていく。攻撃は最終的にますます頻繁になり、ほとんど新型コロナウイルスの脅威を押しやってしまうようにも思われた。デマや荒らし、ヘイトなどがはびこるネットカルチャーの悪影響に対して、方方は『武漢日記』の最後の記事で痛烈に非難し、警告している。

> 極左は「国家と人民に災いをもたらす存在」なのだ！ 彼らは改革開放の最大の障害である！ これらの極左勢力を野放しにして、そのウイルスを社会全体に感染させたら、改革はきっと失敗する。中国には未来がない。
>
> ――『武漢日記』三〇五ページ

ネット上の荒らしユーザーを、限られた影響力しか持たない泡沫《ほうまつ》集団と軽く考える人がいるかもしれないが、方方は力強い言葉で、彼らの持つ大きな破壊力と、市民社会に与える脅威を証明してみせた。微博や微信《ウェイシン》をはじめとするソーシャルメディアプラットフォームを汚染するこのような声が増えていることを示す方方の証言は、ある意味で、コロナウイルス感染状況の記録と同じぐらい重要だ。ただしコロナウイルスに国境がないように、オンライン攻撃とデマの拡散も中国に限った話ではない。極左勢力が、中国で方方をはじめ多数の人を攻撃したように、ここアメリカでも同様の病がはびこっている。過激なナショナリズム、陰謀論、至るところで見られる政治的なデマ、事実を「フェイクニュース」と呼んで信じない態度、オルタナ右翼〔米国の新たな白人至上主義〕やその関連グループを代表とする暴力的なソーシャルメディア集団の台頭など、二〇二〇年のアメリカも、ネット荒らしが跋扈《ばつこ》する国になってしまったのだ。

二〇二〇年は、『武漢日記』の翻訳に没頭し、中国のソーシャルメディアで起こった同書に対するバッシングに翻弄された一年だったが、中国の極左とアメリカのオルタナ右翼が似ていることには驚いた。その類似点をいくつか挙げてみよう。（1）極端な愛国主義と排外主義を行動の指針にしている。（2）歴史の暗黒時代に共感し、それを正当化しようとする（オルタナ右翼の場合はアメリカ南部のジム・クロウ法〔有色人種を差別する法律の総称。一九六四年まで続いていた〕時代やナチス・ドイツ、極左の場合は文化大革命）。（3）今は没落した階層がもっと力を持っていた時代に対する集団的ノスタルジーにつけ込む。（4）単純な二分法（白か黒か）と不寛容に支配された世界観を信奉する。（5）ことあるごとに陰謀論を唱える。（6）真実や、事実に基づく記事を「フェイクニュース」と呼ぶ。（7）インターネットやソーシャルメディアで仲間を募り、反対勢力を攻撃したり、デマを拡散したりする。（8）反対意見を抑え込む。中国のインターネットが『武漢日記』に対して用いた攻撃手法はすべて、順次、アメリカのツイッターやフェイスブック、そして夜のニュース番組でも見られるようになった。ただし、攻撃対象は方方ではなく、ハンター・バイデン〔バイデン大統領の次男〕やヒラリー・クリントンであり、ネット空間の紅衛兵に相当するのはプラウド・ボーイズだ。陰謀論を代表するのはQアノンで、「Make America Great Again（アメリカを再び偉大な国に）」をスローガンに掲げている。中国で国営メディア、ソーシャルメディア、ポップカルチャーの間に見られた相互強化のパターンは、アメリカでも、選挙の不正に関する根拠のない陰謀論が、荒らしユーザー、フォックスニュース、大統領のツイートによって互いに強化されるという形で現れた。中国政府は公式に荒らしを支持しているわけではないが（政府の高官である趙立堅《ジャオ・リージェン》がツイートで間接的に方方論争にコメントしている程度）、アメリカでは現職大統領が公然と陰謀論をリツイートして、過激派グループへの支持を表明し、絶えずデマを拡散したり、自分の政治見解と相いれないメディアの記事を「フェイクニュース」と決めつけたりしている。トランプと彼を支持する右翼連中が中国叩きを展開する一方で、張頤武《ジャン・イーウー》をはじめとする極左勢力は一貫してトランプを攻撃する。皮肉なのは、互いに相手を第一の敵と認識しているらしいアメリカのオルタナ右翼と中国の極左が、実は鏡に映る像のようによく似ているということだ。好戦的愛国主義や不寛容、ソーシャルメディアを駆使して人を脅し、威圧し、萎縮させるところなど、そっくりではないか。トマス・リッドが言うように、「偽情報工作は要するに、開かれた社会の根底を――被害者にとってだけではなく仕掛ける側にとっても――崩す[*12]」。アメリカの場合、偽情報の拡散には特に注意しなければならない。なぜなら、それが民主主義の健全さと安定に亀裂を入れることになるからだ。再びリッドの言葉を引用すると、「民主的体制が強力で堅牢であればそのぶん、偽情報への抵抗も強くなる――また偽情報を展開して最大限に活用しようとはしなくなる。逆に民主制が弱体化すると、積極工作の誘惑に屈しやすくなる」。

二〇二〇年九月、ディズニーの実写映画「ムーラン」〔かつて大ヒットしたアニメのリメーク版〕にまつわる論争について、私はロサンゼルス・タイムズの短いインタビューを受けた。私はこの論争の背景について説明し、記事にはその一部が引用された。ところが翌日、この引用に腹を立てたカリフォルニア州サンタモニカのアメリカ人読者から、二千語に及ぶ抗議のメールが送られてきた。この半年というもの、毎日のようにネット上の攻撃や脅迫を払いのけてきたあげくに、国内からも非難の矢が飛んでくるとは、まったく予想外だった。ＵＣＬＡ医学部の同僚は、ロサンゼルスの医療現場最前線で新型コロナウイルス患者の治療に当たっているが、右翼のヒドロキシクロロキン支持派〔この薬は臨床試験がじゅうぶんでないまま一部の医師が新型コロナの特効薬と主張したが、現在では効果がなく、逆に死亡率を高める可能性があるとされている〕にネットで攻撃された。そのひと月後、かつて私が博士課程で指導し、現在はアメリカン大学の教授になっている教え子がオンライン講義を行った際には、白人至上主義のシンボルを点滅させたり、性暴力の予告を書き込んで脅したりといったＺｏｏｍ爆弾を仕掛けられた。まったく、ネット荒らしはどこにでもいるのだ。ネット上の暴力や偽情報キャンペーン、過激な思考から発生する命に関わる脅威は、中国だけではなく、ここアメリカでも現実のものとなっている。

教訓その四——勇気。『武漢日記』の翻訳に取りかかった当初、私は方方の声を届ける手伝いをしていると考えていた。ところがそのうちに、彼女の方こそ私が声を上げるきっかけを与えてくれたことに気がついた。たいていの作家なら、心が折れていただろう。脅迫的な攻撃や絶え間ない政治的圧力を受け続ければ、書くことをやめてしまうか、圧力に屈して海外での出版を中止するのが普通だろう。だが方方は突き進んだ。歴史が味方してくれることを知っていたからだ。『武漢日記』を書き、ネットでかつてないほどの膨大な攻撃や脅しにさらされながらも方方が示した強さとしなやかさは、私がこれまでの人生で目撃した真に勇気ある行為の一つだった。中でもよく覚えているのは、刊行を間近に控えて、原稿の校正をしながら方方が「まえがき」を送ってきてくれるのを待っていたときのことだ。さまざまな反感や攻撃、出版をやめるようにという圧力があったことから、彼女の「まえがき」がどのようなものになるのか、私たちは興味津々だったし、私は、緊張を和らげるような少し穏やかなトーンになるのではないかと思っていた。方方は「まえがき」で、武漢で感染が発生した最初の二〇日間に、人々が事態を真剣に考えなかったのはなぜなのか、自問している。その答えは次のようなものだった。

> 率直に言って、その原因は私自身の不注意にもあったし、日常生活における様々な事情もあった。だが、もっと重要なのは、私たちが政府を過信したことだ。湖北省政府の高官が、こうした人命に関わる重大事件に対してあれほど傲慢《ごうまん》で、無責任な態度を取るはずは絶対にないと信じていた。また、彼らが何千何万もの人命に影響を与えるような事件に直面して、相変わらず政治的公正〔中国では、本来の意味を意図的に曲解して、党の方針に従うことを指す〕を頑《かたく》なに守り、従来の手順に従って仕事を続けることはないだろうと信じていた。彼らが常識を無視することも、判断力を欠くこともないと信じていた。こうした考えに基づいて、私は微信《ウェイシン》のグループチャットに、これほど大きな事件を政府が隠蔽することはない、彼らにそんな勇気はないだろう、と投稿した。だが実際、事態はこのように深刻になってい

る。私たちはすでに、この大災害のかなりの部分が人災だということを知っている。
都合のいい知らせだけを報告し悪い知らせは隠す、本当のことを話そうとする人の口を塞ぐ、真相を庶民に明かさない、個人の尊厳を踏みにじる、こうしたことが、社会に巨大な損害を与え、一般市民に多大な障害をもたらし、官僚に最大の報いを与え（現在、湖北省政府の高官の中には免職になった者もいるが、相変わらず責任をとるべき官僚がまだその地位にいる）、武漢に七六日間もの封鎖をもたらしたのだ。その影響は計り知れないほどの人と地域に及んだ。今後、必ず責任追及を進めなければならない。

――『武漢日記』四〜五ページ

一読して背筋が伸びる思いだった。私が想像していたように語調を和らげるどころか、方方はさらに強い表現を用いている。この文章から、私は勇気だけではなく気高さも教えられた。どんな犠牲を払っても理想を曲げないこと、そしてネット上のならず者や荒らしに脅されても決して屈しないことがいかに大切かを教えられた。もちろん、『武漢日記』がなければこの本を書くこともなかったが、方方のお手本がなければ、この本を書くだけの強さも精神的勇気も持てなかっただろう。異例ずくめだった二〇二〇年、分断と虚言の時代、ウイルス感染症とウイルスのように広がったネット攻撃の時代に、最も重要なのが、この精神的勇気の教訓だ。方方の日記は、封鎖中の武漢で起こったことの記録にとどまらない。より重要なのは、この日記に、代わり映えのしない覇権主義的な記録に抵抗し、権力者に対して真実を語る一人の女性の声が力強く投影されていることだ。さまざまな情報や動画、ＧＩＦ画像、ツイートなどがネットで広まる時代、文学の力に懐疑的な人が多い時代に、方方の勇気は、一冊の本にまだ人々を駆り立てる力があることを示してくれた。

教訓その五——未来。 武漢封鎖が始まったころの騒ぎから一年半以上が過ぎ、中国では、『武漢日記』は的外れだというのが中傷者の主張になっている。彼らにとっては、欧米諸国が新型コロナウイルスをコントロールできなかったことで、中国の成功が際立つことになる。最初のころの過ち（方方が日記で指摘しているような）を、アメリカなどが膨大な死者を出したことと比較して、矮小化しようというのである（さらに、私も「米国日記」を書いて全米の死者数と感染者数を記録してはどうかとしつこく絡むのだ）。一方で、『武漢日記』を歴史的な文書と見る人々もいる。この日記は、世界的な危機が広がっていった様子を現地で見ていた最初の記録であり、目に見えないウイルスによる被害の大きさと、広範囲にわたる封鎖の様子とを、最初に世界の人々に伝えた目撃記である。特に重要なのが、「最初」という局面だ。世界はやがて封鎖下での生活に慣れてしまい、武漢市民が二〇二〇年一月と二月に経験した不安や恐れ、怒り、混乱、孤独、喪失と悲しみを思い出すことができなくなっている。このような状況で、方方の日記は当時の生々しい感情や反応を記録した貴重な保管庫であり、記憶の博物館だ。新型コロナウイルスに初めて接したときに人がどう反応したか、それは今となってはもう決して再現できない。この意味で、方方の日記は、最初の封鎖時に人々が何を感じ、何を考えたかを将来の読者が理解する際に欠くことのできない基本図書になるだろう。だが今振り返ると、『武漢日記』の最も驚くべき特徴として、まず、これが予言の書になっていることが挙げられる。二〇二〇年は新型コロナウイルスが猛威を振るった年というだけではない。差別と人種間の緊張、偽情報の拡散、フェイクニュース、陰謀論、政治的分断、そしてネット上の暴力が顕著になった年でもある。これらのキーワードはすべて、方方の日記で中心的な役割を果たしている。つまり、『武漢日記』を読めば、新型コロナウイルスの〈最初の状況〉だけでなく、〈将来の状況〉までわかる（予想できる）のだ。もちろん、方方が二〇二〇年の一月には新しいと思われていた経験——マスク着用、ネットで食料品を買って届けてもらうときの受け渡し場所の用意、隔離された日常生活の様子（方方は「食べて、寝て、テレビドラマを見る」とまとめている）——を語る際、その語り口はわかりやすい。しかしもっとじっくり読み込めば、このウイルスの背後から深い断層が広がってきていることが理解できるのだ。

　新型コロナウイルスの流行を背景に、アメリカでは #BlackLivesMatter や #StopAsianHate といった人種的偏見に反対する運動が広がったが、そのずっと以前から、方方はすでに差別とウイルスが交わることについて警鐘を鳴らしていた。アメリカにおける新型コロナウイルスの流行は、アジア系アメリカ人に対する偏見やヘイトクライムが急増したことから、黒人、ヒスパニック、先住民のコミュニティーで感染者の比率が高いことまで、さまざまなレベルで人種問題を提起している。だが、アメリカでまだコロナウイルスの患者が見つかっていなかったとき、方方はすでに、武漢人が中国全土であからさまに差別されていると述べている。中国で感染が広がった初期の段階で、中国メディアで広く「武漢肺炎」と呼ばれていたこの病気に対する反応の一つが、中国の他の地域で暮らしたり、働いたり、たまたまその地域を旅行したりしていた武漢出身者への差別だった。病気が発生すると、たちまち被害妄想や不安、差別の感情が生まれ、〈陽性〉と判定された人種、民族、地域の集団を引き離し、隔離したいという衝動が起こることが、これでよくわかる。ウイルスそのものは人種や階級を選ばないことも、方方は明らかにした。一月二八日の日記で、「ウイルスは庶民と役人を区別しない」と書いている。パンデミックのごく初期のころに方方の日記を読めば、これから起こることだけでなく、品位と決意と勇気をもってこの難題に立ち向かう方法までわかるのだ。だが、最も予言的だったのは、説明責任の問題に関する教訓だ。

『武漢日記』は、その出版を差し止めるために利用されたヘイトキャンペーンが、今後だれか有名人を攻撃しようとするときの一種の型になるだろうという点においても、先の展開を予見したことになる。映画監督のクロエ・ジャオをターゲットにしたヘイトキャンペーン（二〇二一年四月）はその一例だ。クロエ・ジャオの監督作品「ノマドランド」は複数の名だたる映画祭で賞に輝き、中国の国営メディアから絶賛されたが、その後まもなく、八年前に *Filmmaker Magazine*〔独立系映画を扱う季刊誌〕のインタビューに答えて中国を「欺瞞だらけの国」と語っていたことが蒸し返され、ネットでひどいヘイトキャンペーンを展開されたあげく、彼女の作品は中国での配給を禁じられた。この出来事と方方排斥キャンペーンの類似点は明らかだ。過去の言葉が一部だけ切り取って引用され、ソーシャルメディアがヘイトスピーチで埋めつくされる。今度はそれが国営メディアによってもっともらしく解説され、最後にターゲットになった人物の作品が差し止められる、というのが一連の流れである。それから数か月たった二〇二一年の秋、このパターンがまたもや繰り返された。今度のターゲットは中国系カナダ人の俳優シム・リウで、両親がカナダに移住した理由について二〇一七年のインタビューで語った内容が問題視された。ここでも、何ら悪意のないコメントが曲解されて本格的なヘイトキャンペーンに発展し、リウ主演の映画「シャン・チー」が中国では公開できなくなった。方方と『武漢日記』の海外出版をめぐるキャンペーンは、米中間の緊張という重大局面で起こった出来事であり、サイバー空間でのヘイトキャンペーンおよび偽情報キャンペーンの将来像を暗示するように思われる。どの事例でもほとんど例外なく、些細なこと（捨てられたスマホの描写、昔のインタビュー）を文脈から切り離して手の込んだ物語に仕立て、それを利用して愛国心とターゲットに対する憎悪（この二つは、憎む理由が国を裏切ったことであるという点で不可分の関係にある）をあおったり、政治・経済上のより大きな目的（「良き物語」から逸脱する本の出版を差し止める、中国市場からハリウッド映画を閉め出す理論的根拠を提供するなど）を達成したりする。このようなネット上のキャンペーンはますます頻繁かつ執拗になってきているので、その仕組みと展開について知っておくことが、今後はさらに重要になるだろう。

教訓その六――説明責任。この教訓は、時とともに形を変えてきたばかりでなく、『武漢日記』の顕著な特徴の一つであり続けている。方方は繰り返し、対応を誤った専門家や官吏に名乗り出て責任を認め、職を辞すように求めていて、それが武漢での感染初期の重要な一場面になっている。ただし、新型コロナウイルスのパンデミックに関しては、世界各国で説明責任が放棄されているという驚くべき現状があり、そういう倫理的に問題のある状況が現在も続いている。方方が言うのは、内部告発した李文亮医師を処罰するなどして事の重大さを当初隠そうとした地方官僚のことで、特に、早い段階でコロナウイルスのヒト－ヒト感染はないと断言した保健当局を念頭に置いている。方方は次のように言う。「誰がメンツを気にして、上も下も欺いたのか。誰が市民の生死よりも「政治的公正」を優先させたのか。どれだけの人たちが、この災難を生み出したのか。責任のある者はそれぞれ、一刻も早く市民に説明すべきだ。同時に、政府は関係各所の官僚、例えば指導部のメンバー、宣伝部門の責任者、メディア担当の長官、衛生部門のトップ、医療関係者が多く死亡した病院の担当官に命じて、直ちに内部調査を行う必要がある。市民を誤った方向に導き、死傷者を出した責任者は、自発的に辞任すべきだろう」（『武漢日記』二〇五〜二〇六ページ）。たしかに、武漢での新型コロナウイルス感染では、中国はいくつかの点で初期対応を誤った。それでも、速やかに明快で強力な方針を打ち立て、感染拡大を鈍らせ、最終的には抑え込んだ。アメリカでも、パンデミック対応チームの解散、ＣＤＣによる検査キットの破棄〔キットに不具合が見つかったため〕、マスクその他の個人用防護具や人工呼吸装置の慢性的な不足、「希望者はだれでも検査が受けられる」と宣言されてからでも検査に遅延が生じていること、新型コロナウイルスに関する連邦政府の方針が示されないこと、嘘や混乱、偽情報が出回っていること、死者数がどんどん増えていることなど、さまざまな問題点が浮き彫りになっている今、我が国の指導者に説明責任を求めるのはだれなのかを、私たちは問いかける必要がある。権威主義が幅を利かせる体制で、何千というネット荒らしの攻撃を受けながらも執筆活動を続ける方方が、真実、透明性、説明責任に対するより高い基準に従って行動するよう政府に要求できているのだから、我々アメリカ人にできないはずはない。

　方方をはじめ多くの国民が、政府の初期の誤りや内部告発者への抑圧に対する説明責任がなされていないことに大きな不満を抱いていたが、政府が実は、何らかの過失を理由に複数の官僚を解任していた事実を忘れてはならない。[*13] 二月半ばに、武漢の党書記を務めていた馬国強《マー・グオチアン》、湖北省の共産党健康福祉委員会委員長の張晋《ジャン・ジーン》、健康福祉委員会局長劉英姿《リウ・インツィー》の三人が解任または左遷された。そして五月には、武漢西部の集合住宅を管理していた張宇新《ジャン・ユーシン》が解任された。これらは、感染対策の責任を問われて放逐された官僚のごく一部にすぎない。今回の危機を招く原因となりながらまだ罰せられていない官僚が他にもいるのではないか？　おそらくいるだろう。だが、それをいうならアメリカはどうなのか。二〇二二年三月一六日の時点で九六万五千人を上回る死者が出ており、私たちは前代未聞の政府の失策を目撃した。それなのに、自ら名乗り出て責任を取り、説明責任を果たす官僚がどこにいるのか。

日記が中国で評判を呼んでから二年が過ぎ、方方が当初要求していた説明責任はほとんど忘れ去られ、著者に対する非難や脅しといった目くらましの下に埋もれてしまっている。延々と続く巧妙な個人攻撃のせいで、方方は今では「嘘つきの魔女」「中国への裏切り者」「ＣＩＡのスパイ」などと呼ばれ、中国人民を搾取して私腹を肥やす、もの知らずの「公知」（「知識人」を指す侮蔑的な言い方）と考えられている。ここアメリカでは（そして新型コロナウイルスによる試練に完全に翻弄された他の多くの西洋諸国では）、これもまた、「将来の自分たちの姿」ということになるのだろうか。無為無策、無能、不正という驚くべき現状を目の当たりにして、活気のない空虚な視線がまじまじと見据えるのは、口封じと独りよがり、そしてウイルスとの闘いにおける「勝利」の叫びだけだ。

最後に、翻訳の本質についても学んだことがある。翻訳とは、何かを伝える行為である。新型コロナウイルスの時代に『武漢日記』を翻訳する場合、伝えることはいくつかある。新型コロナウイルスについて伝えること、方方の日記の内容を伝えること、そしてインターネット上の攻撃について伝えることだ。『武漢日記』を攻撃する荒らしユーザーの目には、翻訳は暴力行為、裏切り行為、政治的侵略行為に映っていた。その一人からこんなメッセージが送られてきた。

「方方の腐った臭いは一万年も続くだろう。おまえはその死体を包むボロだ」。翻訳は腐った考えを包む汚いボロ切れなのだろうか。翻訳とは武器なのか。ウイルスなのか。一年以上も『武漢日記』を攻撃してきた中国のネットユーザーたちは、これらの問いに声を大にして「そうだ！」と答えるだろう。私に言わせれば、翻訳はこのどれ一つにも当てはまらない。だが、著者の思惑とはまったく異なる意味を、読者がその作品から汲み取ることが可能であるように、翻訳という行為そのものも、訳者が決して意図しない意味を持ち得るのだという事実は受け入れるしかない。しかし翻訳は、別の形で人々の注意を引くこともできる。ネット上の口コミなどで人気に火がつくことを表す「バイラリティー」という言葉がある。ポストコロナの時代には、重要なキーワードの一つになるだろう。

　ミームと呼ばれるネット上の短いコンテンツ〔動画や画像が多い〕から大統領のツイートまで、陰謀論から命に関わる感染症まで、私たちはバイラリティーの時代に生きている。病気やオンライン攻撃では、伝達はバイラリティーの一形態で、人を傷つけ、弱らせ、ますます多くの攻撃にさらされやすくするものと考えられることが多いが、翻訳の場合には、異なる文化の間を繋ぐ新たな組織を作り、理解とコミュニケーションをもたらすことができる。哲学者のジャック・デリダは、歓待の政治を「途切れることのない社会性のテスト」と表現しているが、翻訳もまた、歓待《ホスピタリティ》（敵意《ホスティリティ》ではない）の一形態と考えることができる。「見知らぬ他者」（ターゲット言語の読者）を招き入れて、彼らが著者の考えを受け入れ、その考えになじむために必要な体験を提供する、なくてはならない行為なのだ。翻訳とは、さまざまな読者にその考えを届けるプロセスであるだけでなく、翻訳者と読者双方にとって貴重な教訓を残すプロセスでもある。というのも、翻訳の核心には、当然ながら、〈変換〉すなわち一つの言語を他の言語に移すという行為があるからだ。翻訳そのものが〈変換行為〉だという考えはあまり一般的ではないが、私にとってはまさにそのとおりなのだ。方方が示してくれた強さと勇気を目の当たりにしたことが、この変換の大部分に直接反映されている。彼女のおかげで、自らを向上させ、真実を守ろうという意識が強くなった。たとえそのために難しい選択を迫られることがあるとしても、だ。また、この変換には翻訳自体の倫理性の再評価も含まれている。翻訳者として、私は常に自分の存在を無にすることがプロとしての責任だと考えてきた。届けるのは私の言葉ではない。著者の声なのだ。長年、訳書を自分の文体ではなく、原著がターゲット言語で書かれればこうなるだろうという文体で仕上げることが、プロとしての誇りだった。ネット荒らしが最初に方方と私の間にイデオロギー的類似点を見出そうとしたときにはずいぶん動揺したが、この状態が長期に及ぶにつれ、翻訳自体の役割について改めて考えてみる機会を得たともいえる。『武漢日記』を翻訳し、その内容についてじっくり考えるという行為は、単なる伝達、変換、歓待の行為ではなく、積極的に行動し、政治に関与することでもある。それは、私がこの翻訳を始めたときには予想も計画もしていなかったことだ。だが方方という模範例（そして皮肉なことだが大量のオンライン攻撃）があったおかげで、これまで意識されなかった翻訳の役割が可視化され、その過程で、私も自分の考えを見つめることができたのだ。

エピローグ 光明

二〇一五年に、私は *A Journal of the Plague Year*（感染症流行の記録）という本に寄稿した。この本は二〇〇三年のＳＡＲＳ流行を文学、美術、映画の作品を通して検証した記事を集めたもので、私が寄稿したのは、「SARS@Hong Kong: A Brief Pathology of a Cinema of Disease（香港のＳＡＲＳ――感染症映画の病理学概略）」と題する一章だ。ここでは、ＳＡＲＳの爆発的感染を扱った二〇〇三年以降の香港映画と、エボラウイルス病の大量発生を扱った一九九六年以降の香港映画とを比較して論じている。ハーマン・ヤウの「エボラ・シンドローム」（一九九六年）は低俗なＢ級映画で、「病気そのものが、犯罪者や浮浪者、現地人にとりつく〈異常〉で〈邪悪〉なものとして描かれる[*1]」が、その後に制作されたＳＡＲＳをテーマにした何本かの映画では、穏当で人々を元気づけるような視点が示され、日常生活の中で感染症を正確に描こうとする意図が見受けられる。当時はこの現象を、実際に身近で感染症が広がれば、大胆で荒唐無稽な描写はたちまち消えていくことを示すものと考えていた。ところが二〇〇三年のＳＡＲＳ映画で見えてきたのは、「ポピュラージャンル、グループシネマ、有名人の発信力、愛国主義的な論調を駆使して、ＳＡＲＳ問題を世俗的で薄っぺらなものにするための映画用語が生み出されたということだ。このような細かいジャンル分けが定着すると、感染症の描き方が偏ってくる[*2]」。

二〇二〇年初頭にまで話を進めると、武漢での感染状況に世界各国が注目し始めたちょうどそのころ、私は自分の守備範囲の雑誌に記事を依頼された。コロナウイルスの発生という背景があったので、五年前に自分が書いたＳＡＲＳと香港映画に関する記事が今回の状況にも当てはまるのではないかと考えた。私に連絡をくれた編集者はその記事を気に入ってくれたが、結局この案は編集会議でボツになった。理由？　記事の〈人道主義的〉な切り口が問題になったのだ。「ＳＡＲＳに関する記事を蒸し返すことは、特に中国の読者には、傷口に塩をすり込む行為と解される可能性があり、そういう印象を与えたり、そのために非難されたりすることは（本誌の）本意ではない」。もちろん私はその決定を尊重したが、コロナウイルスの流行と諸々の誤解が生じる可能性については確たることは言えないと感じてもいた。とはいえ、この雑誌の対応は、期せずして、私の元記事の主張が正しかったことを証明してくれた。つまり、実際に感染症が広がれば、その病気について自由に語れなくなるということだ。この件では、このような考えそのものが、非常に〈微妙〉で話題にもできないことがわかったのだ。

　ある意味で、編集会議でこのようなやり取りがあるのは珍しいことではなく（この場合は私がＳＡＲＳの記事を別のものに差し替えることですぐに決着がついた）、会議は、感染症を伝える記事に思わぬ横槍が入ることを想定したウォーミングアップの場でもある。私がＳＡＲＳについて書いたころには、話を盛り上げるために感染症を利用するような作品（ハーマン・ヤウの「エボラ・シンドローム」など）が倫理的に許されなくなっていたことは明らかだ。それなのに『武漢日記』に関しては、まったく違う状況を我々は目にしている。事実に基づく日記で、実際に見聞きしたことを伝えているのに、悪意に満ちた攻撃を受けているのだ。感染の状況を極端に脚色した記事は許されなくなり、方方の日記のような事実を伝える記事までが弾圧され、攻撃されるなら、事実と空想の間にいったい何が残っているのだろう。声高に叫ぶプロパガンダ？　涙を流すことによるカタルシス？　勝利の凱歌？

方方に投げつけられる容赦ない攻撃や脅しを目撃し、大量のサイバー攻撃のターゲットにされることを直接経験すれば、いとも簡単に、挫折や幻滅を感じたり、悲観したりという状態になってしまう。一人前になってからというもの、教育や番組編成、出版を通じて中国文化の紹介に努めてきたのだから、自分の仕事が誤って伝えられて攻撃の対象になったり、誠実さを疑われたりしたのはショックだった。また、方方の書くことが組織的に嘘だと決めつけられ、抹消されるのをそばで見ていることも、同様に衝撃的だった。だがオンライン攻撃が激しくなるにつれて、荒らしユーザーの怒りや悪意の壁に亀裂ができ、その背後から真の市民社会の光が差し始める徴候も見られた。

初期の怒濤のような攻撃に続いて、微博であえてそういう荒らし行為に直接立ち向かった人々がいる。彼らは次のような短いジャブを繰り出して荒らしの愚かさを指摘した。

まるで紅衛兵みたいだけど、いっそ北朝鮮に移住すれば？

こういうメッセージを投稿する人って、みんな頭おかしいんじゃない？

こういうコメントを見るのはショックだよ。（中略）これが代表的な意見と言えるのかね。この無知で意地の悪い書き込みが？　若者って怖いね。

結局たかが本じゃないか。何をそんなに騒いでいるんだ？　しかも作者や翻訳者を脅すなんてどういうつもりなんだ？　まったく理解できない。（中略）この著書が本当に（西側に）ナイフを渡すのかな。ナイフを渡すのはこの赤い殺し屋グループの方じゃないのか？

擁護する声は数の上ではまだまだ荒らしに負けていたが、殺害の脅しや口汚い非難の合間に、こうしたコメントがたしかにはさまっていたのだ。メッセージボードを見ていると、その多くは、タイムマシンに乗って一九六八年に逆戻りしたような気がすると書いていた。まったく、デジタル時代の文化大革命だと感じた人は多かったと思う。

この攻撃のことを知った友人たちから、支持を表明するメールやメッセージが届き始めた。一度も会ったことのない中国の著名な作家や映画監督からも連絡をもらった。私が二〇年も前から愛読している受賞歴のある作家も、わざわざ私のアドレスを見つけ出して、次のような感動的な励ましのメールを送ってきてくれた。

中国の友人から、あなたが方方の武漢日記を翻訳出版したためにひどい言葉で非難されていると聞きました。こんなばかげた振る舞いは文化大革命の恐怖政治にあまりにも似ていて、まったく恥ずかしく思います。このメールをお送りしたのは、言論の自由を尊重する限り、私や私の友人がこのような行為を黙認することはないとお知らせするためです。長年にわたり中国文学を世界に紹介し続けてくださっていることを、私たち多くの中国人は深く感謝しています。空中に漂う埃に視野を閉ざされる者も中にはいますが、断じてすべてがそうだというわけではありません。

他にもたくさんの友人が連絡をくれたが、方方のことや今回の騒動には触れていない。そんなことをすれば、〈政治的にデリケートな〉領域に足を踏み入れたとみなされることがわかっているからだ。その代わり、時候の挨拶だったり、今度北京に来たときには一緒に食事しようという誘いだったりが、短い文面に込められていた。それでも彼らの気持ちは伝わったし、本当にありがたかった。おそらくさらに炎上することを恐れてだろうが、メッセージのほとんどは私個人に宛てて送られてきた。ところが二〇二〇年四月一六日、「マイケル・ベリー教授」という記事が微博《ウェイボー》で拡散され始めた。

記事を書いたのは張生《ジャン・シォン》、上海にある同済大学の中国文学教授で、高い評価を得ている作家でもある。一〇年近く前、私がまだＵＣＳＢ（カリフォルニア大学サンタバーバラ校）で教えていたころに、張生教授を客員学者として迎えたことがある。そのころの私は、人生の中でも大変な時期にさしかかっていた。息子がまだ一歳と小さかったことに加え、私自身も重い自己免疫疾患を発症したところだった（しかもこの病名がわかるまで一年以上かかったのだ）。そんなわけで、張教授とじゅうぶんな時間を過ごせなかったことを今でも残念に思っているのだが、それでも、彼がサンタバーバラ滞在中に何度か長い座談の時間を持てたことは、私にとって大切な思い出だ。私たちはここ数年連絡を取っていなかったので、この記事はまったく思いがけず、私の目に飛び込んできた。文中には「方方」という言葉も「武漢日記」という言葉も登場しない。また、米中貿易戦争や新型コロナウイルス、その他最近話題になっている事柄についてもまったく触れられていない。その代わりに、この長いエッセイでは、私という人間の学者としての顔や私たち二人の友情について、当事者ならではの思いが、心に響く言葉でつづられている。この文章の真意をつかみ損なった読者のために、張生は次の言葉でエッセイを締めくくっている。

思想家胡適《フー・シー》が語った次の言葉が私は好きだ。「不当に中傷されている人々のために立ち上がることこそ、正義の第一原則である」。これほど情熱を込めて中国の文学と映画を支えてくれている教授を、このような口汚い言葉と悪意でもって傷つけるような人々がいるのを見て、ここはひとつ、自分の意見をはっきりと述べておく必要があると考えた。と同時に、この文章がマイケルにとって少しでも慰めになることを願っている。マイケルには、私もまた物言わぬ傍観者の一人なのだと思ってほしくない。[*3]

白熱するネット攻撃の渦中に踏み込むことで、自分自身も個人攻撃のターゲットになることが、張生にはわかっていたはずだ。それでも彼は行動を起こしてくれた。このような意見表明は、普通なら驚くほどのことではないが、米中間の緊張が高まり、社会の分断が深まっている当時の状況では、大変な勇気のいる行為だった。ある意味で、これは『武漢日記』にも当てはまる。ネット上の日記を出版することは何ら特別なことではないはずだが、それが政治問題になり、さまざまな攻撃を受けると、方方の行動が社会変革や反体制の行為と見られるようになったのだ。

四月九日と一〇日を中心に最初の攻撃が数日続いた後で、私は微博から少し離れようと決心し、一時的に自分のメッセージボードを閉じることさえした。しかしおよそ一週間後、ちょうど張生教授がエッセイを投稿したころに、微博アプリで自分のメッセージボックスを開いてみると、受信ボックスが新着メールであふれていることに気がついた。また非難や脅しのメッセージが届いていると思い、私の心は重く沈んだ。たしかにいくつかはその手のメッセージだったが、これまでとは違うものが多数を占めていた。支持、親愛の情、希望を表明するメッセージが続々と届いていたのだ。五月一二日から一六日にかけて、私は約二千ものメッセージを受け取った。多くが短い謝罪の言葉や支持の表明だ。中国語で書かれたものも英語で書かれたものもあり、中にはハートと花の絵文字だけを数行書き連ねて送ってくれた人もいる。別の方法で支持する気持ちを表してくれた人もいる。たとえばあるユーザーは、愛らしい子猫と子兎の写真五枚を送ってくれた。その気持ちはじゅうぶんに伝わった。だが、もっと心情を吐露した、中国社会の懐の深さを感じさせるメッセージを送ってくれた人も大勢いた。このようなメッセージはどこから来たのだろう。張生教授が私を擁護する文章を公開したのと同じころ、方方も、私について拡散されていた虚偽や中傷をはっきりと訂正してくれていた。四百万以上のフォロワーを持つ微博を通じて、また公式メディアのインタビューで、彼女は、極左ユーザーが支持するねじ曲げられた陰謀論に果敢に立ち向かおうとした。方方を応援する人々は、ネット上の迫害運動に流されていたが、自分たちも声を上げる必要があると感じたのだろう。その結果がこれだけのメッセージになったのだと、私は信じている。

方方と（程度としてはずっと軽いが）私がネット上で攻撃や迫害を受けていることが数か月の間メディアを賑わせた後で、物語の別の一面をクローズアップすることには意味がある。大見出しの記事や公開メッセージで伝えられる攻撃的意見とは違って、このような応援の言葉は私信の形で届けられた。公開の場に投稿すれば、自分たちも攻撃の的にされるリスクを負うことがわかっているから、多くの人は人目につかない方法を選ぶしかない。彼らの個人情報を守るために名前を明かすことはできないが、それでもこの人たちは声を上げてくれた。中国の〈声なき声〉を代表する人々だ。寛容で公正な心を持つ人々が、〈デリケート〉な話題について（たとえそれが一女性の日記にすぎなくても）本当の気持ちをおおっぴらに表明できない雰囲気が中国にはある。ネット荒らしは大きな声を上げ、時には実力行使に訴えるが、最後に、この国の良心ともいえる人々の声を紹介して、本書の締めくくりとしたい。

あなたがまだ微博メッセージを読んでいらっしゃるかわかりませんが、もし読んでいらっしゃるなら、これまでに寄せられた悪意に満ちたメッセージにショックを受けないように願っています。方方が日記を海外で出版しようと決めたことに何の悪意もなかったことを信じている人間は大勢います。

方方の『武漢日記』を翻訳したことがネットで激しく非難されているのを見て、本当に申しわけなく思っています。あんなうわさや悪質なコメントを気にすることはありません。現在の中国ではナショナリズムが過度に高揚していて、はっきり言って、異論がほとんど許されません。将来のいつか、こういう呪いの声や攻撃の言葉が笑い話になる日が来るでしょう。頑張ってください！

はじめまして。私は通訳、翻訳の仕事をしています。ある人の日記を翻訳しただけでひどい言葉を投げつけられるなんて、残念でなりません。方方の作品についてはコメントしませんが、内容が信頼できるかどうかの説明責任を翻訳者に求めるのはフェアではないと思います。翻訳したものによって訳者がどちらの側に立っているかを決めつける人がいますが、ばかげた話です。いつの時代も、人々は自分の考えと一致しない内容を翻訳者や通訳者のせいにするのです。今回は、不運にもあなたがそのターゲットになったというわけで、まったく理不尽なことです。私に言えるのは「めげないでください」ということだけです。

こんにちは。ああいうばかばかしく無礼なコメントを完全に無視することはむずかしいでしょうが、中国には分別ある人間もまだ残っていて、あんな愚か者ばかりではないことをぜひ知っていただきたいです。あなたの本は映画制作の勉強に大変役立つので、愛読しています。ありがとうございます！　そして、翻訳についても正当なものだと信じています。この狂乱状態は本当に残念です。こんなことが終わるよう願っています。

あんな微博のコメントを真に受けないでください。中国のネット社会のいちばん悪い面を代表する連中なんだから。最近では微博の雰囲気がますますひどくなってきています。ごく普通の中国国民として、あなたのアカウントのコメント欄を読んでとてもショックを受けました。まったく気分が悪くなります。あんなひどい攻撃コメントを読んでしまい、ほとんどＰＴＳＤになりそうでした。

あなたの投稿にあれだけ多くの人が差別主義やナショナリズム丸出しのコメントをつけているのが恥ずかしい。統計によれば、微博では高校も出ていないユーザーが多数派らしい。ともあれ、元気でご活躍を。

応援しています。ただそれだけを言いたくて。あんなゴミコメントを気にする必要はありません。

こんにちは、お元気ですか？　このメッセージを送るのは、方方氏の日記を翻訳してくれてありがとうと伝えるためです。中国では恥ずかしいことに世論が誘導される傾向がありますが、方方氏を支持し、あなたのお骨折りに感謝している人もたくさんいることを信じてください。私は武漢の住人なので、ここで起こったことを正確に知っています。方方や勇気をもってこの難局に対応した人たちの名前は、歴史に記憶されるでしょう。お気をつけてお過ごしください。

ミスター・ベリー、あんな無知な連中のコメントなど気にしないでください。

正義は私たちの心の中にあります。

何が正しくて何が間違っているかの最終判断を下すのは自由です。

悪意あるコメントであなたを中傷しようとする人など無視しておきましょう。

あの人たちは、あなたや方方を欲求不満のはけ口にしているだけなのです。

浅はかな連中の集まりにすぎません。

あなたの微博ページのコメントを読むのが本当に苦痛でした。どうか、中国の若者を見限らないでください。今の中国では、過激思想が論壇で幅を利かせています。無分別な投稿が奨励され、理性的な人々が口を封じられています。それでも私たちは、自分の意見を表明する方法、理性を保ち、礼儀正しさを失わない人々を応援する方法を見つけようとしています。あなたやご家族のご健康とご多幸をお祈りしています。私は一九九五年生まれで、中国で大学に入りました。現在も学生です。あなたが東西の文化を近づけようと努力してくださっていることにはとても感銘を受けています。あなたのアカウントに最近書き込まれたコメントを見ましたが、四千近いメッセージがあり、そのほとんどがあなたへの支持を表明しています。道理をわきまえた分別あるユーザーが大多数だということをわかっていただけると思います。

はじめまして。文学は美しく、中国語も美しい。でも、中国人の私でも最近の中国のインターネットには失望しています😢😢😢。もう微博を見なくてもいいのでは？　ここにあるのは差別と偏見ばかりです。美しい中国語があなたを攻撃し、侮辱するのに使われているのを見ると、深い悲しみとやりきれなさを感じます。そこであなたには、北島《ベイダオ》の詩の一節を送ります（彼もつい昨日、ネットで叩かれたばかりです😢）。「あなたは約束の日に帰ってこない。それはまさしく別れの意味」（北島「白日夢」より。『北島（ペイ・タオ）詩集』（是永駿訳、土曜美術社）所収）。最後に、あなたの日々の暮らしが幸せと平和に満ちたものでありますように。そしてお国が一日も早く新型コロナウイルスの災いから抜け出せますように。

あなたの微博アカウントに投稿されたコメントを見て、あまりのひどさに驚きました。方方の日記を翻訳してくれたことに感謝しています。あんな小粉紅の攻撃など気にしないことです。実際、ああいう投稿は、中国の現代社会に見られるイデオロギー的分断と過激思想を表す格好の材料になると思います。

親愛なる教授、微博のコメントなど無視してください。私は彼らの代表ではありませんが、一個人として、彼らの無知と差別主義を申しわけなく思います。ああいう連中は中国人のごく一部です。チェスの駒のようにプロパガンダに操られ、自分たちが何をしているか、実はわかっていないのです。私のように、彼らのことを恥じている中国人は大勢います。

ベリー教授、ああいうコメントに込められた悪意など無視することです。あんなに無礼で無分別な人がいるなんて恥ずかしい。政治イデオロギーで頭が凝り固まっているのでしょう。

原著が何を言っていようと、それは翻訳者の責任ではありません。

本当に申しわけない。この国はどうかしてしまったんだ。私には何もできないけれど。

ひどいコメントがついたからといって落ち込まないでください。あの人たちも普通の人のはずなんですが、ご存じのように最近の中国では党をたたえる教育が強力に推進されています。彼らの頭にはそういう思想が刷り込まれているのです。

申しわけない気持ちでいっぱいです。今は世の中が深く分断されている時代ですが、あの人たちは少数派です。ああいう人たちの言うことを気にする必要はありません。今のお仕事を続けてください。むずかしいけれど、そうするのが正しいことです。最後に、中国の文化を伝えてくれてありがとう。

〈小粉紅〉とかナチ党員と呼ばれる中国の極左勢力による侮辱や中傷に、一中国人としてお詫びします。じゅうぶんな教育を受けていないごく一部の中国人がああいう行動に出るのです。（中略）『武漢日記』を翻訳して中国社会の民主化を後押ししてくれたことに感謝しています。

（前略）私個人としては、最初に方方の日記が英語で紹介された記事には若干の問題があった（一部が曲解されていた）と思いますが、それでも、翻訳が正確であれば、この日記は出版に値すると考えています。この本によって東西間の偏見による溝を埋めることができればよいのですが。あなたの微博ページのコメント欄が、いわゆる〈ネット荒らし〉の攻撃目標になっていたことを知りました。一部の人々の卑劣な言葉や無知はまったく恥ずかしいことです。実際、私には世界全体が最悪の時期に突入したように思えます。こんなひどい攻撃に負けないでください。おそらく彼らは、過激な変革の時代を経たまったく新しい中国像を見せるつもりなのでしょう。コロナウイルスで世界が大混乱に陥っている今、あなたとご家族の無事を願っています。

こんにちは。私はたった今、あなたの微博ページのコメントを見たところです。そして一中国人として深く恥じ入るとともに、困惑、怒り、やりきれなさを感じています。私にできることはほとんどありません。（中略）他人の心に根を張った偏見を変えることはできないので、せめて自分だけは、できる限り徳の高い人間になるつもりです。理想を求め、周囲の汚い言葉や考えに染まらないようにします。悪い奴と手を結んで一緒に行動したりしないようにします。あなたを侮辱した連中に代わってお詫びします。また、方方の日記を英訳してくれたことに感謝します。感染の中心地で何が起こっていたか、世界中の人に

知ってほしいのです。（後略）

どうか信じてください。中国人がみんなこんな風ではありません。あなたがツイッターでこういう極端な愛国的行動について書き込むときには、世界中のネットユーザーに、中国には個人主義や自由主義を旨とする人間もいることを伝えてください。とはいえ、私たちにじゅうぶんなことができていないのを申しわけなく思います。政府の締めつけは強く、しかも、極端な愛国主義者のコメントの方が、個人主義者やリベラル派のコメントより人気があるのです。それでも、自由主義や個人主義を追求する中国人民は、世界中の同様の市民と心を同じくしています。

不確かな道であっても、私たちは闘います。自由の追求をあきらめることはなく、過激な愛国主義者の行為によって自由を追求する機会を自ら閉ざすこともありません。

しばらく前に中国の過激な愛国主義者とタイのネットユーザーが言っていましたが、この現象は微博に投稿されたあなたのメッセージと同じです。

理由はわかりませんが、中国ではツイッターが利用できません。このため、世界のネットユーザーに中国のユーザーは誤解されています。なぜなら、大体において愛国者は声が大きく、組織化され、計画的に行動するからです。過激な愛国者が一人いれば、その後ろには数えきれないほどの過激な愛国者がいるからです。これはパンドラの箱のようなもので、一度開けたら閉じることはできません。彼らの声が個人主義者の声と思われることもあるのです。

でも、私たちリベラル派は、愛国者の声が自分たちを代表するなんて思っていません。それどころか、香港や台湾の同胞に親近感を抱いています。彼らの考えを尊重し、彼らの幸せを願っています。彼らがいるからこそ、中国本土で個人主義と自由主義を求めている私たちも希望が持てるのです。彼らには本当に感謝しています。

ネットであなたにひどい言葉を投げつける人たちのことを本当に恥ずかしく思います。ネットではいろいろな分断があり、この非常時にはそれが激しさを増しています。啓蒙への道は遠く（中略）礼儀正しさへの道も同様です。中国文化はまだ道半ばで、その途中で希望と失望が交互に訪れるのは避けられません。でも、見て見ぬふりだけはしたくないものです。

謝辞

本書の初稿を書き上げたのは、通常とはほど遠い状況のさなかだった。二〇二〇年の六月から一一月にかけて、カリフォルニア州ロサンゼルスはまだロックダウンの最中で、私は自宅に引きこもって執筆とオンライン授業に従事しながら、小学生の子供たちの監督（学校も新型コロナウイルスのためにオンライン授業に移行していた）もしなければならない毎日だった。もちろん、本書のテーマである偽情報キャンペーンは、執筆中もリアルタイムで進行していた。妻の金淑栄と二人の子供、金道弘と金道栄には、私が嵐の海を航海しながら何とか最高の結果を出そうとしていたときに忍耐強く支えてくれたことに感謝している。二〇二一年に原稿を手直しし、発展させるにあたっては、幸いにも、デヴィッド・ダーウェイ・ワン、石静遠、ペリー・リンク、イアン・ジョンソン、ジョン・ネーサン、マイケル・エメリック、アシュリー・エサリー、郭怡広、ジェフリー・ヴァッセルストロームの諸氏から貴重な助言をいただいた。また、ＵＣＬＡの同僚張敬珏は、強力な精神的支えになってくれただけでなく、編集面でも大いに力を発揮してくれた。外部のレビュアーお二人には、本書をさらに良いものに仕上げる上で大変お世話になった。二〇二〇年から二〇二二年にかけて、私は『武漢日記』をテーマにした講演を（ほとんどの場合オンラインで）数十回も行ったが、そのときに出された意見や質問からは、それが本書の内容に反映されたり、私がこのプロジェクトを新しい視点から考えるきっかけになったりしたという意味で、得るところが大きかった。梁艶萍、王小妮、二湘をはじめ、脅しと報復にも負けずに方方支持を貫いてくれたすべての人々に感謝する。パルグレイブ・マクミラン社のアリス・グリーンには、このプロジェクトをサポートしてくれたことに、ジェニファー・ライアンズには、最初から本書を強く推し、異例のプロジェクトを一貫して熱心に支えてくれたことに感謝する。そして最後に、深い感謝を込めて本書を方方に捧げたい。彼女が示した勇気、不屈の精神、真実を追求する心が世の人々に希望を与え、明るく輝き続けることを祈念する。

訳者あとがき

二〇一九年の暮れに中華人民共和国湖北省武漢市で初めて確認された新型コロナウイルス感染症は、二〇二〇年に入って広く知られることになったが、その時点ではまだ、この病気が急速に世界中に蔓延し、これほど長期にわたって人々の生活や世界経済に大きな影響を及ぼすことになろうとは、想像もできなかった。周知のように、中国政府は感染症を徹底的に封じ込めようとし、一月二三日から武漢市の封鎖（ロックダウン）に踏み切った。

武漢に住む作家・方方《ファンファン》は、その二日後の一月二五日から、自身や身内、友人・同僚の近況や市内の様子、感染者数や医療の状況などを、ブログに毎日アップロードし始める。以後、一日も欠かさず六〇日間書き続けられることになる記録は「方方の日記」として評判になり、多くのネットユーザーが毎日の更新を心待ちにしていたが、医療環境が整い感染が落ち着いてきて、方方が当局の初期対応のまずさを指摘して責任者の謝罪と辞任を要求するようになると、一転して各方面からの批判にさらされる。日記はインターネットから削除され、それをまとめた本は、現在でも中国では刊行されていない。

しかし、本国では読めないこの本は、英語・ドイツ語をはじめとする各国語に翻訳されて幅広い読者を獲得している（日本でも飯塚容・渡辺新一両氏の翻訳で『武漢日記』として河出書房新社から出版されている）。中国からヨーロッパ、アメリカと感染が拡大していく中で、最初の感染地の状況と試行錯誤の軌跡を知ることは、だれにとっても有意義だと思われる。

この『武漢日記』を英語に翻訳したのが本書 *Translation, Disinformation, and Wuhan Diary: Anatomy of a Transpacific Cyber Campaign* の著者マイケル・ベリーであり、本書は翻訳が完成するまでのいきさつと、オリジナルの日記と作者に対する中国国内での激しい攻撃、英語版の発売が伝えられるや攻撃の矛先が訳者のベリー自身にまで向けられた顛末を、克明に記録したノンフィクションだ。

著者はＵＣＬＡで教鞭をとる中国文化（主に文学と映画）の研究者で、中国現代文学の紹介（翻訳）や著名人の通訳にも携わっている。方方の日記がネットで評判になったころ、ちょうど彼女の近作『軟埋』（邦題は『柩のない埋葬』）の翻訳に取りかかったところだった。だがこの日記のことを知り、ぜひこの翻訳をアメリカの読者に届けたいと考えた。そのときの武漢の状況を、やがてはアメリカも経験することになると思ったからだ（そしてそのとおりになった）。そこで方方の了解をとり、『軟埋』の翻訳を中断して、まだ終わりが見えず、当時は書籍として出版する予定もなかった『武漢日記』を訳し始める。

著者は『軟埋』の翻訳を始める前に、非常に難解な中国の現代小説を長年かかって訳し終えたばかりで、それに比べれば、封鎖下の日常生活や医療情報といった身近な出来事をつづった「方方の日記」を翻訳するのにさほど苦労はしないはずだった。「少し息抜きができる」と思ったとしても不思議はないだろう。ところが、翻訳作業とはまったく関係のない思いもよらない災難が、著者の身に降りかかってくる。中国国内で絶大な支持を集めていた「方方の日記」が一転して激しい攻撃を受け、アメリカとドイツで翻訳出版の準備が進んでいることが知られると、翻訳者である本書の著者までが攻撃の矢面に立たされることになったのだ。

膨大な支持者を集める個人や組織に対して、中国政府は常に警戒の目を向けている。『武漢日記』に限らず、当局が好ましくない（または危険）と判断した著作物なり意見なりがどのように抹殺されていくのか、それは、現代の日本に住んでいてはなかなか想像できないことである。では『武漢日記』はどうして「好ましくない」と判断されたのか。方方が日記の中で政府の当初の対応を批判するだけならそれほどの問題にはならなかっただろうが、それが多数の読者に共有され、大きな声になることを政府は懸念し、あらゆる手段を使ってその芽を摘もうとした、というのが著者の考えだ。ネット上の発言が攻撃され「炎上」することは日本でも珍しくないが、一部の荒らしユーザーによる攻撃にとどまらない、もっと巧妙で組織的なネガティブキャンペーンが、中国ではしばしば行われている。

攻撃や批判の一方で、ネット上の好ましくない書き込みや記事の検閲と削除も当たり前になっている。著者が「方方事件」と呼ぶこの一連の騒動も、方方を支持する書き込みばかりか批判する意見までもが削除されるに及んで、著者は一部始終を保存する必要性を感じ、本書の執筆を思い立つ。『武漢日記』はいまだに中国では刊行できず、このままでは、方方が書き続けた貴重な記録も「なかったこと」になってしまうのだ。

本書は一二の章で構成されている。『武漢日記』に対する攻撃を記録することが目的の一つなので、日記のどこがどういう理由で攻撃対象になったのか、それに対して方方がどう反論したのか（方方は決して黙ってはいない）を示すため、日記からの引用が多い。『武漢日記』とあわせて読むと一層理解が深まるだろう。本書のもう一つの柱は、『武漢日記』英語版とそれを翻訳した著者への攻撃だ。特に一章を設けて語られる英語版サブタイトルに対するこじつけとも思える攻撃（「書名への攻撃」参照）にはあきれるばかりである。ネット上の口汚い書き込みも豊富に再録されていて、方方への批判や著者への攻撃という目に見える事象を追っていくだけでもじゅうぶん興味深い。だが、著者が「（本書は）きわめて個人的な記録と、実際に起こっていた出来事の記述と分析という、二つの要素を行き来することになる」（二〇ページ）と述べているとおり、『武漢日記』への対応と絡めて、豊富な資料（書籍やウェブサイトの記事）を駆使しながら中華人民共和国建国以来の言論弾圧の歴史を読み解いていく（分析する）部分に、本書の大きな特徴と価値がある。その意味で、本書は卑近な事例を扱いながら、その背後にある本質に迫ろうとする、硬派のノンフィクションなのだ。

本書では、中国が得た教訓を自国に活かそうとせず、ウイルスを放ったとの非難に終始した当時のトランプ政権への批判も展開されている。そして最後（「エピローグ」）には、ネット上の大きな声に与《くみ》せず、支持や励ましのメッセージを直接届けてくれた多数の中国国民がいたことが明かされる。中国政府の巧みな情報操作について知るにつけ、暗澹たる気持ちに陥っていたであろう読者にとって、この終わり方はある程度の救いになるように思う。実際、訳していて少し目頭《めがしら》が熱くなったことを告白しておく。

翻訳に取りかかったとき、原書はまだ刊行されていない原稿の段階で、そのような状態で翻訳を開始するのも初めてだったが、刊行スケジュールが決まるまでにかなり時間がかかったこともあり、最終稿に至るまでに原稿が二度差し替えられるというのも初めて経験することだった。コロナはまだ進行中で、統計上の数字（死者数など）も日々更新されている。著者に対する攻撃もいまだに続いている。細かい数字がアップデートされたり、最初の原稿執筆時以降に発表された書籍や記事を参照した記述が追加されたりして、そのたびに分量が増え、翻訳の期間も延びた。だがそのおかげで、本書には直近までの関連情報が盛り込まれている。ひととおり翻訳が終わった時点で著者に対する質問事項をリストにしてエージェント経由で送ったが、その後は何度か直接メールをやり取りする機会に恵まれた。質問に対する回答が早いのは驚くばかりで、原稿がかなり大幅に加筆修正されたこともあって追加の質問がいくつか生じたが、アメリカとの時差の関係で、こちらが夜質問のメールを送ると翌朝には返事が届いているという具合に大変効率が良く、その文面からも、著者の誠実で気さくな人柄を感じることができた。

本書の翻訳で、内容は別にして最も困ったのが中国語の固有名詞（特に人名）のルビ表記である。漢字の読みではなく現地音に準じたカタカナでということは最初に決まっていたが、中国語の発音がそのまま日本語に置き換えられるわけではなく、最終的には編集部を通じて中国語の知識のある方にチェックをお願いした。本文で頻出する『武漢日記』からの引用は、飯塚容・渡辺新一両氏の訳書『武漢日記』（河出書房新社）の文章をそのまま使用させていただいた。この場を借りてお礼申し上げます。またその他の引用で、邦訳が確認できた場合はその訳文を借用させていただいた。校正・校閲は外部の専門家にお願いしたが、表記の揺れだけではなく表現や事実関係についても実に細かく見てくださり、自分の訳を見直す大きな助けになった。最後に、河出書房新社編集部の新屋敷朋子さんには、約一年にわたる翻訳作業を温かく見守り、サポートしてくださったことに心から感謝します。

　本書は、中国の言論統制の実態に迫った極上のノンフィクションであり、多数の参考文献や引用にもとづいた一級の研究書でもある。ぜひ多くの方に手に取っていただきたい。

二〇二二年六月

竹田純子

原註

・『武漢日記』からの引用は邦訳版（飯塚容・渡辺新一訳、河出書房新社）を参照し、本文内に注記の上、引用頁数を記した。
・邦訳がある書籍からの引用の一部は原註の英訳版ではなく、日本語訳版の情報を本文内に註記した。なお、訳文については原則、日本語訳版からの引用とした。

プロローグ　発端

＊1 風雲瞰〔風雲の鳥瞰図〕「識者の意見——方方支持か不支持か」

＊2 Slavoj Žižek. Slavoj. *Pandemic!: COVID-19 Shakes the World*. New York:Polity Press (2020), 39.〔邦訳：『パンデミック——世界をゆるがした新型コロナウイルス』斎藤幸平監修、中林敦子訳、Pヴァイン、二〇二〇年、33〕

＊3 同右、44。〔邦訳、38〕

＊4 Mrinalini Sinha. *Specters of Mother India: The Global Restructuring of an Empire*. Durham: Duke University Press (2006), 2.（『Mother India』の亡霊——ある帝国の包括的再構築）

＊5 『悪魔の詩』の場合は反発や非難が高じて何人もが殺されたり負傷したりしており、暗殺が未遂に終わったケースもいくつかある。その中で、同書を日本語に翻訳した五十嵐一（一九四七〜一九九一）が、著者および出版関係者に死刑を宣告したファトワー〔イスラム教指導者などの有資格者がイスラム法に則って下す裁断〕に応じた何者かにより殺害されるという悲劇的事件が発生する。他にも数多くの襲撃事件が報告され、イタリア語版の翻訳者エットーレ・カプリオーロは複数回にわたって刃物で刺されるという被害に遭っている。ノルウェー語版を刊行したウィリアム・ニゴールは、一命はとりとめたものの、銃弾による後遺症に苦しんだ。そしてトルコ語版の翻訳者アジズ・ネシンに対する襲撃では、ネシン自身は命拾いしたが、三七人もの人が巻き添えになって死亡した。『武漢日記』排斥キャンペーンでは死者や負傷者が出たわけではないが、ヘイトスピーチや殺害の脅し、集団的なヘイトキャンペーンがネット上にはびこり、そこには、ラシュディの著作に対する攻撃と同様の不寛容が見てとれる。

評判になった日記

＊1 中国における心の健康とパンデミックの相互関係については、Vivian Wang and Javier C. Hernandez. China Long Avoided

Discussing Mental Health. The Pandemic Changed That, *New York Times* (December 21, 2020) を参照のこと。（長年心の健康を話題にすることを避けてきた中国。パンデミックによる変化とは）

＊2 Yan Lianke. *What Happens After Coronavirus? On Community Memory and Repeating Our Own Mistakes*, Literary Hub (March 11, 2020).（コロナウイルス後に起こること。コミュニティーの記憶と繰り返される過ちについて）

＊3 風雲瞰「識者の意見——方方支持か不支持か」

＊4 Jana Fedtke, Mohammed Ibahrine, and Yuting Wang. *Corona crisis chronicle: Fang Fang's Wuhan Diary (2020) as an act of sousveillance*, Online Information Review (February 23, 2021). 800.（コロナ危機の記録——逆監視として機能する方方の『武漢日記』）

＊5 この部分の論評は、Jana Fedtke, Mohammed Ibahrine, Yuting Wang が実施して以下の記事で引用したインタビューの内容から一部を抜粋したものだ。Jana Fedtke, Mohammed Ibahrine, and Yuting Wang. *Corona crisis chronicle: Fang Fang's Wuhan Diary (2020) as an act of sousveillance*, Online Information Review (February 23, 2021). 804.

＊6 Kevin Robins. *The Great City is Fragile: Fang Fang's Wuhan Diary*, Cultural Politics, Volume 17, Issue 1. Duke University Press(2021), 74.（大都市のもろさ——方方の『武漢日記』）

＊7 Davidson, H. Chinese writer faces online backlash over Wuhan lockdown diary, *The Guardian* (April 10, 2020).（中国人作家の武漢封鎖日記が炎上）

＊8 Guobin Yang. *In China, Pandemic Diaries Unite, and Divide, a Nation*, in Social Science Research Council, Items, Insights from the Social Sciences (September 24, 2020).（中国では、感染日記が国民を結束させ、分断する）

＊9 風雲瞰「識者の意見——方方支持か不支持か」

＊10 羅四鴿《ルオ・スーリン》「左翼の攻撃を受ける作家方方氏、自作『柩のない埋葬』について語る」ニューヨーク・タイムズ（中国語版）、二〇一七年六月二七日。

＊11 Bonnie S McDougall. *Mao Zedong's Talks at the Yan'an Conference on Literature and Art: A Translation of the 1943 Text with Commentary*. University of Michigan, Center for Chinese Studies (1980).（毛沢東の「延安文芸座談会での講話」——一九四三年のテキストの翻訳と解説）〔毛沢東の『文芸講話』は竹内好氏の翻訳で岩波文庫に収録、一九五六年〕

＊12 政府の方針を称えるこのような文章が日記に現れるのは、多くの場合、自分の投稿が検閲・削除されたことを報告する文章の直後であることは、留意すべきだろう。このことは、政府を支持する文章にもっと複雑な含意があることを思わせる。

いくつかの解釈ができるだろう。方方は、叱責を受けたあとで公の場で「良い行い」を示そうとしているのだろうか。それとも、これらの文章は政府の対応を暗に皮肉ったものなのだろうか（こちらの方がありそうだ）。

＊13 Dai Qing. *Wang Shiwei and Wild Lilies: Rectification and Purges in the Chinese Communist Party 1942-1944*. Routledge (1993), 2.（『王実味と「山百合の花」』）

翻訳とウイルス

＊1 Suzanne Jill Levine. *The Subversive Scribe: Translating Latin American Fiction*. Dalkey Archive (2009), 11.（危うい代弁者――ラテンアメリカ文学の翻訳）

＊2 この手紙は信頼できる筋から入手したものだが、情報源保護の立場から、入手先と手紙の書き手を明らかにすることは控えたい。

＊3 方方は出版に際して日記のテキストに大幅な修正や変更は加えなかったが、元のブログに載ったテキストと書籍版のテキストには若干の違いがある。第一に、元のブログでは、タイトルの扱いが一定していない。タイトルが付いている記事と、付いていない記事があるのだ。本にするときに、一貫性を保つためと読者の便宜を考えて、すべての記事にタイトルを付けることにした。またオリジナルの日記では、「武漢肺炎」という言葉が三回出てくる。日記の最初の方で、まだ「新型コロナウイルス」という呼び方が一般的になる前のことである。「武漢ウイルス」とか「武漢肺炎」という言葉がある意図をもって政治的に使われるようになったため、「武漢肺炎」と書かれた箇所が問題視され、当局との話し合いの結果、著者からこの言葉を使わないようにという要請があった。編集者とも相談して、方方の意向を尊重することになり、「武漢肺炎」を「新型ウイルス」と表記することにした。方方が原文テキストの変更を要請したのはここだけである。

書名への攻撃

＊1 Kevin Robins. *The Great City is Fragile: Fang Fang's Wuhan Diary*, Cultural Politics, Volume 17, Issue 1. Duke University Press(2021), 70.（大都市のもろさ――方方の『武漢日記』）

＊2 方方「私はどんなことにも恐れずに立ち向かう」New afterward to *Wuhan Diary*, paperback edition, HarperVia (2022).（『武漢日記』ペーパーバック版あとがき）

＊3 Fresh Air (July 7, 2020)〔ラジオのトークショー〕でのインタビューより。

放たれたネット荒らし

＊1　来福《ライ・フー》「方方をめぐる闘い――『責任転嫁論』に対する古い答えと新しい疑問」端伝媒《ドゥアンチュアンメイ》〔シンガポールを拠点とするデジタルメディア〕、二〇二〇年五月二〇日。

＊2　同右。

＊3　元記事は、魯国平《ルー・グオピン》が二〇二〇年四月二三日に微博に投稿した「方方の日記を〈うわさ話〉の類《たぐい》と批判するのは酷である」。

＊4　「不思議な感覚」の章の「米国日記」に関する記述を参照のこと。

＊5　インタビューは一分三五秒の短い動画で、邱毅《チウ・イー》は方方を「三流作家」と決めつけ、アメリカの手先になっていると非難し、日記は完全なフィクションだと主張する。この動画は、二〇二〇年四月に、観察者網（オブザーバー・ネットワーク）のような影響力のあるプラットフォームや微博の個人ユーザーによって、中国のソーシャルメディアで拡散された。

＊6　Slavoj Žižek. *Pandemic!: COVID-19 Shakes the World*. New York: Polity Press (2020), 10.〔邦訳：『パンデミック――世界をゆるがした新型コロナウイルス』斎藤幸平監修、中林敦子訳、Pヴァイン、二〇二〇年〕

＊7　呉鋭『二十世紀中国の歴史と歴史家』唐山出版社、二〇二一年、764〔未邦訳〕。

＊8　トランプは、この問題について二〇二〇年を通して何度も言及している。九月二二日に国連で行った演説はその一例だ。この演説は各国のメディアで広く報じられた。Rick Gladstone, Trump Demands U.N. Hold China to Account for Coronavirus Pandemic, *New York Times* (Dept. 22, 2020) など。（トランプ大統領、国連は中国にコロナウイルス・パンデミックの説明を求めるべきだと主張）

＊9　Nathan McDermott and Andrew Kaczynsky, *Trump Repeatedly Praised China's Response to Coronavirus in February*, CNN (March 25, 2020).（トランプ大統領、二月には中国のコロナウイルス対応を繰り返し称賛）

＊10　Dr. Mishal Reja. *Trump's 'Chinese Virus' tweet helped lead to rise in racist anti-Asian Twitter content: Study*, ABC News (March 18, 2021).（トランプの「チャイニーズ・ウイルス」発言（ツイート）で、レイシストによる反アジアツイートが増加――ある調査）

＊11　Dan Mangan. *Trump blames China for coronavirus pandemic: 'The world is paying a very big price for what they did*, CNBC (March 19, 2020).（トランプ大統領、コロナウイルスのパンデミックで中国を非難――「中国のせいで世界は大きな代償を払うことになる」）

＊12　Deb Riechmann and Zeke Miller. *Trump's anti-China rhetoric aimed at boosting US leverage*, AP(May 4, 2020).（トランプの反

中レトリック、目的は国内基盤の強化)

*13　たとえば、Peter Beinart's article in The Atlantic, *The Utter Futility of Biden's China Rhetoric* (April 20, 2020) を参照のこと。(実にお粗末なバイデンの対中レトリック)

*14　この主張については、「老楊《ラオヤン》の言いたい放題」というユーチューブチャンネルの二〇二〇年一二月二日の動画「方方はフリーメイソンの会員なのか!?」で論破されている。

*15　オリジナルのレポートについては、チェン・シンユー、ジャオ・ゼンウァ、シュー・イーチェ、ウー・ジェエン「方方の日記に関する調査レポート」(『中国法律評論』二〇二〇年) を参照した。主な調査結果の英語による要約は、Jana Fedtke, Mohammed Ibahrine, and Yuting Wang. *Corona crisis chronicle: Fang Fang's Wuhan Diary (2020) as an act of sousveillance*, Online Information Review(February 23, 2021),805. (コロナ危機の記録——逆監視として機能する方方の『武漢日記』) を参照した。

*16　その一つがChinese Legal Aid Network (中国法律援助網) が二〇二〇年五月一日に公開した「方方が日記の出版で一二〇〇万米ドルを稼いだことが明らかに！　ネットで自慢気に語る彼女を友人たちが花束で祝福」という記事である。

*17　たとえば、〈龍之声〉というアカウントは二〇二〇年四月二九日に次のような動画をユーチューブにアップロードした。「今日の特ダネ！　スキャンダルがついに明るみに！　だれも想像できない方方邸の秘密！　今、衆目にさらされる一大スキャンダル！」

*18　Guobin Yang. *The Wuhan Lockdown*, New York: Columbia University Press (2021), 23. (武漢の封鎖)

*19　同右、83。

*20　Kevin Robins. *The Great City is Fragile: Fang Fang's Wuhan Diary*, Cultural Politics, Volume 17, Issue 1. Duke University Press(2021), 73. (大都市のもろさ——方方の『武漢日記』)

*21　Guobin Yang. *The Wuhan Lockdown*, New York: Columbia University Press (2021), 150. (武漢の封鎖)

*22　たとえば二〇二〇年一〇月九日時点で、地瓜熊老六のフォロワーは六百万を超えていた。張頤武には八百万以上、項立剛には百万以上のフォロワーがいた。

*23　エリック・リウへのインタビュー、二〇二一年五月一一日。

*24　筆者は饒玉峰《ラオ・ユーフォン》と黄昱綺《ファン・ユーチー》。

*25　David Bandurski. *PLA Site Attacks Bad Domestic Media*, on China Media Project (June 23, 2020). (中国人民解放軍のサイト、

悪質な国内メディアを非難）

＊26 「知識人の中には歪んだ価値観を持つ者がおり、その代表が方方だ、とアカデミー会員の張伯礼氏」環球時報、二〇二〇年五月一四日（無署名の記事）。

＊27 同右。

＊28 筆者は鉄頭娃《ティエトウワ》、二〇二〇年五月二日。

＊29 魯品越「方方日記——容認できない過ち」International Critical Thought (2020).

＊30 二〇二〇年八月、この本の新バージョンが barnesandnoble.com で公開された。カバーデザインを、HarperVia が出した *Wuhan Diary*（『武漢日記』）の装丁とそっくりに差し替えたのだ。

＊31 馮川の電子書籍『方方日記批判』二〇二〇年、発行元不明。

＊32 馮川の電子書籍は微信からは削除されたが、烏有之郷（ユートピア）というウェブサイトに「《方方日記》のテキスト、論理、問題」というタイトルで転載され、今でも読むことができる。

魔女狩り

＊1 范冰冰は中国を代表する女優であり、プロデューサー、モデル、歌手の顔も持つ。その人気絶頂期に、崔永元がいわゆる「陰陽契約」〔二重契約〕の証拠写真をネット上に暴露した。これで、同じ契約に二つのバージョンがあり、それぞれの報酬が著しく違うことが判明したのである。この写真は大変なスキャンダルを引き起こし、中国映画界全体に波紋を投げかけた。范は中国当局に勾留され、三か月近くたってようやく釈放された後、脱税について公式に謝罪した。范には八億八千万元（約一四六億円）の罰金が科せられ、これを機にエンターテインメント業界の高額所得者に対する新しい課税規則が制定された。その結果、映画業界は経済的に大きな痛手を被り、告発した崔永元はネットでの攻撃にさらされ、殺すと脅されたこともある。

＊2 崔永元「方方への忠告」。この記事は最初微博にアップロードされたが、たちまち削除された。だが幸い、複数のウェブサイトやユーザーの手で保存されている（検閲を逃れるため、多くの場合画像またはユーチューブ風のビデオエッセイとして）。

＊3 厳歌苓の「欺瞞！欺瞞！欺瞞！」はニッキー・ハーマンによって英語に翻訳され、Paper Republic（紙托邦）のウェブサイトで読むことができる。方方は日記の三月一六日の項でこのエッセイについて書いている。

＊4 Guobin Yang. *The Wuhan Lockdown*, New York: Columbia University Press(2021), 10.（武漢の封鎖）

＊5 Jasper Becker. *Made in China: Wuhan, COVID and the Quest for Biotech Supremacy*, London: C. Hurst & Co(2021),265.（メイド・イン・チャイナ――武漢、新型コロナウイルス、そしてバイオテクノロジーの覇権をめぐる攻防）

＊6 Adam Tooze. *Shutdown: How Covid Shook the World's Economy*. New York: Viking(2021), 56.

＊7 エリック・リウへのインタビュー、二〇二一年五月一一日。

＊8 Carlos Rojas. *Homesickness: Culture, Contagion, and National Transformation in Modern China*. Cambridge: Harvard University Press(2015), 164.（郷愁の念――現代中国の文化と伝染病と国家の変貌）

＊9 *Novel Coronavirus: The Battle to Delete Posts, Beyond Wuhan*, BBC News Chinese Online (March, 11, 2020).

＊10 Javier C Hernandez. As China Cracks Down on Coronavirus Coverage, Journalists Fight back, *New York Times* (March 14, 2020).（コロナウイルスの報道を弾圧する中国に、ジャーナリストが反撃）

＊11 Raymond Zhong, Paul Mozur, Jeff Kao and Aaron Krolik. No 'Negative' News: How China Censored the Coronavirus, *New York Times* (December 19, 2020).（〈ネガティブ〉ニュースは不要――中国のコロナウイルス報道検閲、その実態は）

＊12 「湖北大学教授、梁艶萍の調査を言明」紅色中国、二〇二〇年四月二八日。署名はないが、本文の記述から、筆者は余涅という人物だと思われる。

＊13 梁艶萍教授の調査については、中国だけでなく西側のメディアでも広く報じられた。

＊14 賈浅浅が方方との「共著」を出したという事実が、二人の関係をことさら強調する意図で持ち出されているが、ほとんど根拠のない主張である。この本は武漢大学が刊行した『我が父』〔未邦訳〕という随筆集で、二五人がそのテーマで寄稿している。たまたま、方方と賈浅浅、崔永元の三人が表紙に載ったというだけのことなのだ。

＊15 Tuo Wang. *The Cultural Revolution and Overacting: Dynamics between Politics and Performance*. Lanham: Lexington Books (2014), 34.（文化大革命と過激な行動――政治と演技の力学）

＊16 同右。

＊17 朝日新聞のインタビューで、方方は記者に、自分の最新作もその他の作品も中国では出版できないと語り、この状態を「冷たい暴力」と表現している。また、「全国各地の出版社が、みな突然私の作品の出版を取りやめた。上から何らかのプレッシャーがあったと考えるのが普通だ」とも述べている（宮嶋加菜子「国家の冷たい暴力に直面、『武漢日記』の方方さん、作品を出版できず」朝日新聞、二〇二〇年一二月三日〔英訳版の記事は一二月一五日掲載〕）。

方方がポップカルチャーに？

＊1　Guobin Yang's chapter on *Performing Cyber-Nationalism in Twenty-First Century China: The Case of Diba Expidition in Liu, Hailong ed. From Cyber-Nationalism to Fandom Nationalism: The Case of Diba Expedition in China*. New York: Routledge (2020), 1-12.　特に*Cultural skills and cyber-nationalism*, 6-7. の節を参照のこと。

＊2　この動画の日付は二〇二〇年四月二日になっているが、「本の翻訳と校正をたった一〇日でやってのけた」などの歌詞を見る限り、この日に作られたはずはない。日記の翻訳版刊行のニュースが発表されたのはこの一週間ほど後だからだ。実際に作られたのは、動画がユーチューブにアップロードされた二〇二〇年四月一三日か、その直前だろう。

＊3　Chang Liu. *Chinese Young Nationalists amid The COVID-19 Pandemic: A Rap against A "Diary"* (online essay), the New School Transregional Center for Democratic Studies (July 20, 2020).（新型コロナウイルス感染拡大の渦中にいる中国の若き愛国主義者たち――ある〈日記〉をたたくラップ）

＊4　ボウ・ピープは二〇二〇年一二月に二つ目の政治的ディスソングを発表した。今度のターゲットはオーストラリアのスコット・モリソン首相（当時）で、中国とオーストラリアの関係悪化を反映したものになっている。この第二作については、Bryan Grogan, *Chinese Rapper's Diss Track Aims at Australian Prime Minister Scott Morrison*, RADII (December 6, 2020) に詳しい。（中国人ラッパー、オーストラリア首相スコット・モリソンをディスる歌を発表）

＊5　これらの歌の中には、物議をかもす言葉の代わりに同音異義語やアステリスク（伏せ字）を使って要注意用語の〈検閲〉までやってしまうものもある。その歌があたかも〈反体制〉であるかのように見せる狙いがあるのだろう。

＊6　Yi-Ling Liu. *Why Chinese rappers don't fight the power*, BBC (November 6, 2019).（中国のラッパーが権力と闘わない理由）

＊7　『武漢日記』のパロディーとして人気を博した別の動画では、姜文《ジァン・ウェン》監督の映画「隠された男」のクリップとスクリーンショットが使われ、「オンラインで日記を書くなんてどういう奴なんだ?・」というようなセリフで方方を揶揄している。

＊8　李磊《リー・レイ》「〈戦狼〉と呼ばれるアーティスト、斬新なアートで事実の拡散と愛国心喚起に寄与」環球時報、二〇二〇年六月一八日。

＊9　雷雷の動画は「雷公太極拳の創始者雷雷が方方に物申す」というタイトルで複数のソーシャルメディアプラットフォームにアップロードされ、ネット上に拡散された。

＊10　雷雷を非難する徐暁冬の動画はユーチューブで視聴できる。

＊11　徐暁冬の動画の一部は、次の記事でも引用されている。「女流作家方方に対する雷雷の攻撃に対し、徐暁冬が武術界に方

方保護を呼びかけ」阿波羅（アポロ）新聞、二〇二〇年四月一七日。

＊12 雷雷を弾劾する徐暁冬のユーチューブ動画から引用。

＊13 徐暁冬が方方をかばうだけでなく、武漢の封鎖中に政治的迫害を受けた他の人々の擁護にも乗り出していることは注目すべきである。特に、人権派弁護士でフリージャーナリストの陳秋実《チェン・チューシー》は、武漢で逮捕されたことで世間の注目を集めたが、釈放後に初めて公の場に姿を現したのが、二〇二一年九月三〇日の徐暁冬のユーチューブチャンネルだった。

さまざまな武漢日記

＊1 パンデミック初期に書かれた他の封鎖日記の概要については、Guobing Yang's monograph *The Wuhan Lockdown*, New York, Columbia University Press (2021)（武漢の封鎖）を参照のこと。

＊2 武漢での新型コロナウイルス感染に関する記録にはよくあることだが、このウェブサイトも現在は完全に閉鎖されている。

＊3 サイト管理者（匿名を希望）のメールより引用。

＊4 方方の日記の多くはまだネット上で読むことができ、台湾の文芸誌『ＩＮＫ』には抜粋が掲載されている。

＊5 この文章は、人気のあるオンライン書店当当《ダンダン》に、紹介文として記載されている。

＊6 チェン・シー「『武漢女子阿念《アーニエン》の日記』――若き中国人女性の封鎖体験記が読者の感動を呼ぶ」環境時報、二〇二〇年一一月六日。

＊7 一九三七年の南京大虐殺についても同様の現象が見られる。一九八〇年代の半ば、日本の著名な政治家や公人が公の場でこの事件を否定することが続いたときに、中国がどう反応したかといえば、「証拠」と「証言」に焦点を当てた大量の映画やドキュメンタリー、ノンフィクション、手記、小説を発表したのである。この一九八〇年代の場合、南京大虐殺をめぐる中国側の文化的論調を形成していたのは、主として、日本側の否定を切り離して考えようとする少数派と、愛国的感情に押されてそれに反論する「証拠」を求める大衆だった。二〇二〇年に武漢で起こった爆発的感染の場合にも、同様の動きが見られる。大量の書籍やドキュメンタリー、舞台劇、テレビドラマが制作され、『武漢日記』の〈イデオロギー的誤り〉に反論し、それを正そうとしている。しかも、「日記」という形式だけは方方の方法を踏襲しているのだ。

＊8 日記形式の公式記録以外に、この出来事を〈英雄譚〉に仕立てた一連の作品も、同時期に出版された。この種の作品では、ことさら戦争を想起させる言葉やイメージを使うことが多い。これは日記形式の公式記録でも見られるテーマだが、物語形式の作品の方がはるかに際立っている。『前線でウイルスと闘う共産党員』『ウイルスと闘う中国』『ウイルス撲滅――

行動を起こす私たち』『学士院会員、ウイルスと闘う』『対ウイルス経済戦争』『ウイルスと闘った英雄の記録』『戦疫の盾』『英雄に敬礼』『人民の戦疫』など。これらの作品はすべて、中国で創作された力強い物語であり、そこでは新型コロナウイルスの蔓延とその対策に、戦争文学でおなじみの力強い言葉づかい（犠牲や英雄的行為、無私、愛国心について）が使われている。

*9　二〇二一年五月一四日に投稿された趙立堅（@zlj517）のツイート。

*10　同右。

*11　David Der-wei Wang. *Why Fiction Matters in Contemporary China*. Waltham: Brandeis University Press (2020), 176.（現代中国でフィクションが重要な理由）

*12　Margaret E Roberts. *Censored: Distraction and Diversion Inside China's Great Firewall*. Princeton: Princeton University Press (2018), 43.（検閲済み——中国のグレート・ファイアウォール内における気晴らしと気散じ）

*13　「湖北人民出版社、〈感染症との闘いの記録〉シリーズのプロモーションイベントを開催」捜狐（SOHU.com）二〇二〇年七月二七日（無署名）。

*14　汪錚『中国の歴史認識はどう作られたのか』伊藤真訳、東洋経済新報社、二〇一四年。

*15　地瓜熊老六「米国日記一九一　二〇二〇年は方方にとって栄光の年のように思われるが、実際には嘆きの年だった」二〇二〇年一〇月五日、微博。

*16　同右。

*17　引用箇所は、マシュー・ポティンガーが五四運動を記念して中国語で行ったスピーチの一部。全文の英訳（*Remarks by Deputy National Security Advisor Matt Pottinger to the Miller Center at the University of Virginia*）は、テキストと動画で公開されている。

*18　地瓜熊老六「米国日記二九六　言葉の力は原爆より破壊力が大きい」二〇二一年一月二六日、微博。

*19　私が翻訳者として受けた個人攻撃の中でも、最も頻繁に、しつこく繰り返されたのが、私自身の「米国日記」を書いてアメリカ政府のコロナ対策の失敗を明らかにしろという要求だ。地瓜熊老六の「米国日記」を英語に翻訳しろという要求も、何度となく繰り返された。

*20　ある意味で、この現象は人気小説の物語世界をファンが拡張してネット上に展開するファン・フィクションに似ている。ＳＦ作家劉慈欣《リウ・ツーシン》の作品世界を同じＳＦ作家の宝樹《バオシュー》が文学的に拡張したものはその一例だ。地瓜熊老六の「米国日記」は

これらファン・フィクションとは正反対に位置するもので、〈ファン〉ではなく、中傷フィクションとかヘイト・フィクションとでも分類すべきだろう。

＊21 Dwight Garner. Wuhan Diary' offers an angry and eerie view from inside quarantine, *New York Times* (May 21, 2020).（封鎖都市内部から怒りや不気味さをつづる『武漢日記』）

＊22 声高に語られる両極端の意見はまったく相いれないものだが、ジンクアン・ユー、ビンガン・チャーン、ルー・シャオが次の引用でいみじくも指摘しているように、『武漢日記』に対する肯定的反応と否定的反応の他に、もう一つ重要なのが、立場を鮮明にしない反応だ。「読者の中にはどちらかといえば中立の立場をとるグループもいた。彼らは、方方の日記がアメリカで英語に翻訳されたことに関する批判と支持、両方の意見を吟味して、英語への翻訳は支持するが、内容の一部をわかりやすくしたり書き直したりして、本当のことが伝わるようにする必要があるという意見に落ち着く傾向があった」。Jinquan Yu, Binghan Zheng & Lu Shao. *Who has the final say? English translation of online lockdown writing Wuhan Diary,* in *Perspectives: Studies in Translation Theory and Practice.* Routledge. Published online (May 26, 2021), 5.（最終決定権はだれにある？　ネット上の封鎖記録『武漢日記』の英訳——翻訳の理論と実際の視点から）

＊23 実際、私への攻撃で最も多かったコメントが、外国人の来るところではないと言わんばかりの「微博から出て行け！」というものだった。

不思議な感覚

＊1 Jing Wu, Simin Li, and Hongzhe Wang. *From Fans to "Little Pink" in Hailong Liu ed. From Cyber-Nationalism to Fandom Nationalism: The Case of Diba Expedition in China.* New York: Routledge(2020), 32.（『サイバーナショナリズムからファンダムナショナリズムへ——中国の帝吧出征』よりファンから〈小粉紅〉まで）

＊2 Gao Feng and Wong Lok-to. *Top Chinese Universities Amend Charters to Remove Reference to Freedom*, Radio Free Asia (December 18, 2019).（中国の名門大学、大学憲章を修正して自由に関する条項を削除）

＊3 中国の著名な文化人で国外に去った人には、艾未未《アイ・ウェイウェイ》、崔子恩《ツェイ・ジィエン》、廖亦武《リャオ・イウ》、劉賓雁《リウ・ビンイエン》、劉再復《リウ・ツァイフー》、王若望《ワン・ルォワン》、朱日坤《ジュー・リークァン》などがいる。

＊4 司馬南「方方のエミール・ギメ〈アジア文学賞〉受賞を批判する」二〇二一年一月二八日。

＊5 風雲瞰「識者の意見——方方支持か不支持か」

＊6 同右。

＊7 この引用とそこに含まれる根拠のない主張は、最初は微博に投稿されたが、後に、ユーチューブその他のストリーミングサイトにアップロードされた人気の動画によって引用され、拡散された。二〇二一年二月二日に幸仔説中国（Lucky Talks China）が投稿した「大騒ぎから一年たって、方方はいつ報いを受けるのか？ その答えが今日わかる！」という動画もその一つである。

＊8 幸仔説中国のVログ「バイデンが大統領に就任して三日後、米国は突然重大問題に気がついた！ 彼らは方方にだまされていたのだ！ 中国での生活は素晴らしい！」二〇二一年一月二三日、ユーチューブ。

＊9 ごくわずかの事実を膨らませてとんでもない話を作り上げる好例の一つが、私が『武漢日記』を翻訳して米政府から八万ドルの「報酬」を得たという主張である。この話は多数のネット荒らしによってさんざん繰り返されたが、事実はこうだ。方方が『武漢日記』を書き始める数か月前に、方方の小説『柩のない埋葬』を翻訳するために、私は国立芸術基金に翻訳の認可を申請していた。この申請が、プロの翻訳家で構成される外部の審査委員会によって、二〇二〇年下期の基金対象に選出されたのだ。受け取った金額は一万二五〇〇米ドル、およそ八万元である。

＊10 二〇二一年七月二七日、見聞資訊《ジエンウエンツースイイン》に掲載。

＊11 海慶説《ハイキンシュウオ》が二〇二一年七月二七日にユーチューブにアップロードした論評動画など。

理由

＊1 たとえば、作家賈浅浅《ジア・チイエンチイエン》に対する攻撃は、二〇二一年一月三一日に、司馬南、地瓜熊老六、その他によって同時に開始された。

＊2 Zhuang Pinghui. The rise of the Little Pink: China's angry young digital warriors, *South China Morning Post*〔香港の日刊英字新聞〕(May 26, 2017).（小粉紅の台頭——中国の怒れる若きデジタル戦士たち）

＊3 Guobin Yang. *The Power of the Internet in China: Citizen Activism Online*. New York, Columbia University Press (2009), 50-51.（中国のインターネットパワー——オンラインの市民活動）

＊4 Liz Carter. *Let 100 Voices Speak: How the Internet is Transforming China and Changing Everything*. New York: I.B. Tauris (2015), 54.（百人の声——インターネットが変える中国と世界）

＊5 Maria Bondes and Günter Schucher. *Derailed emotions: The transformation of claims and targets during the Wenzhou online incident in Wenhong Chen* (ed.) *The Internet, Social Networks and Civic Engagement in Chinese Societies.* Routledge (2015), 46.（中国社会におけるインターネットとソーシャルネットワークと市民参加）

＊6　「胡錫進、『方方の日記』現象を評す」環球時報、二〇二〇年三月一九日。

＊7　Manoj Kewalramani. *Smokeless War: China's Quest for Geopolitical Dominance.* New Delhi: Bloomsbury India (2021), 65.（煙の立たない戦争——中国が追求する地政学的支配）

＊8　エリック・リウへのインタビュー、二〇二一年五月一一日。

＊9　ホンウェイ・バオ「三人の女性とそれぞれの武漢日記——女性の目で見た封鎖都市の記録」Cha〔香港を拠点にする英語によるオンライン文芸誌〕、二〇二〇年一〇月一七日。

＊10　Guobin Yang. *The Wuhan Lockdown*, New York: Columbia University Press (2021), 151.（武漢の封鎖）

＊11　同右。

＊12　A Subramani. ICJ moves UNHRC against China for COVID-19 reparations, *Times of India* (April 2, 2020).（ＩＣＪ、中国に対して新型コロナウイルスの補償を求める動議をＵＮＨＲＣに提出）

＊13　Joe Walsh. Trump if Demanding China Pay 'Big Price' for Covid-19, *Forbes* (October 8, 2020).（トランプ大統領、中国に新型コロナウイルスの〈大規模補償〉を要求）

＊14　廖光生《リャオ・グアンシオン》『排外主義と中国の政治』三民書局、一九八六年、136〔未邦訳〕。

＊15　Guobin Yang. *The Wuhan Lockdown*, New York: Columbia University Press (2021), 161.（武漢の封鎖）

＊16　これは、方方への攻撃が最も激しかった二〇二〇年四月九日に、胡錫進が自身の微博アカウントに公開した文章の一部である。この投稿は後に多数のウェブサイトに転載された。

＊17　ＣＢＦ（China Business Focus）二〇二〇年四月二五日の記事「方方支持を公言している有名人」、風雲瞰のブログ記事「識者の意見——方方支持か不支持か」などを参照のこと。

＊18　「非礼社会」の概念については、Min Jiang and Ashley Esaray, *Uncivil Society in Digital Society: Incivility, Fragmentation, and Political Stability*, International Journal of Communication. Vol 12 (2018).（デジタル社会における非礼社会——非礼、対立、そして政治的安定）を参照のこと。

＊19　天空中的鷹〔空を飛ぶ鷹〕の質問。

＊20　一地在要工《イーディーツァイヤオゴン》の記事で、基本的な一〇項目の法律問題として、（1）憲法上の権利問題、（2）国際法上の責任問題、（3）

刑法問題（汚職、中傷、殺害の脅しなど）、（４）行政上の違法行為、（５）民事・商事法、（６）ネット論争に対処する方法などが論じられている。

＊21 小虎有話説〔小虎が物申す〕。

＊22 Rosie Perper, A 4th Chinese citizen journalist was reportedly detained while livestreaming what life was like in Wuhan at the height of the coronavirus outbreak, *Business Insider* (May 18, 2020).（中国の市民派ジャーナリスト、コロナウイルス感染症ピーク時の武漢の状況をライブストリーミング中に身柄を拘束された模様（これで四人目））

＊23 Jasper Becker. *Made in China: Wuhan, COVID and the Quest for Biotech Supremacy*. London: C. Hurst & Co. (2021), 267.

＊24 方方の「関於（〜について）」シリーズでは、一回分を割いて「惨めな状態にいる自分を利用している」という批判に応えている。「関於——惨めさを利用することについて」を参照。この記事は最初微信で公開され、後にラジオ・フランス・アンテルナショナルに再投稿された。

教訓

＊1 Michael Berry. *A History of Pain: Trauma in Modern Chinese Literature and Film*. New York: Columbia University Press (2008), 5.

＊2 同右、6。

＊3 Kaiping Chen, Anfan Chen, Jingwen Zhang, Jingbo Meng, and Cuihua Shen. Conspiracy and debunking narratives about COVID-19 origins on Chinese social media: How it started and who is to blame, *Misinformation Review*.(December 10, 2020).（新型コロナウイルスの起源について、中国ソーシャルメディアでの陰謀と暴露の物語——どのように始まったか、責めを負うべきはだれか）

＊4 Wang Zheng. *Never Forget National Humiliation: Historical Memory in Chinese Politics and Foreign Relations*. New York: Columbia University Press (2012), 228.〔汪錚『中国の歴史認識はどう作られたのか』伊藤真訳、東洋経済新報社、二〇一四年〕

＊5 Amy Gunia. China's Draconian Lockdown Is Getting Credit for Slowing Coronavirus. Would It Work Anywhere Else?, *Time* (March 13, 2020).（中国の徹底した封鎖がコロナウイルス抑制の効果を上げつつある。この方法は他の場所でも有効か？）

＊6 Siobhan O'Grady. China's coronavirus lockdown – brought to you by authoritarianism, *The Washington Post*. (January 27, 2020).（中

国のコロナウイルス封鎖——権威主義がもたらすもの）

＊7　China: Events of 2020.（中国——二〇二〇年の出来事）

＊8　Deborah Netburn. A Timeline of the CDC's advice on facemasks, *Los Angeles Times* (July 27, 2021).（CDCのタイムライン——マスクに関するアドバイス）

＊9　Trump just declared victory over the coronavirus. Here's why that's premature. *Vox* (April 16, 2020).（トランプ大統領の対コロナウイルス勝利宣言が時期尚早である理由）

＊10　Joe Saballa. UT Faculty Calls to Reinstate Prof Accused of Being a Spy, *The College Post* (October 4, 2021)（テネシー大学教授会、スパイの容疑をかけられた教授の復職を要請）, Ellen Nakashima. Charges dismissed against MIT professor accused of hiding research ties to China, *The Washington Post* (January 20, 2022)（中国との研究提携を隠していたとされるマサチューセッツ工科大学教授に対する告発が却下される）などを参照のこと。

＊11　Harriet Alexander. White House 'requesting names of those who clapped out departing Pentagon official, *The Independent* (November 12, 2020).（ホワイトハウス、ペンタゴンを去る長官を拍手で送り出した職員の氏名を要求）

＊12　Thomas Rid. *Active Measures: The Secret History of Disinformation and Political Warfare*. New Yok: Farrar, Straus and Giroux (2020), 11.〔『アクティブ・メジャーズ——情報戦争の百年秘史』松浦俊輔訳、作品社、二〇二一年、16〕

＊13　方方も、日記の「まえがき」で、湖北省と武漢市の政府高官が更迭されたことは認めている。

＊14　歓待の概念については、Jacques Derrida. *Of Hospitality: Anne Dufourmantelle Invites Jacques Derrida to Respond*. Stanford: Stanford University Press (2000) を参照のこと。〔邦訳：『歓待について——パリ講義の記録』廣瀬浩司訳、ちくま学芸文庫、二〇一八年〕

エピローグ　光明

＊1　Michael Berry. *SARS@Hong Kong: A Brief Pathology of a Cinema of Disease*. In A Journal of the Plague Year, Sternberg Press (2015), 84.

＊2　同右、99。

＊3　張生「マイケル・ベリー教授」は二〇二〇年四月一六日に微博に投稿後、複数のウェブサイトに転載された。

FF; but actually it has been a shameless year of lament”（米国日記191:2020貌似FF的風光大年，實則更是她的無恥哀年）Weibo . October 5, 2020.

・Yan Geling（嚴歌苓）.“Hide! Hide! Hide!（瞞！瞞！瞞！）” Translated by Nicky Harman. Paper Republic website.

・Yan Lianke（閻連科）. “What Happens After Coronavirus? On Community Memory and Repeating Our Own Mistakes” 2020 Literary Hub. March 11, 2020.（「この厄災の経験を「記憶する人」であれ」泉京鹿訳、「Newsweek」2020年3月10日号）

・Yang, Guobin. “In China, Pandemic Diaries Unite, and Divide, a Nation.” Social Science Research Council, Items, Insights from *the Social Sciences*. September 24, 2020.

・Yang, Guobin. *The Power of the Internet in China: Citizen Activism Online*. New York, Columbia University Press. 2009.

・Yang, Guobin. “Performing Cyber-Nationalism in Twenty-First Century China: The Case of Diba Expidition.” in Liu, Hailong ed. From *Cyber-Nationalism to Fandom Nationalism: The Case of Diba Expedition in China*, 1-12. New York: Routledge. 2020.

・Yang, Guobin. *The Wuhan Lockdown*. New York: Columbia University Press. 2021

・Jinquan Yu, Binghan Zheng & Lu Shao. “Who has the final say? English translation of online lockdown writing Wuhan Diary.” Perspectives: Studies in Translation Theory and Practice. Routledge. Published online May 26, 2021.

・Yu Nie（余 涅）. “Some Remarks on the Investigation into Hubei University Professor Liang Yanping(談談湖北大学調査梁艷萍教授).” Red China（RedChinaCn.net）.April 28, 2020.

・Zha Qiongfang. *Dr Zha's Diary of Fighting the COVID-19*. Shanghai: Shanghai Jiao Tong University Press. 2020.

・Zhang Ling（張翎）. *Panic on the Road: My Experience During the Coronavirus Outbreak*（一路惶恐：我的疫情記事）. Taipei: China Times. 2020.

・Zhang Sheng（張生）. “Professor Michael Berry（白睿文教授）.” Weibo. April 16, 2020. reprinted on numerous websites.

・Zhang Yuanke（張元珂）(ed.). *Research Materials on Fang Fang*（方方研究資料）. Nanchang: Baihuazhou Literature and Art Press. 2019.

・Zhao Dongfang（趙東方）. *Diary of the Battle Against the Virus at Leishenshan*（雷神山戰疫日記）. Wuhan: Hubei People's Publishing House. 2020.

・Zhao Keming（趙可銘）. “Soft Burial is Vindictive Counterattack Against the Land Reform Movement（《軟埋》是對土改的反攻倒算），” Red Culture Online（紅色文化網）. May 25, 2017.

・Zhuang Pinghui. “The rise of the Little Pink: China's angry young digital warriors.” *South China Morning Post*. May 26, 2017.

・Zhong, Raymond, Paul Mozur, Jeff Kao and Aaron Krolik. “No ‘Negative’ News: How China Censored the Coronavirus.” *New York Times*. December 19, 2020.

・Žižek, Slavoj. *Pandemic!: COVID-19 Shakes the World*. New York: Polity Press. 2020.（『パンデミック――世界をゆるがした新型コロナウイルス』斎藤幸平監修、中林敦子訳、Pヴァイン、2020年）

April 2, 2020.

- Tietouwa(鐵頭娃). "Publication date of the English edition of Fang Fang's Diary has been moved up, becoming a true bullet(方方英文版日記提前出版, 真誠了一顆子弾)." NETEASE (網易). May 2, 2020.
- Tooze, Adam. *Shutdown: How Covid Shook the World's Economy*. New York: Viking. 2021.
- Wang, David Der-wei. *Why Fiction Matters in Contemporary China*. Waltham, MA: Brandeis University Press. 2020.
- Wang, Tuo. *The Cultural Revolution and Overacting: Dynamics Between Politics and Performance*. Lanham: Lexington Books. 2014.
- Various authors. *Stories of Courage and Determination: Wuhan in Coronavirus Lockdown*. Beijing: Foreign Language Press. 2020.
- Various authors. "Special issue on Wuhan Diary". *Yazhou Zhoukan: The International Chinese Newsweekly*. April 20-26, 2020 issue.
- Various authors. Special issue on Coronavirus disease of 2019. *INK Literary Monthly*. May 2020.
- Veg, Sebastian. *Minjian: The Rise of China's Grassroots Intellectuals*. New York, Columbia University Press. 2019.
- Voice of the Dragon (龍之声). "Headline News Today! They Have Dug Out the Dirt! There is a Huge Secret Lurking Within Fang Fang's Villa That No One Can Imagine! The Socking Scandal is Now Exposed for All to See! (今日頭条!終於査出来了!方方別墅老屋暗藏一樁驚天慟地的秘密, 超出了所有人想像!驚天黒幕爆光大白於天下!)" YouTube. April 29, 2020.
- Walsh, Joe. "Trump if Demanding China Pay 'Big Price' for Covid-19" *Forbes*. October 8, 2020.
- Wang, Vivian and Javier C. Hernandez. "China Long Avoided Discussing Mental Health. The Pandemic Changed That." *New York Times*. December 21, 2020.
- Wang, Zheng. *Never Forget National Humiliation: Historical Memory in Chinese Politics and Foreign Relations*. New York: Columbia University Press. 2012.
- Wu Rui (呉鋭). *Twentieth Century Chinese Historiography and Historians* (二十世紀史學與史學家). Taipei: Tonson Publications (唐山出版社). 2021.
- Xingzai Shuo Zhongguo (幸仔説中国) (Lucky Talk China). "After a Full Year of Making a Scene, When Will Fang Fang Get What is Coming to Her? Today We Have an Answer! (方方鬧騰了一年, 什麼時候収拾她?今天有答案!)" YouTube. February 2, 2021.
- Xingzai Shuo Zhongguo (幸仔説中国) (Lucky Talk China). "Three Days After Biden Assumes Office, the United States has Suddenly Realized there is a Serious Problem! Fang Fang has Terribly Deceived them! Life in China is Good! (拝登上台3天, 美国突然意識到一個重要問題!方方把他們騙慘了!生活在中国真幸福!)" YouTube. January 23, 2021.
- Xinhua News Wuhan Frontline Reporting Team. *The Battle for Wuhan: Diaries of Journalists on the COVID-19 Frontline*. Beijing: Xinhua chubanshe. 2020.
- Xu Xiaodong (徐曉冬). YouTube video denouncing Lei Lei(雷雷).
- Yam Bear Six (地瓜熊老六). "American Diary 191: 2020 seems to be a big glorious year for

Chinese Studies. 1980.

- McGregor, Richard. *Xi Jinping: The Backlash*. Penguin Books. 2019.
- Mengin, Francoise (ed.). *Cyber China: Reshaping National Identities in the Age of Information*. Palgrave Macmillan. 2004.
- Min Jiang and Ashley Esaray. "Uncivil Society in Digital Society: Incivility, Fragmentation, and Political Stability." *International Journal of Communication*, Vol.12. 2018.
- Kanako Miyajima. "Author of 'Wuhan Diary' now finds herself muzzled in China" *The Asahi Shimbun*. December 15, 2020. (宮嶋加菜子「国家の冷たい暴力に直面、『武漢日記』の方方さん、作品を出版できず」朝日新聞、2020年12月3日)
- Ng, Jason Q.. Blocked on Weibo. New York, The New Press. 2013.
- Ni Ke (尼克). *Going Home: A Record of Taiwanese Stranded in Wuhan and Their Escape from a Quarantined City* (返家：湖北武漢受困台灣人封城逃疫記). Taipei: China Time. 2020.
- Perper, Rosie. "A 4th Chinese citizen journalist was reportedly detained while livestreaming what life was like in Wuhan at the height of the coronavirus outbreak." *Business Insider*. May 18, 2020.
- Pottinger, Matthew. "Remarks by Deputy National Security Advisor Matt Pottinger to the Miller Center at the University of Virginia." YouTube. May 7, 2020.
- Rao Yufeng (饒玉峰)and Huang Yuqi (黃昱綺). "The Lightspeed Publication of 'Fang Fang's Diary' Will Only Expose the Truth About More Western 'Pot Throwing' (光速出版的《方方日記》，只能暴露更多西方"甩鍋"的真相)." *China Military* (中国軍網). June 10, 2020.
- Renmin wang (人民網). *The People's Battle Against COVID-19* (人民戰疫). Chongqing: Chongqing chubanshe. 2020.
- Roberts, Margaret E.. *Censored: Distraction and Diversion Inside China's Great Firewall*. Princeton: Princeton University Press. 2018.
- Robins, Kevin. "The Great City is Fragile: Fang Fang's Wuhan Diary." *Cultural Politics*, Vol.17, Issue 1. Duke University Press. 2021.
- Rid, Thomas. *Active Measures: The Secret History of Disinformation and Political Warfare. New Yok:* Farrar, Straus and Giroux. 2020. (『アクティブ・メジャーズ　情報戦争の百年秘史』松浦俊輔訳、作品社、2021年)
- Rojas, Carlos. *Homesickness: Culture, Contagion, and National Transformation in Modern China*. Cambridge: Harvard University Press. 2015.
- Sayed, Adham (阿徳漢 賽義徳). *Confidence Comes from Effectiveness: A Foreigner's Wuhan Diary* (堅定：一個外國人的武漢日記). Beijing: The Contemporary World Press. 2020.
- Sima Nan (司馬南). "Critique of Fang Fang Being Awarded the Emile Guimet Prize for Asian Literature (司馬南：評方方又獲吉美文學獎)." Youtube. January 28, 2021.
- Sina Weibo, Sina Reading (新浪微博 新浪読書). *Wuhan Diary of Resistance Against the Virus* (武漢抗疫日記). Beijing: Beijing lianhe chubanshe. 2020.
- Sinha, Mrinalini. *Specters of Mother India: The Global Restructuring of an Empire*. Durham: Duke University Press. 2006.
- Subramani, A. "ICJ moves UNHRC against China for COVID-19 reparations." *Times of India*.

- Hu Xijin(胡錫進). "Huxijin's Take on the "Fang Fang Diary" Phenomena(胡錫進評方方日記現象)." *The Global Times* (環球時報). March 19, 2020.
- Jing Wu, Simin Li, and Hongzhe Wang. "From Fans to 'Little Pink'" in Hailong Liu ed. *From Cyber-Nationalism to Fandom Nationalism: The Case of Diba Expedition in China*. New York: Routledge. 2020.
- Kewalramani, Manoj. *Smokeless War: China's Quest for Geopolitical Dominance*. New Delhi: Bloomsbury India. 2021.
- Kraidy, Marwan M.. *The naked Blogger of Cairo: Creative Insurgency in the Arab World*. Cambridge, Harvard University Press. 2016.
- Lai Fu (来福). "The Battle Over Fang Fang: Old Answers and New Questions to the 'Theory of Passing the Knife' (方方戦争 :「剃刀論」的旧答案和新問題)." *Initium Media*. May 20, 2020.
- Lao Yang Daochushuo(老楊到処説). "Is Fang Fang a Member of the Freemasons!? (方方是共済会員!?)" YouTube. December 2, 2020.
- Lee, Claire Seunggeun. *Soft Power: Made in China*. Palgrave Macmillan. 2018.
- Lei Lei (雷雷)."Founder of Thunder God Tai Chi Lei Lei Challenges Fang Fang (雷公太極創始人雷雷挑戦方方)." uploaded to various social media platforms and widely disseminated online.
- Levine, Suzanne Jill. *The Subversive Scribe: Translating Latin American Fiction*. Dalkey Archive. 2009.
- Li, Jie & Enhua Zhang (eds.). *Red Legacies in China: Cultural Afterlives of the Cultural Revolution*. Harvard University Asia Center. 2016.
- Li Jing (黎靖) (written and illustrated). *2020 Wuhan Diary* (2020 武漢日記) . Beijing: Zhongguo guojiguangbo chubanshe. 2020.
- Liao Guangsheng (廖光生). *Exclusionism and Chinese Politics* (排外與中国政治). Taipei: Sanmin shuju. 1986. 136.
- Liu, Hailong ed. *From Cyber-Nationalism to Fandom Nationalism: The Case of Diba Expedition in China*. New York: Routledge. 2020.
- Liu Yu (劉宇) . *I'm Afraid I Might One Day Forget: A Record of Fighting the Outbreak in Wuhan* (我怕将来会忘記：武漢抗疫手記). Hong Kong: Joint Publishing. 2020.
- Lu Guoping (魯國平先生). "Are we being too hard on Fang Fang by criticizing her diary as a work of 'hearsay'? (指責方方日記"道聴途説"是苛求嗎?)" Sina.com. April, 23, 2020.
- Lu,Pinyue."Fang Fang's Diary: An Indefensible Mistake, International Critical Thought." International Political Thought, Vol.10, Issue 3, 483-493. 2020,
- Luo Siling (羅四鴒) . "After Being Attacked by Leftists, Fang Fang Discussed the 'Soft Burial' of Soft Burial(遭左派囲攻, 作家方方談《軟埋》的"軟埋")." *The New York Times* Chinese Edition. June 27, 2017.
- Lu Hsun. *Selected Stories*. New York: W.W. Norton. 2003.
- McDougall, Bonnie S.. Mao Zedong's "Talks at the Yan'an Conference on Literature and Art: A Translation of the 1943 Text with Commentary." University of Michigan, *Center for*

- Chen, Wenhong (ed.). *The Internet, Social Networks and Civic Engagement in Chinese Societies*. Routledge. 2015.
- Dai Qing (戴晴). *Wang Shiwei and Wild Lilies: Rectification and Purges in the Chinese Communist Party 1942-1944*. Routledge. 1993.
- David, Deborah and Helen Siu (eds.). *SARS: Reception and Interpretation in three Chinese Cities*. Routledge. 2007.
- Davidson, H. "Chinese writer faces online backlash over Wuhan lockdown diary." *The Guardian*. April 10, 2020.
- Derrida, Jacques. *Of Hospitality: Anne Dufourmantelle Invites Jacques Derrida to Respond. Stanford:* Stanford University Press. 2000. (『歓待について　パリ講義の記録』廣瀬浩司訳、ちくま学芸文庫、2018年)
- Fang Fang (方方). *Wuhan Diary: Dispatches from a Quarantined City*. Translated by Michael Berry. New York: HarperVia. 2020. (『武漢日記』飯塚容／渡辺新一訳、河出書房新社、2020年)
- Fang Fang (方方). "About: Exploiting Misery (關於：賣慘)." originally published on WeChat and reposted on Radio France International.
- Fang Fang (方方). *Selected Works of Fang Fang* (方方自選集). Beijing: Tiandi Press. 2018.
- Fang Fang (方方). *A Soft Burial* (軟埋). Beijing: Renmin Publishing House. 2016. (『柩のない埋葬』渡辺新一訳、河出書房新社、2022年)
- Fedtke, Jana, Mohammed Ibahrine, and Yuting Wang. "Corona crisis chronicle: Fang Fang's Wuhan Diary (2020) as an act of sousveillance." Online Information Review. February 23, 2021.
- Feng Chuan (馮川). *Criticism of Fang Fang's Diary* (方方日記批判). e-book. 2020. No publisher listed. Reprinted on line at Wuyou zhi xiang wangkan (烏有之郷網刊) under the alternate title Text, Logic, and Problems with Fang Fang's Diary (《方方日記》的文本、邏輯與問題).
- Feng, Yang. *A New Virus: The start of the pandemic*. 2020.
- Gao, Xibai (ed.). *China's Novel Coronavirus Response: Guidelines for Governments, Communities, Entities and Individuals to Combat COVID-19*. Lisa Cella Press. 2020.
- Garner, Dwight. "'Wuhan Diary' offers an angry and eerie view from inside quarantine." *New York Times*. May 21, 2020.
- Gladstone, Rick. "Trump Demands U.N. Hold China to Account for Coronavirus Pandemic." *New York Times*. September. 22, 2020.
- Griffiths, James. *The Great Firewall of China: How to Build and Control an Alternative Version of the Internet*. London: Zed Books. 2019.
- Grogan, Bryan. "Chinese Rapper's Diss Track Aims at Austrian Prime Minister Scott Morrison." RADII. December 6, 2020.
- Guo Jing (郭晶). *Diary of the Wuhan Lockdown* (武漢封城日記). Taipei: Linking. 2020. (『武漢封城日記』稲畑耕一郎訳、潮出版社、2020年)
- Hernandez, Javier C.. "As China Cracks Down on Coronavirus Coverage, Journalists Fight back." *New York Times*. March 14, 2020.

参考文献

- Anonymous. "Some Chinese intellectuals hold distorted values, represented by Fang Fang: academician Zhang Boli." *The Global Times* (環球時報). May 14, 2020.
- Anonymous. "Lei Lei Wants to Beat "Failed" Woman Writer While Xu Xiaodong Calls on the Martial World to Protect Fang Fang (雷雷要湊敗家女作家 徐晓冬籲武林：保護方方)." 阿波羅新聞. April 17, 2020.
- Bandurski, David. "PLA Site Attacks Bad Domestic Media." *China Media Project*. June 23, 2020.
- Bao, Hongwei. "Three Woman and Their Wuhan Diaries: Women's Writing in a Quarantined Chinese City." *Cha Journal*. October 17, 2020.
- Becker, Jasper. *Made in China: Wuhan, COVID and the Quest for Biotech Supremacy*. London: C. Hurst & Co. 2021.
- Bengali, Shashank and Alice Su. "'Put on a mask and shut up': China's new 'Wolf Warriors' spread hoaxes and attack a world of critics." *Los Angeles Times*. May 4, 2020.
- Berry, Michael. *A History of Pain: Trauma in Modern Chinese Literature and Film*. New York: Columbia University Press. 2008.
- Berry, Michael. *SARS@Hong Kong: A Brief Pathology of a Cinema of Disease*. A Journal of the Plague Year. Sternberg Press. 2015.
- Blanchette, Jude D.. *China's New Red Guards: The Return of Radicalism and the Rebirth of Mao Zedong*. New York: Oxford University Press. 2019.
- Bondes, Maria and Gunter Schucher. "Derailed emotions: The transformation of claims and targets during the Wenzhou online incident." in Wenhong Chen (ed.) The Internet, Social Networks and Civic Engagement in *Chinese Societies*. Routledge. 2015.
- Carter, Liz. *Let 100 Voices Speak: How the Internet is Transforming China and Changing Everything*. New York: I.B. Tauris. 2015.
- Chang Liu. "Chinese Young Nationalists amid The COVID-19 Pandemic: A Rap against A 'Diary'." online essay published on the New School Transregional Center for Democratic Studies. July 20, 2020.
- Chen, Kaiping, Anfan Chen, Jingwen Zhang, Jingbo Meng, and Cuihua Shen. "Conspiracy and debunking narratives about COVID-19 origins on Chinese social media: How it started and who is to blame." *Misinformation Review*. December 10, 2020.
- Chen Liansong(陳聯松)and Zhao Wenying(趙文穎). *The Doctor's Pandemic Diary: COVID 19 in 2020* (疫情雜記：一個時代的窓口). California, Qiao Publishing. 2020.
- Chen Xi. "'Wuhan Girl A Nian Diary' – young Chinese woman's tough experience during COVID-19 lockdown moves readers." *The Global Times* (環球時報). November 6, 2020.
- Chen, Xinyu, Zhuo, Zenghua, Xu, Yichen and Wu, Zhihang. *Report of a Survey on Fang Fang Diary* (方方日記問卷調查研究報告). China Law Review (中国法律評論). 2020.
- Cui Yongyuan (崔永元). "A Lesson for Fang Fang (給方方生一課)."

著者略歴

マイケル・ベリー Michael Berry

カリフォルニア大学ロサンゼルス校（UCLA）現代中国文化研究科教授および中国研究センター長。方方『武漢日記』の英語版訳者。葉兆言『一九三七年の愛』、王安憶『長恨歌』、舞鶴『余生』（いずれも未邦訳）など中国現代作家の作品の翻訳を多数手がける。台北金馬映画祭など多数の映画祭で審査員も務めており、*A History of Pain: Trauma in Modern Chinese Literature and Film*, *Speaking in Images: Interviews with Contemporary Chinese Filmmakers* など中国映画に関する著作もある。

訳者略歴

竹田純子 たけだ・じゅんこ

同志社大学文学部英文学科卒業。ノンフィクションのほか、ウェブサイトやマーケティング資料などの翻訳に携わる。主な訳書にジョン・ウッドワード『進化をたどる7億年の旅』（河出書房新社）、トッド・K・フラー『オオカミ SPIRIT OF THE WILD』（化学同人）などがある。

「武漢日記」が消された日

中国から始まったある言論弾圧

二〇二三年一月二〇日　初版印刷
二〇二三年一月三〇日　初版発行

著者　マイケル・ベリー
訳者　竹田純子
ブックデザイン　鈴木成一デザイン室
発行者　小野寺優
発行所　株式会社河出書房新社
〒一五一-〇〇五一　東京都渋谷区千駄ヶ谷二-三二-二
電話　〇三-三四〇四-一二〇一［営業］
〇三-三四〇四-八六一一［編集］
https://www.kawade.co.jp/
組版　KAWADE DTP WORKS
印刷・製本　株式会社暁印刷

Printed in Japan　ISBN978-4-309-20874-9

Translation, Disinformation, and Wuhan Diary:
Anatomy of a Transpacific Cyber Campaign
By Michael Berry